Knaur

Über den Autor:

Gert Anhalt, Jahrgang 1963, studierte Japanologie in Marburg und Tokio und berichtet seit vielen Jahren für das Zweite Deutsche Fernsehen aus dem Fernen Osten, gegenwärtig aus Japan.
Nach einem Sachbuch über seine fünf Jahre in Peking (*Chinas nackte Fallschirmspringer*, Lichtenberg 1999), ist dies sein erster Kriminalroman, in dem er frech und humorvoll die japanische Seelenlandschaft erforscht.

Gert Anhalt

Tote mögen keine Sushi

Roman

Knaur

Besuchen Sie uns im Internet:
www.knaur.de

Originalausgabe 2002

Redaktion: Jutta Ressel
Umschlaggestaltung: Agentur ZERO, München
Umschlagabbildung: Picture Press, Hamburg / Jorge Schmidt, München
Satz: Ventura Publisher im Verlag
Druck und Bindung: Nørhaven Paperback A/S, Viborg
Printed in Denmark
ISBN 3-426-62136-3

5 4 3 2

für Christine
für Christine

Megaman

»Oh bitte! Tun Sie meiner Tochter nichts zu Leide. Sie ist alles, was ich habe!« Der dünne Mann mit der runden Sonnenbrille und dem schlecht sitzenden Anzug bahnte sich schubsend seinen Weg durch das Gedränge – immer näher an die Frau in dem weißen Sommerkleid heran. Als er direkt neben ihr stand, legte er ihr die Hand auf den Hintern. Er sah ihr dabei frech ins Gesicht, schmatzte auf seinem Kaugummi herum und schnitt eine Grimasse, als schmecke das Ding nach Jauche. *»Na mach schon, du alter Sturkopf. Gib mir die Geheimformel, sonst muss das Täubchen hier Federn lassen!«*

Die junge Frau, keine Schönheit – dem Aussehen nach eine brave Verwaltungsangestellte – man nennt sie bei uns *OL, Office Lady* –, erstarrte und hob den Kopf, ohne sich umzusehen. Ich meinte, eine Gänsehaut zu bemerken, die wie ein frostiger Hauch über ihre bloßen Arme kroch. Aber sie protestierte nicht und sie schrie auch nicht auf. Sie verkrampfte sich nur, drückte mit der freien Rechten ihre Handtasche fest an ihren Körper, klammerte sich mit der Linken noch fester an das eisenkalte Haltegestänge und bohrte hilflos ihren Blick durch die Scheiben der dahinbrausenden Bahn. Sie ertrug die ätzende Berührung des Grabschers wie eine wohlverdiente Bestrafung. Seine Hand vollzog kreisende Bewegungen auf ihrem Hinterteil, seine Finger erforschten dreist ihre Anatomie.

»Nein, Vater, verrate ihm nichts! Er wird die Formel missbrauchen und die Welt in seine Gewalt bringen!«

Die anderen Fahrgäste, die dicht gedrängt um die beiden herumstanden, bemerkten nichts von alldem – oder wollten nichts bemerken. Sie waren vertieft in die Lektüre ihrer Zeitung, holten im Sitzen oder im Stehen ein paar Minuten Schlaf nach oder glotzten teilnahmslos auf das wild gekräuselte Meer aus blauen und roten Einfamilienhausdächern des Vororts, durch den die Bahn gerade ratterte. Ich hockte auf der Bank, genau in Augenhöhe ihres bedrängten Hinterns, und wurde immer wütender.

»Aaarrgghh! Boofff! Grrrow! Nimm das, du Strolch!«

»Hurra. Megaman ist da – er hat uns gerettet!«

Der Schaffner drosselte die Geschwindigkeit und meldete mit nasaler, homosexuell angehauchter Stimme, dass sich der Zug meiner Zielstation näherte.

Ich faltete den *Megaman*-Comic, meine liebste *manga*-Serie, zusammen und verließ schweren Herzens die heile Welt der Strichmännchen, wo Helden immer zur rechten Zeit und mit einem Paukenschlag auf der Bildfläche erscheinen, um die Schurken in die Schranken zu weisen. Megaman, der Superheld im Astralanzug und mit Anti-Strahlenbrille, hatte erwartungsgemäß den Professor und seine wunderschöne, intelligente Tochter aus den Fängen des verbrecherischen Großunternehmers gerettet und so verhindert, dass die Geheimformel in die falschen Hände fiel. Bravo.

Als ich mir den Weg nach draußen freirempelte und dabei an dem dünnen Grabscher und der armen OL im weißen Kleid vorbeikam, überlegte ich mir einen Moment, ob ich mich einmischen sollte. Ich hätte in bester Megaman-Manier dem Fiesling eins überbraten und die geschundene

Schönheit auf meinen starken Armen in Sicherheit bringen können, um dann unerkannt und mit federnden Schritten ins nächste Abenteuer zu entschwinden. Aber ich tat es natürlich nicht. Ich tat es nicht, weil ich nämlich knapp siebzig Kilo wiege, Plattfüße habe und grundsätzlich keine federnden Schritte auf die Reihe kriege. Ich tat es auch deswegen nicht, weil ich nicht gesichert wusste, ob der dünne Grabscher nicht vielleicht doch ein Gangster und Gewalttäter war und ein Messer im Hemdsärmel versteckt hatte. Und ich tat es vor allem nicht, weil ich die Psyche meiner Landsleute kenne und weil man sich in diesem Land eben einfach nicht in anderer Leute Angelegenheiten einmischt. Die Frau hätte mich vermutlich aus tiefstem Herzen gehasst, wenn ich sie vor allen anderen Fahrgästen bloßgestellt hätte: ein Gesichtsverlust. Womöglich hätte sie den Lustmolch noch in Schutz genommen, nur um nicht die Peinlichkeit zu erleben, vor allen anderen als das entehrte Opfer eines Wüstlings dazustehen. Außerhalb von Comicstrips, Fernsehschirmen und Videospielen ist Japan nun mal kein besonders günstiges Land für Helden. Also schob ich mich im Pulk der anderen gesichts- und namenlosen Angestellten und Bürosklaven hinaus auf den Bahnsteig, wo uns die vertraute, quäkende Ansage des Bahnhofsvorstehers empfing, der uns, entweder weil er sich selbst für besonders klug hielt oder die Pendler für einen Haufen verschlafener Vollidioten oder weil es die Vorschrift Nummer 34/a-VII für Bahnhofsdurchsagen eben so will, jeden Morgen begrüßte, als würde er zu geistig zurückgebliebenen Kindern sprechen.

»Shibuya, hier Bahnhof Shibuya. Umsteigen in die Yamanote-Linie und in die U-Bahnen. Bitte achten Sie darauf, keine Gegenstände an Ihrem Platz zu vergessen. Verlassen Sie den Wagen hinter Ihrem Vordermann und stolpern Sie nicht.«

Wie oft hatte ich mir schon vorgenommen, den Mann für diesen hirntumben Schwachsinn, den man als Bahnpassagier jeden Morgen zu ertragen hat, einmal persönlich zur Rede zu stellen? Wieso muss man sich in diesem Land ständig bevormunden lassen? Wie, denkt der Bahnhofsvorsteher, sollte ich denn den verdammten Wagen verlassen, wenn nicht hinter meinem Vordermann? *Unter* meinem Vordermann oder vielleicht *über* ihm? Und wenn ich tatsächlich stolpern sollte, dann doch wohl nicht, weil ich nicht gewarnt worden wäre, bitte nicht zu stolpern, sondern weil ich eben versehentlich falsch aufgetreten bin oder mir einer seinen Regenschirm zwischen die Beine gerammt hatte oder aus sonst irgendeinem schwachsinnigen Grund, an dem eine Ansage nichts, aber auch nicht das Geringste ändern konnte. Wieso glauben unsere Behörden eigentlich, dass der Einzelne nicht einmal so viel Verstand und Selbsterhaltungstrieb aufbringt, einer Bahn zu entsteigen, ohne dabei Schaden bei sich selbst oder anderen anzurichten? Wieso sagen sie nicht einfach: »Bitte gehen Sie nach dem Aussteigen zügig weiter zum Ausgang und versuchen Sie nicht, sich durch den schmalen Ritz zwischen Bahnsteig und Zug auf die Gleise zu zwängen«? Sollte ich vielleicht mal anregen.

Egal. Ich schluckte meinen Ärger darüber, dass man hier ständig meine Intelligenz beleidigte, wie jeden Morgen hinunter.

Vom Strom der arbeitswütigen Anzugsträger ließ ich mich willenlos zum Ausgang spülen. Ein paar Schritte weiter legte ich wie immer Rast an meiner bevorzugten Nudeltheke ein, um mein übliches Frühstück zu verzehren: Raamen – chinesische Nudeln in fetter Fleischbrühe, mit Sojakeimlingen und einer Scheibe gekochtem Schweinefleisch. Ich sog das Zeug in mich hinein wie die Luft beim Atmen.

Ich heiße Hamada Ken. Eigentlich Kenji. Aber wer als Kind mal diesen Barbie-Quatsch mitgemacht hat, der weiß, warum ich mich gerne Ken nenne. Ken ist, zumindest als Plastikpuppe, der perfekte Kerl: stramm, groß, straff, muskulös und gut aussehend. Ich bin das genaue Gegenteil: klein – oder sagen wir mal: gutes, japanisches Mittelmaß – und dazu ziemlich rundlich. Wenn meine Wachstumshormone nur ein wenig mehr Ehrgeiz an den Tag gelegt hätten, dann hätte aus mir sicherlich ein recht ansehnlicher Sumo-Ringer werden können. So aber bin ich bloß kurz und schwabbelig. Das Einzige, was entfernt an den schönen Ken aus dem Puppenhaus erinnert, ist meine meisterhaft sitzende Frisur, auf deren Konstruktion ich jeden Morgen nicht weniger als zehn Minuten sowie einige sorgfältig ausgewählte Sprays und manchmal auch einen Lockenstab verwende. Ein sauberer, minuziös geföhnter Seitenscheitel, durchzieht gradlinig und frisch meinen Schädel, rechts und links steigen wellenförmige, intelligent wirkende Haarwogen auf und verlaufen seitwärts, wo sie unter zwei bis drei Lagen Shiseido Super Strong den perfekten Halt finden. Eine solche Frisur strahlt Zuverlässigkeit, Zähigkeit und Mut aus und flößt gleichzeitig Vertrauen ein, alles Eigenschaften, die in meiner Branche von großer Bedeutung sind. Ich bin nämlich Privatdetektiv. Wahrscheinlich der einzige Privatdetektiv auf der ganzen Welt, der morgens um acht brav mit der Bahn ins Büro fährt, und wahrscheinlich der einzige Privatdetektiv überhaupt in dieser Stadt. Ich kenne jedenfalls keinen anderen und gehöre keinem Berufsverband an. Meines Wissens bin ich in meiner Branche konkurrenzlos.

»Japaner brauchen keinen Privatdetektiv, weil sie nämlich gar kein Privatleben haben.« Dieser Satz stammt von George, einem Amerikaner, der hier eine Zeit lang bei einer großen Bank gearbeitet und bei mir um die Ecke gewohnt hat. Mit Japan verband George eine lange Familientradition. Sein Großvater war sozusagen als lenkende Kraft an der amerikanischen Besetzung Japans nach dem Zweiten Weltkrieg beteiligt gewesen, er war nämlich der Fahrer von General MacArthur. Ich hatte George mal im Waschsalon angesprochen, um mein angestaubtes Englisch ein wenig in Schwung zu bringen, während im Trockner meine Hemden ihre Kreise zogen. Wie sich bald herausstellte, verstand George von meinem Englisch kein Wort, sprach dafür aber fließend Japanisch. Wir sind danach öfters einen trinken gegangen. Um mich von der Sinnlosigkeit meines Jobs zu überzeugen, brachte er mal ein Beispiel aus seinem Gesichtsfeld: Wenn die Leute kein Geld hatten, dann brauchten sie auch keine Bank. Also sei ohne ein gepflegtes Privatleben ein Privatdetektiv ja wohl auch überflüssig, meinte er. Ich widersprach, empfindlich in meiner Berufsehre getroffen, und hielt dagegen, dass nach meiner Erfahrung die Leute besonders dann eine Bank bräuchten, wenn sie kein Geld hatten. Er murmelte irgendwas von »asiatischer Weisheit«, das ich nicht verstand. Erst viel später, da war George schon längst wieder an der Wall Street oder wo immer er herkam, kam ich dahinter, dass er Recht gehabt hatte. Meine Visitenkarte weist mich zwar als »privaten Ermittler« aus, aber es gibt eigentlich bei meinen Fällen nie viel zu ermitteln, jedenfalls nicht im klassischen Sinn, so wie bei den amerikanischen Detektiven im Fernsehen. Suchen, finden, organisieren, im Auftrag eines angehenden Schwiegervaters den familiären Hintergrund des künftigen Schwiegersohns ausschnüffeln; helfen, kaufen, verkaufen, schauspielern, verkuppeln, betreuen und manchmal auch babysitten. All das verlangen meine Klienten von mir. Aber um richtige Ermittlungen, also um die Aufklärung einer Straftat oder etwas ähnlich Substanzielles, hat mich noch nie einer gebeten.

Eigentlich bin ich mehr so eine Art »Mädchen für alles«, aber diese Bezeichnung ist nicht gerade schmeichelhaft und schon gar nicht für einen virilen jungen Mann. Also ziehe ich es vor, mich Privatdetektiv zu nennen, obwohl ich von der eigentlichen Detektivarbeit nicht viel Ahnung habe. Aber ich bin überzeugt, dass ich es könnte, sollte ich mal in die Lage kommen. Ich habe sogar meine eigene, überaus hilfreiche Theorie entwickelt, die so genannte »Hamada-Schritt-Theorie«. Leider hatte ich noch nie Gelegenheit, sie in der Praxis zu erproben. Aber was soll's, sage ich mir in schwachen Momenten – ich arbeite ohnehin nicht wegen des Geldes, sondern aus Trotz und Auflehnung gegen meinen Vater, der mir ein beträchtliches Vermögen zugeschustert hat in der Annahme, ich würde es im Leben ohnehin nie zu was bringen.

Die Metalltreppe knarzte vertraut unter meinen Schritten. Manchmal hab ich die Vision, dass diese ganze Bude unter meinem Körpergewicht zusammenbricht und ich mein unrühmliches Ende unter einem hässlichen Haufen Blech finde. Wahrscheinlich bin ich auch der einzige Privatdetektiv der Welt, dessen Büro im Obergeschoss einer verlassenen Baubaracke untergebracht ist. Die schmale Bude ist im landesüblichen Stil aus cremefarbenen Metallteilen zusammengefügt, die an den Außenflächen von Eisenklammern und Stahlschlaufen gehalten werden. Sie steht schmal und unauffällig zwischen einem Altpapiercontainer und den Gleisen der Yamanote-Linie. Im Untergeschoss gibt es noch eine verlassene Werkbank, eine Kollektion von Schraub- und Stechwerkzeug sowie diverse Baumaterialien zu betrachten.

Das Obergeschoss war bei meinem Einzug ausgeräumt bis auf einen leeren Aktenschrank und einen Bauplan an der

Wand mit einer fein strukturierten Skizze des benachbarten Marui-marui-Gebäudes. Marui-marui, das ist ein Modehaus für den gehobenen, urbanen Massengeschmack. Irgendwer hatte nach der Fertigstellung des Gebäudes offensichtlich vergessen, die Baubude wieder abzureißen. Und da zufälligerweise niemand den Boden beanspruchte, auf dem sie stand, und auch niemand sich durch sie gestört oder für sie verantwortlich fühlte, blieb sie einfach stehen, um sich harmonisch in den gigantischen bunten Klumpen aus Wolkenkratzern, Häusern, Häuschen, Buden, Bruchbuden und Hütten zu fügen – auf der ganzen Welt unter dem Namen Tokio bekannt.

Im Winter zieht es mörderisch durch die Ritzen, und im Sommer kann auch ein ganzer Wald von Ventilatoren die dumpfe Hitze nicht erträglich machen, und wenn alle zwei Minuten eine Yamanote-Bahn vorbeibraust, beginnt ein apokalyptisches Zittern – aber ich liebe mein Büro dennoch, denn ich zahle keinen Yen Miete. Ein alter Freund von mir, der als Hausmeister bei Marui-marui arbeitete, machte mich vor Jahren auf die ungenutzte Baracke aufmerksam. Und da ich damals noch am Anfang meiner Laufbahn stand und mir bei den Tokioter Immobilienpreisen kein eigenes Office leisten konnte, zog ich beglückt ein. Mein Kumpel war mir sogar behilflich, das Telefon einfach an die Leitung der Marui-marui-Einkaufsabteilung zu hängen, was bisher, von einigen wirren Gesprächskontakten mit der Abteilung für Herrenoberbekleidung und regelmäßigen Anrufen der Zulieferer aus Hongkong und Thailand abgesehen, auch ganz tadellos funktionierte. Bei Tokyu-Hands, dem Warenhaus für den gehobenen urbanen Heimwerker- und Freizeitbedarf, deckte ich mich mit zwei knallroten Camping-Klappstühlen, einem grellgrünen Camping-Klapptisch und einer Jumbo-Thermoskanne mit Erhitzungsfunktion ein – und fertig war das Detektivbüro.

Es war jetzt kurz nach neun. Dienstbeginn. Ich ließ mich auf einem der roten Stühle nieder, legte die Beine auf den Camping-Tisch und nahm mir genüsslich die nächste Geschichte im neuesten *Megaman-manga* vor. Ein irrer Ingenieur hatte eine Erdbebenmaschine erfunden und drohte, ganz Tokio in Schutt und Asche zu legen, wenn ihm nicht die Tochter des Tenno zur Braut gegeben würde. Ein klassischer Fall für Megaman, der stets nicht nur bemüht ist, die Welt zu retten, sondern besonders auch die heiligen, japanischen Werte, und da gehört das Kaiserhaus ja nun ganz sicher dazu.

Draußen hatte inzwischen ein leichter, frühlingshafter Nieselregen eingesetzt, der verträumt sein Liedchen auf meinem Blechdach spielte, die Züge der Yamanote donnerten vorbei. Ich schlürfte einen grünen Tee, mampfte einen Reiscracker und fühlte mich rundum zufrieden.

Zuerst dachte ich, Megaman hätte den Irren ausnahmsweise nicht gestoppt und es wäre wirklich ein Erdbeben. Ich hasse diese Erdbeben, die ständig unsere Inseln durchschütteln, und mache mir jedes Mal vor Angst fast in die Hosen. Alles wackelte. Aber dann hörte ich Schritte draußen auf der Treppe und gab meinem Pulsschlag Entwarnung. Mir wurde plötzlich klar, dass ich in meiner ganzen Barackenzeit noch nie hier oben gesessen hatte, während jemand die Treppe heraufkam. Die ganze Bude geriet in Aufuhr. Scharniere quietschten, Schrauben ächzten, der Fußboden bollerte und schien Wellen zu schlagen. Nicht ohne Unbehagen fixierte ich die Tür, nahm reflexartig die Füße vom Tisch, legte *Megaman* weg und zog den Kopf zwischen die Schultern. Das unheilvolle Wogen und Wackeln vermittelte mir die düstere Vorahnung eines enorm wichtigen und schicksalsbestimmenden Ankömmlings. Womöglich eines Abgesandten der Baufirma, die nun doch das Fehlen ihrer Baracke bemerkt hatte. Oder eines Mitarbeiters der Telefonzentrale von Marui-marui, der meine Anrufe abgehört hatte. Oder gar meines Vaters, der mich wieder einmal dafür rügen wollte, dass ich nichts Anständiges gelernt habe und die Einstellungstests zuerst der großen und dann der mittleren und dann auch noch der kleinen Firmen allesamt versiebt habe. Diese Vorstellung schockierte mich an meisten, denn mein Vater ist seit drei Jahren tot.

Der Herr trat ein, ohne anzuklopfen. Bevor er mich ins Visier nahm, glitt sein Blick über mein Office wie ein Suchscheinwerfer. Ich mochte mich täuschen, aber mir war, als würde da was an seinem Mundwinkel zucken, als er das *Megaman-manga* auf dem Klapptisch bemerkte.

»Sind Sie Hamada Kenji, der Privatdetektiv?«, fragte er mit einer scharfen, befehlsgewohnten Stimme.

»Wer will das wissen?«, schoss ich zurück und erschrak, wie immer, wenn ich mich besonders cool benehmen will, so sehr über mich selbst und den ungewohnten Klang meiner Stimme, dass ich mich verschluckte.

Der Mann musterte mich mitleidig, bis mein Hustenanfall sich gelegt hatte. Es war ein höchst beunruhigender Blick, der mich da traf. Es schien, als betrachtete er mit mildem Interesse etwas Juckendes, Bröseliges, das er sich gerade aus seinem Ohr gepult hatte.

»Verzeihen Sie, dass ich mich dem ehrwürdigen Herrn Detektiv nicht sogleich vorgestellt habe. Ich bin eine kleine und gänzlich bedeutungslose Person mit dem unbekannten Namen Takahana.« Er deutete eine knappe Verbeugung an, die in krassem Missverhältnis zu seiner vor falscher Bescheidenheit triefenden Rede stand. Er senkte sein Haupt gerade genug, um aus den sphärischen Höhen einer unbeschreiblichen Arroganz auf mich herabzusehen wie ein gieriger Raubvogel auf eine Feldmaus.

»Bitte, vergeben Sie mir meine unziemliche Rede«, katzbuckelte ich unterwürfigst; man kann ja nie wissen. »Ich ahnte ja nicht, dass Sie es tatsächlich sind, ehrwürdiger Herr Takahana! Bitte, darf ich Ihnen einen Sitzplatz anbieten? Wie wäre es mit einer Tasse Tee zu Ihrer freundlichen Erquickung?«

Mein computerhaftes Detektivgehirn arbeitete auf Hochtouren und lieferte mir schnell eine knappe Analyse des Besuchers, der unbewegt an der Tür stehen geblieben war.

Erstens: Er war reich. Steinreich. Sein Anzug war mit Sicherheit nicht von Marui-marui. Wahrscheinlich hatte Takahana ihn sich von einem französischen Modezaren, den er sich als Sklaven hielt, auf den Leib schneidern lassen. Die Schuhe waren aus dem exquisiten Leder einer längst ausgestorbenen Spezies von Echse gefertigt, und seine diamantbesetzte Krawattennadel war, wenn ich den Preis mal grob schätzte, mehr wert als ich.

Zweitens: Er war fies. Mein Vater – zu Lebzeiten ein korrupter Politiker, der es auf diese Weise sogar drei Tage lang zum Minister gebracht hatte, am vierten Tag trat dann das Kabinett geschlossen zurück – hatte es manchmal mit Herren dieses Kalibers zu tun gehabt, meistens, um sich von ihnen bestechen zu lassen. Ich hatte einige kennen gelernt. Sie waren alle gleich. Sie dünsteten aus jeder Pore den Geruch von Macht und Einfluss aus. Aus jeder Körperöffnung schwitzten sie Goldstaub, und ihre Aura war klirrende Eiseskälte. Takahanas Augen wirkten so ausdrucksvoll wie zwei Glasmurmeln und sein Gesicht so verbindlich wie ein rohes Steak. Sein Mund verriet nichts als absolute Arroganz, ihm war sicher noch nie das Wort »Bitte!« über die Lippen gekommen.

Drittens: Er war wichtig. Der Name Takahana sagte mir nichts, aber gefühlsmäßig ordnete ich ihn in die Rubrik »altes Samurai-Geschlecht« ein. Wenn ich die entsprechenden Nachschlagewerke bemühte, dann ließe sich sein Familienstammbaum wahrscheinlich bis in die Zeit der Streitenden Reiche zurückverfolgen, und das lag wahrhaftig mächtig lang zurück. Takahana. Berater der Shogune, Kämmerer des Kaisers, Bannerträger des Imperiums. Kein Zweifel, eine lange Tradition stand hinter diesem Herrn, der mich nun musterte wie einen kleinen schwarzen Käfer, bevor er ihn zertritt.

»Dürfte ich wohl fragen, was Euer Hochwohlgeboren in mein bescheidenes Büro führt?« Ich war mangels innerer Überzeugung noch nie besonders geschickt im Umgang mit dieser gestelzten Höflichkeitssprache gewesen, die wir Japaner erfunden hatten, um unsere Feinde zu verwirren.

Takahana quittierte mein unbeholfenes Ausdrucksvermögen, indem er mitleidig die Augenbrauen um exakt zwei Millimeter zusammenzog. »Ich habe einen Auftrag für Sie, Hamada-san«, sagte er im Ton eines auf »mäßig freundlich« programmierten Sprechroboters. Ich grunzte kurz, um anzudeuten, dass ich mich sehr geehrt fühlte. Nicht, dass ihm das etwas bedeutet hätte. Er fuhr einfach fort: »Meine Wahl ist auf Sie gefallen, weil mir berichtet wurde, dass Sie sich auf der Universität mit der deutschen Sprache beschäftigt haben.«

»Ich habe mich erfolglos bemüht«, bekannte ich ehrlich und bescheiden zugleich und fragte mich, woher dieser Mann wohl seine Informationen bezog. Nicht nur, dass er mich als erster Klient in meiner abgelegenen Bude aufsuchte und nicht wie alle anderen anrief oder einen Brief an mein Postfach schickte. Offenbar hatte er auch meinen Lebenslauf studiert. Ich fragte mich, ob er wohl auch wusste, dass ich mich seinerzeit besonders intensiv mit einer deutschen Austauschstudentin namens Susanne beschäftigt hatte, die ich in einem Konversationskurs anbaggerte. Susanne war herrlich blond gewesen und herrlich weich. An manchen geheimen Stellen war sie sogar so herrlich weich, dass ich an einen Marshmallow erinnert wurde. Sie war meine erste Freundin gewesen und auch meine erste Frau, um es als etwas altmodisch auszudrücken. Damals dachte ich auch noch sehr altmodisch. Damals hatte ich zum Beispiel auch noch geglaubt, ich würde sie heiraten müssen. Und vielleicht hatte die gute Susanne ja auch irgendwie damit gerechnet, jedenfalls hatte sie mehrmals mit einem besonderen, unheimlichen Funkeln in ihren blauen Augen genau davon gesprochen, was mich zu diesem Zeitpunkt mit großem Stolz wie auch tiefer Panik erfüllte. Aber ich hatte ihr eine Enttäuschung bereiten müssen, denn ich war schließlich gerade an der Universität zugelassen worden, hatte mich eingestellt auf einige Jahre unbeschwertes, fetziges Fetenfeiern und zahlreiche amouröse Affären sowie nihilistische Besäufnisse mit meinen pickeligen Kommilitonen und war deshalb durchaus nicht geneigt, gleich die erste Abbiegung in ein geregeltes Leben zu nehmen. So hatten wir beide unsere ersten konkreten und praktischen Erfahrungen mit dem anderen Geschlecht und mit einer fremden Kultur gesammelt. Susanne verschwand nach einem Jahr wieder in Richtung Deutschland, und ich habe sie nie wieder gesehen und eigentlich auch nur noch selten an sie gedacht.

»... das ist ja wohl selbstverständlich«, beendete Takahana seinen Satz, und ich stellte erschrocken fest, dass meine Gedanken zu lange an Susannes geheimen Stellen verweilt waren. Ich hatte keine Ahnung, was er für selbstverständlich hielt.

»Selbstverständlich«, pflichtete ich begeistert bei.

Er holte aus der Innentasche seines Designerjacketts das Foto eines etwa fünfjährigen Jungen heraus, der auf dem Schoß seiner Mutter saß – einer überaus attraktiven Japanerin – und mit Mittel- und Zeigefinger das unvermeidliche Victory-Zeichen machte, wie es wohl jedes japanische Kind tut, wenn es eine schussbereite Kamera sieht. Das steckt unseren Kindern einfach in den Genen.

Ich beschloss, etwas Freundliches zu sagen: »Ein reizender Knabe. Sehr lebhaft und gesund, ist Ihnen ja wie aus dem Gesicht geschnitten, der kleine Mann.«

»Er ist, wie ich ja gerade eben sagte, der Sohn einer meiner Angestellten«, versetzte Takahana eisig. »Er wurde vor zwei Tagen in Deutschland entführt.«

»Verstehe. Und ich soll ihn jetzt wiederfinden«, kombinierte ich messerscharf. Endlich ein echter Fall.

»Gar nichts verstehen Sie.« Endlich hatte er einen Grund aufzubrausen, was seinem Naturell besser entsprach als die bisher gezeigte Zurückhaltung. »Ich sagte Ihnen ja schon, dass man als Chef eines großen Unternehmens eine gewisse Verantwortung für seine Untergebenen trägt. Das ist selbstverständlich.«

»Ich verstehe nicht.«

»Sie sollen das Lösegeld überbringen. Haben Sie mich jetzt verstanden?«

»Ja.« Also doch mal wieder ein typischer Fall. Ich durfte den Geldboten mimen, weil der vornehme geizige Herr Takahana die Überweisungsgebühr sparen wollte. Er war nicht nur reich, er konnte wohl auch Gedanken lesen.

»Das Geld muss persönlich übergeben werden, weil kein legaler Weg offen steht, auf dem es unauffällig und schnell nach Deutschland gebracht werden kann.«

»Ist klar.« Hamada Ken, der ausgefuchste Lösegeldüberbringer.

»Sie werden einige Gesetze übertreten. Wenn man Sie erwischt, wird man Sie wegen Devisenschmuggels anklagen oder für einen Kurier mit Drogengeld halten.«

»Sehr aufmerksam, dass Sie mir das jetzt schon sagen. Ich liebe gefährliche Aufträge.«

»Ich werde Sie angemessen für Ihr Risiko entlohnen. Wie ich höre, liegt Ihr Tagessatz üblicherweise bei 50 000 Yen.«

»Plus Spesen. Verzeihen Sie, aber ich muss die Spesen extra berechnen, weil ...«

»Ja, selbstverständlich. Plus Spesen.«

Zum ersten Mal zeigte sich auf seinem Gesicht so etwas wie eine vage, menschliche Regung. Ein entferntes, kaum merkliches Vibrieren eines winzigen, selten gebrauchten Muskels links unten neben dem Nasenflügel hatte den Anflug eines geringschätzigen Lächelns verraten.

»Ich zahle Ihnen fünf Millionen Yen pro Tag.«

»Sie sind sehr großzügig«, brachte ich hervor. Fünf Millionen Yen.

Fünf.

Millionen.

Yen.

Wenn ich vier Tage unterwegs war, müsste er mir zwanzig Millionen Yen hinblättern und ich brauchte für den Rest dieses und den größten Teil des nächsten Jahres nicht mehr zu arbeiten. Dann würde ich jede Woche einmal auf den Friedhof gehen, den grauen, verwitterten Stein aufsuchen, der das Urnengrab meines Vaters markierte, und singen: »Siehst du, ich brauche dein Geld nicht mal anzurühren und trotzdem habe ich ein nettes Leben, Tralala.«

Schöne Aussichten. Genau das, was mir gefehlt hatte.

»Das Lösegeld beläuft sich übrigens auf zehn Millionen.«

Deutsche Gangster, dachte ich voller Verachtung. Läppische zehn Millionen forderten sie. So was verdient ein japanischer Privatdetektiv in zwei Tagen!

»Zehn Millionen US-Dollar«, erklärte Takahana trocken und stellte zwei große Aktenkoffer auf meinem Camping-Klapptisch ab. Ich öffnete die Schnappschlösser, glotzte mit heruntergeklapptem Kiefer hinein und kam mir vor wie in einer Folge von *Miami Vice*.

»Wollen Sie es nachzählen?«

Er hatte also doch Sinn für Humor.

Das wäre genau der Moment gewesen, wo ich eigentlich hätte abspringen sollen. An diesem Punkt hätte ich Takahana sagen müssen, dass ich es sehr bedauerlich fände, nicht für ihn tätig werden zu können, weil das alles eine oder mehrere Nummern zu groß für mich war. Dass ich vermisste Katzen aufspüren und verloren gegangene Verlobte wiederfinden, aber nicht in der Ersten Liga mitspielen kann.

Ich tat es nicht. Erstens, weil ich sprachlos war. Ein solcher Haufen Geld, das weiß ich jetzt, macht einen schlichtweg sprachlos, selbst dann, wenn es einem nicht gehört. Es ist wie ein starker, heißer Wind, der einem entgegenweht. So stark, dass man kaum Luft kriegt.

Zweitens, weil ich mein Gesicht nicht verlieren wollte. Wer meint er denn, dass er ist? Nur weil er reich ist und im Aktenkoffer eine solche Menge Bargeld herumträgt, als würde es sich um eine ausgelesene Zeitung und einen angebissenen Apfel handeln, muss er nicht glauben, Hamada Ken ließe sich von so was beeindrucken. Ich verspürte plötzlich das Bedürfnis, diesem Herrn Takahana zu demonstrieren, dass sein ganzes Geld für mich nichts weiter als ein Haufen grünweißes Altpapier war.

»Wir haben, soweit das in unserer Macht stand, Vorsorge getroffen, dass Sie weder in Narita noch an Ihrem Zielflughafen in Frankfurt Schwierigkeiten beim Zoll bekommen werden. Ich würde Ihnen empfehlen, diese beiden Aktenkoffer als Handgepäck mitzunehmen. Hier ist eine Kreditkarte, auf Ihren Namen ausgestellt, damit können Sie alle anfallenden Rechnungen begleichen. Dazu etwas Bargeld. Ihr Flug nach Frankfurt ist bereits gebucht. Melden Sie sich nach Ihrer Ankunft in Deutschland bei Herrn Mori Shinichi. Er ist der Leiter meiner dortigen Niederlassung – und der Vater des entführten Kindes.«

Takahana wandte sich zum Gehen. In dem Moment bretterte draußen mit dem üblichen Getöse die Yamanote-Linie in Richtung Harajuku vorbei. Das Gespräch hatte nicht länger als zwei Minuten gedauert.

»Ehm, Eure Exzellenz ..., ich meine, Takahana-sama ...« Endlich fand ich den Mumm, mich von meinem Camping-Klappstuhl zu erheben. Ich war etwas verwirrt. »Darf ich noch eines fragen?«

»Was denn?«

Zu dumm, dass ich »eines« gesagt hatte. Mir lagen noch tausend dringende Fragen auf der Zunge. Jetzt aber wollte mir zu meiner eigenen Verblüffung keine mehr einfallen.

»Haben Sie mir einen Fensterplatz gebucht? Ich sitze nämlich gerne am Fenster.«

Wortlos verließ er meine Baracke.

»Takahana?« Noris Stimme schoss in die Höhe wie ein Feuerwerkskörper. »Etwa *der* Takahana?«

»Was weiß denn ich, welcher Takahana«, gab ich gereizt zurück. »Bin ich bei der Zeitung oder du?«

»Du rufst mich an, weil du Takahana nicht kennst?«

Nori war wieder einmal kurz davor, einen seiner hysterischen Anfälle zu kriegen. Er war immer so überdreht und würde sicher irgendwann über seinem Schreibtisch, der aussah wie ein schlecht geführtes Altpapierlager, tot zusammensacken. Exitus durch Überarbeitung, der ehrenhafte Tod des modernen Samurai, den diese Nation in überaus hohem Ansehen hält.

»Nori, mein Freund« sagte ich streng, »ich fahre in ein paar Minuten raus zum Flughafen Narita, weil ich da nämlich einen Flieger nach Deutschland nehmen muss, okay? Also bitte, erspare mir diesen Was-denn-du-kennst-Takahana-nicht-Scheiß und sag mir einfach, wer er ist. Bitte. Dann bringe ich dir vielleicht eine Kuckucksuhr mit.«

Das wirkte.

»Dein Takahana ist der Beschreibung nach Takahana Hideyoshi.« Ich hörte deutlich, wie er erwartungsvoll den Atem ausstieß.

»Ja ... und?«

»Hamada, du bist wirklich noch viel blöder, als ich dachte.«

»Pass auf, was du sagst, Nori. Dass wir mal zusammen auf der Uni waren, heißt nicht, dass du dir mir gegenüber alles herausnehmen kannst, verstanden? Also: Wer ist jetzt dieser Takahana Hideyoshi?«

»Ich sage jetzt nur noch ein Wort und dann lege ich auf.«

»*Baka*-Blödmann.«

»Und wenn du dann noch Fragen hast, kann ich dir auch nicht mehr helfen. Also: Das Wort, das magische Wort, heißt: Katana Corporation. Also dann, gute Reise, Hamada.«

Die Leitung war tot. Aber das machte nichts, denn es hatte tatsächlich *klick* gemacht. Wieder einmal hatte ich allen Grund, auf meine Beobachtungsgabe, meine Menschenkenntnis und meinen Instinkt stolz zu sein. Ich hatte es doch gleich gewusst. Noch bevor er mir die zehn Millionen Dollar übergeben und mir gesagt hatte, dass er beim Zoll in Narita und in Frankfurt »Vorsorge« getroffen habe und so selbstverständlich von seiner Niederlassung in Deutschland redete, als würde es sich um eine Bushaltestelle in der Nachbarschaft handeln. Dieser Mann war mächtig. Und er war auch reich. Es war mit Sicherheit einer der mächtigsten Männer in Japan und einer der reichsten Männer auf der ganzen Welt. Ihm gehörte die Katana Corporation, das größte und erfolgreichste Unternehmen im ganzen Land. Daheim hatte ich einen Fernsehapparat, auf dem Katana stand, und eine Kamera und eine elektrische Heizdecke. Ich hatte früher mal, bevor ich auf Shiseido umgestiegen bin, Katana-Haarspray benutzt und kurierte meine Kopfschmerzen gern mit Katana-Schmerztabletten. Auf den Straßen der Welt fuhren Katana-Autos herum und auf Baustellen Katana-Bagger. Und soweit ich wusste, kreisten da auch einige Satelliten um den Erdball, auf denen irgendwo Katana geschrieben stand. Schön zu wissen, dass man für so einen wichtigen und solventen Klienten in der Welt herumreisen darf, um Lösegelder zu überbringen. Ohne an meinen Fähigkeiten zu zweifeln, fragte ich mich, wieso Takahana von allen Privatdetektiven dieser Welt, die er zweifellos beschäftigen und bezahlen konnte – und zwar alle gleichzeitig – ausgerechnet auf Hamada Ken verfallen war. Zweifellos eine wohl durchdachte und weise Entscheidung. Aber wie kam er darauf? War ich denn wirklich und wahrhaftig der einzige Privatdetektiv in dieser Stadt? Und ich fragte mich auch, wieso ich nicht Nein gesagt hatte, als er mir diese zwei verdammten Koffer überreichte, die jetzt noch immer auf dem Camping-Klapptisch standen wie ein böser Fluch. Aber wenn einem jemand fünf Millionen Yen pro Tag zahlt, dann sagt man eben nicht Nein. Außerdem sagen Japaner ohnehin nicht gern Nein. Das hatte zumindest George, der Amerikaner, immer behauptet.

Da saß ich nun, Opfer des gengesteuerten Neinsagendefizits meines Volkes, und fürchtete mich.

Für den Bruchteil einer Sekunde dachte ich daran, mit den beiden Aktenkoffern nach Südamerika durchzubrennen und den Rest meines Lebens damit zu verbringen, Pina Coladas zu schlürfen und Siesta mit braun gebrannten, tief dekolletierten Ausländerinnen zu halten. Aber irgendwie ahnte ich, dass Takahana auch für diesen Fall »Vorsorge« getroffen hatte.

Furankufuruto

Ich kam erst wieder zum Nachdenken, als der JAL-Jumbo die regennasse Startbahn von Narita hinunterdonnerte und langsam die Nase in den Himmel hob. Nun atmete ich zum ersten Mal seit vielen Stunden wieder tief durch.

Da saß ich, Hamada Ken, zum ersten Mal in meinem Leben in einem Flieger nach Übersee und hatte gerade mit unbeteiligter Miene zehn Millionen US-Dollar durch den Zoll geschmuggelt. Ich hatte mich inzwischen so weit an die gigantische Summe gewöhnt, dass ich der Stewardess sogar gestattete, die beiden Koffer in der Gepäckkammer zu verstauen, weil sie mir aus Sicherheitsgründen verbieten musste, sie beim Start auf dem Schoß zu halten. Die Koffer. Ihrem verzückten Lächeln nach zu urteilen hätte sie gewiss nichts dagegen einzuwenden gehabt, wenn ich sie, die Stewardess, auf den Schoß genommen hätte. Alles, was ich außer den zehn Millionen bei mir hatte, schleppte ich in einer Seven-Eleven-Plastiktüte mit mir herum, denn ich hatte nur kurz Zeit gehabt, mir im Bahnhof Shinjuku noch ein paar lebenswichtige Kleinigkeiten zu besorgen. Shiseido-Haarlack, eine Haarbürste, eine Zahnbürste, zahnmedizinisch getestete Kaugummis, ein Päckchen Einwegrasierer, das wohl bis an mein Lebensende reichen würde, denn mein Bartwuchs war noch nie besonders stark. Beim Optiker deckte ich mich mit einer Schachtel Einwegkontaktlinsen ein und kaufte mir am Kiosk nebenan sämtliche Folgen von *Megaman*, die ich noch nicht gelesen hatte, also zwei. Dazu fielen mir noch mehrere Instantkamera-Filme von Fuji in die Hände, das sind diese Filme, die gleichzeitig ein Fotoapparat sind. Sehr praktisch, falls ich Zeit für ein wenig Sightseeing finden sollte. Ich blätterte ohne großes Interesse in der farbenfrohen Broschüre für Erste-Klasse-Fluggäste und begann, mich langsam wohl zu fühlen. Hamada Ken, Privatdetektiv des internationalen Jetsets, zu Hause im Luftraum von Tokio bis New York, von Rom bis Buenos Aires. Die First Class war fast leer bis auf eine alte, vornehme Dame mit ihrer püppchenhaften Enkelin und einem Trio gut gekleideter Geschäftsleute aus Tokio. Sie sahen nicht aus wie Kofferdiebe, und so ließ ich die Dollars, wo sie waren, und konzentrierte mich darauf, mit den Stewardessen zu flirten. Es waren sieben, und sie schwirrten emsig zwischen der Bordküche und den Fluggästen hin und her. Fabelhaft. Kaum hatte ich meinen Whisky Sour gekippt, brachten sie schon mit zuckersüßem Lächeln den nächsten herbei. Ich fühlte mich immer besser. Die reizenden Flugbegleiterinnen, deren Lebenszweck darin bestand, sich den zahlungskräftigen Passagieren mit Haut und Haar zu versklaven, erlagen sofort meinem Charme. Ich kann das: eine verborgene Saite auf der Harfe der weiblichen Gefühle zum Klingen bringen. Ich erreiche das durch einen besonderen Augenaufschlag oder ein geschickt platziertes Selbstgespräch, manchmal auch durch ein gekonntes Aufwerfen der Lippen oder einen sinnesschweren Seufzer. So was funktioniert allerdings nur bei Typen wie mir, also bei den Kleinen und leicht Übergewichtigen. Bei den Großen und gut Gebauten schöpfen die Frauen sofort Verdacht und fühlen sich angemacht. Bei Männern wie mir dagegen fühlen sie sich sicher. Die Mädchen verwöhnten mich mit Cocktails und Lachshäppchen, flatterten zum Scherzen und Schäkern herbei und fütterten mich mit Schokotrüffeln aus Amsterdam. Irgendwann fiel mir eine Ausgabe der *Keizai Shinbun*, der Wirtschaftszeitung, in die Hände, in der ich einen längeren, sehr lehrreichen Artikel über das Takahana-Firmenimperium fand. Da die Stewardessen meine ganze Aufmerksamkeit beanspruchten, riss ich den Beitrag einfach heraus und nahm mir vor, ihn später zu lesen. Irgendwo zwischen Moskau und Irkutsk dämmerte ich dann schließlich ein, benebelt von der Zeitverschiebung und etlichen Drinks, und wachte erst auf, als das Flugzeug rüttelnd zur Landung in Furankufuruto ansetzte. Der Flugkapitän ließ sich zu einer Ansage herab. Er hörte sich genauso nasal und homosexuell an wie der Bahnhofsvorsteher in Shibuya und teilte mit, dass in Furankufuruto sonniges Frühlingswetter herrsche, dass die Zeitdifferenz zu Tokio wegen der Sommerzeit in Deutschland nur sieben Stunden betrug und nicht etwa acht und dass wir nichts im Flugzeug vergessen sollten. Weltmännisch stellte ich meine Uhr auf deutsche Zeit um. Dann landeten wir.

Ein letztes, schmachtendes Augenzwinkern des verliebten Bordpersonals und ich latschte mit meinen Koffern und der Plastiktüte fröstelnd in die sterile Kühle eines schmucklosen Flugsteigs. Noch immer etwas betäubt, mit einem pelzigen Geschmack im Mund, wandelte ich durch den Transitbereich und stellte mich an der Passkontrolle in die Schlange. Der rothaarige Zollbeamte hockte wie ein Dämon hinter seinem Schalter und griff sich meinen Pass, um ihn einer eingehenden Prüfung zu unterziehen.

»*Hau lonk ju stei?*«, schnarrte er mürrisch.

»Ichi beisu noch nichito bohin«, entgegnete ich in meinem besten Deutsch mit einem gewinnenden Lächeln.

Offenbar sprach er einen anderen Dialekt als ich.

»*Hau lonk ju stei?*«, wiederholte er noch mürrischer.

»Ich fürchte, ich verstehe Sie nicht«, sagte ich bedauernd mit einem Achselzucken, diesmal in fließendstem Englisch.

»Ei soll isch dann aach noch Schinesisch lenne für die paa Mack, die wo se mir hier bezahle?« Unlustig knallte er mir einen Einreisestempel in die noch unberührten Visa-Seiten meines Reisepasses. »*Next!*«, grollte er, was ich als Aufforderung interpretierte weiterzugehen.

Mit einem Mal packte mich die Angst, die ich bisher erfolgreich verdrängt hatte, nämlich mit meinen beiden Koffern aufzufliegen. Diese Angst fuhr wie eine Faust in den Unterleib, und ich fühlte meine Füße schwer werden wie Blei, als ich vom Passschalter weiterging und um die Ecke bog, Richtung Zollkontrolle. Rechts und links drängelten eilige Reisende mit reinem Gewissen an mir vorbei, und ich fühlte mich, als trüge ich ein Riesenschild um den Hals: ACHTUNG, ACHTUNG, DIESER HERR IST EIN DEVISENSCHMUGGLER. Aber selbst wenn ich ein solches Schild umgehabt hätte, es wäre egal gewesen, denn die Kontrolltische waren verwaist, kein Zollbeamter weit und breit. Ich zögerte, fragte mich, ob ich mich wohl verdächtig machen würde, wenn ich einfach durchginge. Aber da alle anderen das auch taten, folgte ich ihnen, ein munteres Liedchen vor mich hinpfeifend und mit absoluter Unschuldsmiene.

Geschafft.

Keine Hand legte sich mir auf die Schulter, niemand schrie: »Haltet ihn!« Kein Mensch nahm überhaupt Notiz von mir und meinen Koffern. Ich wechselte am Bankschalter ein paar Zehntausend-Yen-Scheine, winkte ein Taxi in die Stadt heran und checkte im Marriott-Hotel ein, das mir die Stewardessen empfohlen hatten; sie wohnten wohl auch dort. Takahana hatte zwar ein anderes Hotel gebucht, aber das war mir jetzt egal, denn ich wollte meine Stewardessen auf keinen Fall aus den Augen verlieren. Wenn es mir gelänge, ihre Zimmernummern zu ermitteln, standen meine Chancen auf weitere Schokotrüffel bestimmt gar nicht so schlecht.

Am Frontdesk wurde Takahanas Kreditkarte anstandslos akzeptiert, und ich bezog eine luxuriöse Suite mit Blick auf die Skyline der Stadt. Im letzten Tageslicht schienen die Glasfassaden der Bankhochhäuser wie in Flammen zu stehen. Ein schöner Anblick, den ich sofort mit einer meiner Einwegkameras festhielt. Da würde ich meinen Saufkumpanen in meiner Stammkneipe »Little Box« aber was zu erzählen haben! Unerwähnt würde ich freilich lassen, dass mich trotz meiner sechs Semester »Deutsche Sprache und Literatur« und trotz meiner intimen Beziehung zur deutschen Kultur und ihren üppigen, weichen Schätzen niemand in diesem fremden Land so recht verstehen wollte. Der Passdämon am Flughafen nicht, der Taxifahrer nicht, die Dame an der Rezeption nicht, die zum Glück eine japanische Mitarbeiterin hatte, und auch nicht der freundlich lächelnde Kofferboy. Aber das lag wahrscheinlich daran, dass er Inder war. Ich nahm eine ausgiebige Dusche, obwohl ich mich eigentlich nach einem heißen Bad sehnte, und begann unverzüglich mit der Arbeit. In der Schreibtischschublade fand ich eine Bibel und ein Branchentelefonbuch. Katana Corporation nahm unter »K« eine ganze Seite ein: Verkauf, Vertrieb, Kundendienst, Consulting, Investment, Computer, Autos, Baumaschinen und dazu – unübersehbar – das Firmenwappen: ein japanisches Schwert. Denn »Schwert« ist die Bedeutung des Wortes »*katana*«. Es war kurz nach sieben. Wer würde wohl um diese Uhrzeit noch arbeiten? Richtig, bei Katana arbeiteten sie wirklich noch, fleißig, flink und unermüdlich, wie man es von Japanern erwartete.

»Katana Deutschland, guten Tag. Mein Name ist Sasaki. Was kann ich für Sie tun?«

Sie sprach deutsch. Ich verstand kein einziges Wort außer »Katana« und »Sasaki«.

»Moshimoshi!«, sagte ich forschend.

»Hai«, hauchte sie erwartungsvoll. Japanische Telefonistinnen sind intensivst darauf geschult, ihrer Stimme diesen ganz besonderen, naiv-dienstbaren Klang zu geben, als sei es das größte Glück auf Erden, mit dem, den sie gerade in der Leitung haben, zu sprechen und ihm jeden Wunsch von den Lippen abzulesen, selbst wenn sie die Lippen ja gar nicht sehen können. *»Moshimoshi ...?«*

Gott sei Dank. »Guten Abend. Mein Name ist Hamada Kenji. Der Firmenpräsident persönlich, Herr Takahana, hat mich mit dieser Aufgabe betraut. Ich überbringe eine wichtige Sendung für Herrn Mori.«

»Für welchen Herrn Mori?«

Aha. Es gab also mehrere Moris.

Aber Komplikationen konnten mich nicht schrecken.

»Für Mori Shinichi, den Chef.«

»Bitte haben Sie einen Moment Geduld.« In der Wartezeit von einer Minute unterhielt mich eine piepsende Version der »Ode an die Freude« von Beethoven. Ich wollte gerade mitsingen, als jemand sich meldete: »Hier spricht Mori Shinichi.«

»Guten Abend, Mori-san. Mein Name ist Hamada Ken. Der Firmenpräsident hat mich mit zwei Aktenkoffern aus Tokio hergeschickt, und ich wüsste nun gern, wem ich sie übergeben darf.«

»Ah, Hamada-san. Endlich. Wo sind Sie? Noch am Flughafen?«

»Im Marriott-Hotel. Gibt es schon einen Plan wegen der Geldübergabe?«

»Den gibt es in der Tat. Es soll heute Nacht passieren. Wir sollen uns in ein japanisches Restaurant begeben und dort auf weitere Anweisungen warten.«

»Das trifft sich gut, denn ich habe einen Mordshunger.«

»Ich hole Sie in einer halben Stunde ab.«

Ich wartete mit meinen Koffern am Eingang neben einem ziemlich lächerlich aussehenden, rot befrackten Türsteher, der einen hohen Zylinder aufhatte. Noch ein Inder. Ich trug die Klamotten, die ich an diesem weit entfernten Morgen in meiner ebenso weit entfernten Heimatstadt angelegt hatte. Sie waren zerknittert und taugten gerade noch für ein informelles Abendessen mit anschließender Lösegeldübergabe. Meinen Scheitel hatte ich unter großen Mühen in eine halbwegs vorzeigbare Form gebracht. Wenn es mein Geld gewesen wäre, hätte ich einen ganzen Koffer hergegeben für eine Garnitur neuer Klamotten und einen Coiffeur.

Mori-san fuhr in einem dunkelblauen Mercedes vor. Auf dem Rücksitz saß seine über alle Maßen attraktive Frau, die ich bereits von Takahanas Foto her kannte. Mori selbst, so schätze ich, hätte zwar ihr Vater sein können, aber mit seinem noblen Profil, den intelligenten, leicht angegrauten Schläfen und den beneidenswert ebenmäßigen, blendend weißen Zähnen war er das perfekte Gegenstück zu ihr. Zusammen sahen sie aus wie das glückliche Paar aus der Autowerbung. Nur die tiefen Sorgenfalten auf seiner Stirn und ihre vom Weinen geröteten Augen wollten nicht recht in dieses harmonische Bild passen.

»Willkommen in Deutschland, Hamada-san.«

Sein lustiger Kagoshima-Akzent verriet den feurigen Südjapaner. Die holde Gemahlin flötete einen schüchternen Gruß vom Rücksitz.

»Freut mich, Sie beide kennen zu lernen«, entgegnete ich

etwas tölpelhaft. »Es tut mir sehr Leid, was mit Ihrem Sohn passiert ist. Aber nun«, ich klopfte gönnerhaft auf die Koffer, »nun wird ja alles gut. Machen Sie sich keine Sorgen mehr, *Oku-san.*«

Oku-san, das heißt »diejenige, die im Inneren ist«; gemeint ist damit das Innere des Hauses. So spricht man auf Japanisch die Ehefrauen an. Ich drehte mich um und blickte sie aufmunternd an. Sie war tatsächlich eine Ausnahmeerscheinung: Schulterlanges, lackschwarz glänzendes Haar umrahmte ihr fein geschnittenes Gesicht. Zwei reizende Lachfältchen, die allerdings wohl lange nicht mehr gelacht hatten, umrahmten ihre vollen, verheißungsvollen Lippen. Sofort nahmen mich ihre Augen gefangen. Ich hatte bisher nur wenige Menschen kennen gelernt, in deren Augen ein so zauberhaftes Funkeln lag. Man meinte, ein Geräusch zu hören, wenn sie einen ansah. Wie ein hohes *Pling* von einem Triangel. Mori war wirklich ein Glückspilz. Zu meinem Schrecken steuerte er seinen Mercedes seelenruhig auf der falschen Seite der Straße. Ich wollte ihn schon darauf aufmerksam machen, da fiel mir wieder ein, dass hier ja Rechtsverkehr herrschte. Unbegreiflich, wie er das als Japaner bewerkstelligen konnte. Ich wollte mich danach erkundigen, hielt mich dann aber doch zurück, um nicht wie ein Schwätzer zu wirken. Wir gelangten in eine Tiefgarage unter einem prächtigen, hell angestrahlten Gebäude, das er die »Arute Opaa« nannte, und zu Fuß wanderten wir an den Schaufenstern feiner Boutiquen entlang, die ich mir vornahm gleich am nächsten Morgen, nachdem ich Takahanas Zauberkoffer losgeworden war, aufzusuchen, um mich neu einzukleiden. Außerdem durfte ich nicht versäumen, ein Panorama-Foto von dieser »Arute Opaa« zu machen, denn sie erinnerte mich an das Schloss Neuschwanstein, das mein Deutschlandbild geprägt hatte.

Das Ehepaar Mori führte mich zu einem japanischen Restaurant namens »Miyako«, wo glücklicherweise ein Tisch reserviert war, denn das Restaurant war brechend voll. Die hungrigen Sushi-Fans – darunter sogar eine beunruhigend große Zahl *gaijin*, also Nicht-Japaner – standen schon auf der Treppe an und warteten geduldig auf Einlass.

»Ich bin sehr froh, dass Takahana gerade Sie engagiert hat, um uns zu helfen«, schmeichelte mir Michiko, als wir gemeinsam am Tisch saßen und der scheißfreundliche Kellner unsere Bestellung entgegengenommen hatte. »Sie sind bestimmt der berühmteste Privatdetektiv in Tokio.«

»Das würde ich nicht so sagen«, wehrte ich bescheiden ab, zutiefst beschämt. »Ich denke, ich bin eher der einzige. Im Übrigen komme ich ja nicht als Detektiv, sondern nur als Laufbursche.«

»Hatten Sie schon mal einen Entführungsfall?«, erkundigte sich Mori höflich.

»Einen, ja«, sagte ich und goss mir ein Glas Sapporo-Bier ein. Der Fall lag schon an die zwei Jahre zurück. Es handelte sich um einen vermissten Zwerg-Collie, der allerdings nicht entführt, sondern lediglich verwechselt worden war. Aber das mussten die beiden besorgten Eltern ja nicht unbedingt so genau wissen. Im Übrigen hatte ich den Fall tatsächlich gelöst. Bevor sie weitere unangenehme Fragen stellen konnten, brachte ein unsympathischer Sushi-Koch mit blauem Stirnband und schmieriger Schürze das Essen heran. Sein Gesicht war pockig, als habe er sich Sojakeimlinge in die Haut implantieren lassen. Die Sushi waren mit denen in Tokio natürlich nicht zu vergleichen. Besonders der Tunfisch ließ einiges zu wünschen übrig und war mit viel zu viel *wasabi*, dem beißend scharfen japanischen Grünsenf, behandelt worden, von dem mein amerikanischer Freund George immer behauptete, er enthalte radioaktive Brennstoffe. Aber insgesamt war ich doch recht zufrieden und nahm mir vor, morgen nach dem Einkaufen und nach meiner kleinen Fotosafari in diesem Restaurant zu Mittag zu essen.

»Sind Sie beide schon lange in Deutschland?«, machte ich schmatzend auf Konversation.

»Noch nicht sehr lange. Erst seit zwei Monaten. Yuki ist gerade eingeschult worden.«

Die wunderhübsche *Oku-san* brachte kaum einen Bissen herunter und berichtete, dass ihr Sohn von einem Fremden aus dem Unterricht abgeholt worden sei. Der Fremde hatte sich den Schulbehörden gegenüber als Yukis Onkel aus Japan ausgegeben.

»Man kann sich als Japaner nirgendwo mehr sicher fühlen, auch nicht in diesem Land«, empörte sich Mori.

Ich nickte, denn ich konnte ihn gut verstehen. Japaner sind nun mal nicht dazu geschaffen, in ferne Länder zu reisen und dort gar sesshaft zu werden. Überall nur *gaijin*, merkwürdiges Essen und unverständliche Sprachen. Weiß der Himmel, warum ausgerechnet wir zur Exportnation werden mussten. Wir eignen uns absolut nicht dazu. Aus einem der oberen Stockwerke drangen dumpfe Bassklänge und das Wehklagen eines romantischen japanischen Liebeslieds.

»Hm, Karaoke«, bemerkte ich tiefsinnig, um die Wolke des Schweigens zu vertreiben, die sich über den Tisch gelegt hatte. Mein Tagesablauf von morgen wurde immer dichter: erst Klamotten kaufen, fotografieren, dann essen gehen, dann ein wenig Karaoke singen. Damit würde ich den Tag schon rumkriegen und wäre wieder um fünf Millionen reicher. Den Heimflug konnte ich dann erfrischt und ausgeruht übermorgen antreten.

»Sagen Sie mal, Hamada-san«, versuchte nun Mori, das sieche Gespräch wieder zu beleben. »Nur aus Neugierde:

Mal gesetzt den Fall, Sie würden nicht nur das Geld überbringen, sondern müssten den Jungen tatsächlich suchen ... Wie würden Sie dann vorgehen?«

»Ich habe für meine Arbeit eine sehr hilfreiche Schritt-Theorie entwickelt«, dozierte ich. »Im Falle einer Entführung heißt das: Der erste Schritt ist bereits getan, und zwar von der Gegenseite. Das war nämlich die Entführung. Keine gute Ausgangslage, denn die Initiative liegt bei den Feinden, aber das ist leider meistens so bei Verbrechen. Die Schurken sind den Rechtschaffenen immer einen Schritt voraus. Ich aber tue den zweiten Schritt, das ist die Suche nach der entführten Person. Der dritte Schritt ist die Lösung, also die Auffindung dieser entführten Person. Hört sich kompliziert an, ist aber eigentlich ganz einfach.« Schwungvoll kippte ich mein nächstes Glas Sapporo-Bier hinunter und genoss ihre Bewunderung.

»Und was genau nützt Ihre Schritt-Theorie in diesem konkreten Fall?«

Ich kam zu dem Schluss, dass ich Mori nicht leiden konnte. Die Art, wie er diese Frage stellte, erinnerte mich an meinen Vater, der mich mal fragte: »Und was genau willst du anfangen als Privatdetektiv?« Dazu dieser verächtliche Ausdruck in den Augen. Er nahm mich offensichtlich nicht ernst. So was kann ich auf den Tod nicht ausstehen.

Ich beschloss, ein wenig provokant zu werden. »Sie sagt mir in diesem konkreten Fall, dass schon beim ersten Schritt etwas nicht stimmt. Ich dachte nämlich bisher, der Junge sei von Deutschen gekidnappt worden. Sie nicht auch? Natürlich! Sie sagten ja, dass man sich als Japaner nicht sicher fühlen kann in diesem Land. Aber ein deutscher »Onkel« hätte ihn sicherlich nicht so einfach von der Schule abholen können, ohne das Misstrauen der Aufsichtspersonen zu erregen, richtig? Also war zumindest einer der Entführer Japaner.«

Ich gab Mori Zeit, diese Information zu verarbeiten und wollte gerade nachlegen, als der Kellner uns scheißfreundlich unterbrach. So ein Idiot. Ich hätte zu gerne Moris Gesicht gesehen, wenn ich ihm meine scharfsinnigste Beobachtung eröffnete, dass nämlich Yuki seinen Entführer gekannt haben musste, sonst wäre er ja wohl kaum mit ihm mitgegangen. Außer er war ein kompletter Blödel, und das konnte ich mir bei dieser Mutter keineswegs vorstellen.

»Mori-san, entschuldigen Sie bitte vielmals, aber da ist ein dringendes Telefonat für Sie«, meldete der scheißfreundliche Kellner.

Wir wechselten erschreckte Blicke und dachten alle dasselbe: die Entführer! Mori erhob sich, Michikos und meine Augen folgten ihm, bis er in einem schmalen Gang hinter der Kasse verschwand. Er blieb lange weg.

Inzwischen räumte der schleimige Kellner den Tisch ab. »War das Essen zu Ihrer Zufriedenheit?«, fragte er rhetorisch.

»Ich würde gerne morgen hier zu Mittag essen«, teilte ich ihm mit.

»Oh, mein Herr! Ich fürchte, das wird schwierig werden. Wir sind immer drei bis vier Tage im Voraus ausgebucht. Das Restaurant erfreut sich großer Beliebtheit. Wie wäre es am Freitag?«

»Nein, danke.« Ich nehme Zurückweisungen nicht besonders gut auf. »Am Freitag esse ich wieder *richtige* Sushi. Daheim. In Tokio.« Ich genoss seinen Neid.

Mori kam zurück und hielt einen Zettel in der Hand. »Sie haben mir den Weg beschrieben zu einer Stelle in der Nähe von Bad Homburg. Das ist eine Stadt nicht weit von hier. Da sollen wir in zwei Stunden das Geld abliefern. Yuki wird uns dort sofort übergeben.«

Michiko schluchzte aufgeregt.

»Wir brechen am besten gleich auf«, schlug Mori vor.

»Würden Sie mal ein Auge auf die Koffer haben? Ich muss noch mal ganz kurz wohin.«

Ich stand auf und strebte entschlossenen Schrittes dem Waschraum zu. Zu meinem Entsetzen stellte ich fest, dass ich schwankte. Eigentlich halte ich mich für ziemlich trinkfest, und ich kann ein halbes Dutzend hart gesottene Trinker aus der »Little Box« benennen, die das bezeugen können. Doch jetzt war mir über Gebühr schwindlig und ich war wackelig auf den Beinen. Vielleicht hatten der lange Flug und die Zeitverschiebung ja meinen sensiblen Biorhythmus durcheinander gebracht.

Mori schien mein angeschlagener Zustand nicht entgangen zu sein, denn er folgte mir aufs Klo und blieb mit besorgtem Blick in der Tür stehen, während ich mich erleichterte.

»Alles in Ordnung?«, fragte er, als ich mich über das Waschbecken beugte, um mein Gesicht mit einer Ladung frischem Wasser zu bespritzen.

»Wird schon gehen«, beruhigte ich ihn mit schwerer Zunge. »Mir steckt der Flug noch in den Knochen.«

»Das geht mir auch immer so.«

Jetsetter unter sich.

Sein Gesicht verzog sich plötzlich, wurde breit wie eine Bratpfanne, dann wieder schmal wie eine Banane. Entweder er war ein Gummimensch oder ich befand mich in ernsten Schwierigkeiten. Ich fühlte mich hundemüde und rieb mir die Augen. Aus dem Spiegel glotzte ich mir entgegen wie ein Albinokaninchen unter Drogeneinfluss.

»Komisch, wie klein die Welt ist«, sinnierte Mori. »Sie wissen es wohl nicht mehr, aber wir hatten schon einmal miteinander zu tun.«

»Was Sie nicht sagen!«, keuchte ich, unfähig, nur einen Gedanken daran zu verschwenden, wo ich ihn getroffen haben könnte und was er mir überhaupt sagen wollte. Meine Gehirnzellen waren zu einem klebrigen Brei verschmolzen, die Welt um mich herum waberte und wallte.

»Erinnern Sie sich noch an das Buch? Ich war damals Ihr Auftraggeber.«

In diesem Moment zwängte sich ein fetter Japaner durch die Klotür, und Mori verstummte.

Er lotste mich fürsorglich wieder an den Tisch zurück, beglich die Rechnung, und wir gingen. Das heißt: Sie gingen.

Ich torkelte.

Mori stützte mich mit einer Hand, in der anderen trug er einen der Aktenkoffer, den anderen hatte Michiko an sich genommen. Der Weg zurück zum Auto war der reinste Horrortrip. Meine Albinoaugen begannen mir plötzlich zu brennen und zu tränen. Die Lichter der Leuchtreklamen und Schaufenster waren grelle, rotierende Blitze, die meine Netzhaut zerfetzten. Meine Ohren waren zu überempfindlichen Radarstationen geworden, die jedes Geräusch ins Unendliche verstärkten. Schritte auf der Straße, das Klirren eines Schlüsselbundes, das Starten eines Automotors, das Lachen vorbeieilender Passanten – alles wurde zu Getöse und Geschrei. Jeder meiner Schritte war ein Balanceakt. Ich verlor den Bürgersteig aus den Augen, musste mich an Mori festkrallen, dessen besorgter Gesichtsausdruck mich mit tiefer Scham erfüllte. Zwar ist es ein ungeschriebenes Gesetz in Japan, dass man einem Betrunkenen alles verzeiht und ihm sein Benehmen, so sittenwidrig es auch sein mag, am nächsten Tag nicht ankreidet. Aber dennoch fühlte ich mich schuldig. Ich wollte etwas sagen. Zum Beispiel, dass mich auch die doppelte Menge Bier normalerweise nicht umwarf. Und dass ich den Verdacht hatte, hier ginge was nicht mit rechten Dingen zu. Aber ich konnte nicht reden. Ich brachte nur Laute heraus, die sich wie das Rülpsen einer leer laufenden

Badewanne anhörten. Mori-san stützte mich, und langsam dämmerte es mir, dass er mich nicht nur stützte, sondern regelrecht schleppte. Ich war in meinem Leben schon oft betrunken gewesen. Auch schon total besoffen. Aber niemals hatte ich mich so hilflos und ausgeliefert gefühlt. Wie ein Insekt, das unwiderstehlich von einem trägen, zähen Harzklumpen aufgesogen wird und bald bewegungsunfähig auf ewig in einem Bernsteinsarg eingesperrt sein würde. Mein Verstand bäumte sich auf wie ein sterbendes Pferd, meldete verzweifelt, dass ich am Untergehen war. Aber ich konnte es nicht verhindern. Ich spürte Speichel aus meinem Mundwinkel rinnen und sah in die blöden Gesichter der *gaijin*, die uns entgegenkamen. Ich hörte Mori-san etwas von einem Arzt sagen und verfluchte das gleißende Licht, das meine Sehnerven zerhackte. Ich spürte, wie mir eine Kontaktlinse vom Sturzbach der Tränen aus dem Auge gespült wurde. Vor einer Boutique mit teurer Damenmode kotzte ich das teure Abendessen auf das Straßenpflaster. Dann umfing mich nur noch gnädige Dunkelheit, und ich ergab mich in meinem Bernsteinklumpen.

Der Ninja-Killer

Eine Autotür wird zugeschlagen, weckt mich kurz auf. Jemand schreit wütend.

Ein Motor heult auf. Wir fahren.

Ich höre Stimmen, verstehe aber nicht, was gesprochen wird. Ich kann nichts aufnehmen. Ich kann meine Arme nicht bewegen. Ich weiß nicht, ob ich liege, stehe oder sitze. Ich bin gefangen in der Bernsteinblase.

Ich träumte: Ich bin daheim in meiner schicken Zweizimmerwohnung im Haziendastil nicht weit vom Bahnhof Kugayama im Suginami-Distrikt. Es ist früh am Morgen, und die erste Bahn nach Shibuya rattert vorbei. Das Geräusch wird lauter und lauter und hört sich schließlich gar nicht mehr wie eine Bahn an. Es ist das Klappern meiner Zähne.

Ich zitterte wie noch nie in meinem Leben. Jeder einzelne Knochen bebte, jeder Muskel zuckte. Ich schepperte wie eine Schreibmaschine, auf die eine wild gewordene Sekretärin einhämmert. Bevor ich versuchte, meinen Kopf zu bewegen, hatte ich keine Ahnung, was Schmerz bedeutet. Schmerz war ein Lichtblitz und ein Donnerschlag in ein und derselben Millisekunde. Schmerz war eine aufgeklappte Schädeldecke und ein Kochlöffel, der in der Gehirnmasse rührt. Ich schlug die Lider auf und bemerkte etwas Großes, Grünes. Ich rieb mir die Augen. Rechts war das für nichts gut, die Kontaktlinse war ja weg. Das linke Auge sah riesige Grashalme. Die Hand erwachte und fand sich in einer Schlammpfütze. Langsam, unendlich langsam und vorsichtig den Kopfschmerz besänftigend wie einen scharfen Hund setzte ich mich auf. Ich befand mich am Rand eines Waldes auf einer Grasfläche. Mücken tanzten, der Wald roch frisch wie Luftreiniger mit Kieferaroma, die Sonne schien, aber das Gras war ungemütlich nass vom Morgentau. Meine Klamotten waren feucht und kalt. Mori-san lag direkt neben mir. Er trug noch immer den dunklen Anzug, den er am Abend getragen hatte. Sein Kopf lag einen halben Meter neben dem Körper. Seine weit aufgerissenen Augen starrten mich vorwurfsvoll an. Ich hielt mir mein rechtes Auge zu, das nur verschwommene Bilder lieferte, und erhob mich stöhnend. Im Gras neben mir lag ein japanisches Schwert, blutverschmiert. Irgendetwas musste bei der Übergabe des Lösegelds total danebengegangen sein.

Der Schrei bohrte sich in mein Ohr wie ein glühender Spieß. Eine dicke *gaijin*-Frau mit einem kleinen braunen Hund an der Leine stand keine fünf Schritte von mir auf einem Schotterweg und brüllte aus vollem Halse. Als ich einen Schritt auf sie zu tat, um sie zu beruhigen, schrie sie noch lauter, drehte sich um und rannte davon. Ich begriff sofort, dass es keinen Zweck hatte, ihr zu folgen, um ihr meine Situation zu erklären. Allein schon wegen meines Sprachproblems. Die Fakten sprachen hier ihre eigene Sprache und sie sprachen eindeutig und massiv gegen mich. Die dicke Frau rannte, noch immer schreiend und den nach Luft japsenden Dackel hinter sich herzerrend, den leicht abschüssigen Feldweg hinunter auf eine Siedlung zu. Wenn sie ihr Tempo beibehielt, würde sie das erste Haus in vier bis fünf Minuten erreicht haben. So schnell es mein hämmernder

Schädel zuließ, analysierte ich die Lage: Takahanas Lösegeldkoffer waren verschwunden. Mori war tot, und eine dicke, schreiende Frau hielt mich für den Mörder, und es würde der Polizei sicher nicht schwer fallen, ihr das auch zu glauben. Meine Kleidung war verdreckt, durchnässt, mit Grasflecken, Kotze und Blut besudelt. Mir fiel nur eines ein: Nichts wie weg hier! Raus aus diesem Land. Zurück nach Japan, in meine gemütliche Wohnung in Kugayama. Tür zu und nie wieder einen Auftrag annehmen.

Ich wusste irgendwie schon, was ich finden würde, bevor ich noch meine Jackentaschen abklopfte: nichts nämlich. Mein Pass war weg, ebenso mein Flugticket, die Kreditkarte. In meiner Hosentasche fand ich ein Bündel deutsche Banknoten, die ich gestern am Flughafen eingewechselt hatte. Ungefähr dreihundert Euro. Wie viel war das in richtigem Geld? Keine Ahnung, ob ich dafür ein Auto oder eine Zeitung kaufen konnte. Ich steckte sie wieder weg. Mori-san sah mir verständnislos zu.

»*Gomennassai!*«, entschuldigte ich mich bei ihm, als ich seinen ausgebluteten, kalten Torso bewegte, um an die Innentasche seines Sakkos zu gelangen. Ich fand eine Brieftasche mit noch mal fünfhundert Euro.

»*Gomennassai*, Mori-san.«

Ich konnte nicht anders, ich verbeugte mich vor dem Kopf, der da im Morast lag. Zum ersten Mal hörte ich eine deutsche Polizeisirene und fand, dass sie ein wenig kindisch klang. Trotzdem jagte sie mir eine Höllenangst ein. So schnell es mein bei jedem Pulsschlag berstender Kopf zuließ, torkelte, rannte, stolperte, sprang, kroch ich tiefer in den Wald hinein. Es ging endlos bergauf, und, als ich schon glaubte, mir würden die Lungen platzen, endlich wieder bergab. Einmal blieb ich an einem Beerenstrauch hängen und zerkratzte mir das Gesicht. Wenig später stolperte ich in vollem Lauf über einen herumliegenden Ast und prallte mit Höchstgeschwindigkeit gegen einen herumstehenden Baum. Verdammte ungepflegte deutsche Wälder! Als ich wieder zu mir kam, erhob ich mich wie ein ferngesteuerter Fluchtroboter, dem langsam die Batterie ausging, und schritt vorsichtig weiter, bis ich schließlich an eine Straße kam, die mitten durch den Wald führte. Ich ließ mich ins Gebüsch am Straßenrand fallen und beobachtete die Straße, auf der im Zwei-Minuten-Takt Autos vorbeirauschten. Den Wagen bemerkte ich zuerst nicht, weil er dunkelgrün war und in einem schattigen Seitenweg unter Bäumen geparkt war. Es war ein alter Honda Accord. Ich dachte zuerst, es liege an meiner Gehirnerschütterung, aber als ich näher heranschlich, bemerkte ich, dass der Honda tatsächlich wackelte. Und als ich endlich durch das Fenster hineinspähen konnte, sah ich zwei junge *gaijin*, einen Mann und eine Frau, die bumsten. Ich erschrak, als ich mein Spiegelbild erblickte. Ich sah aus wie ein Leichnam, den jemand aus dem Sumpf gezogen hatte: ein grausiger Fund auf Beinen. Mein Gesicht war genauso dreckverschmiert wie meine Kleidung, die rechte Seite blutete nach der Begegnung mit dem Beerenbusch. In meinem Haar hingen Zweige und Laub. Auf der Stirn war mir eine leuchtend rote Beule gewachsen wie ein bösartiger Tumor. Ein Andenken von einer deutschen Kiefer. Die *gaijin*-Frau, die unten lag, bemerkte mich plötzlich. Ihre Augen weiteten sich, und sie schrie. Der Typ rammelte fröhlich weiter, weil er meinte, das gehöre dazu. Ich bin kein unromantischer Mensch, aber ich brauchte diesen Wagen wirklich dringender als diese beiden Liebesvögel. Wie, verdammt, sagte man doch gleich »Auto« auf Deutsch?

Ich riss die Tür auf.

»Ichi bulauche Honda!«, keuchte ich.

Ich packte den verdutzten *gaijin* an Arm, um meiner

Forderung Nachdruck zu verleihen, und zog ihn aus der Frau wie auch aus dem Honda heraus, seine quiekende Freundin kam von sich aus hinterher.

»*Gomennassai!*«, sagte ich höflich. Aber sie hörten mich nicht, denn die Frau rannte kreischend und nackt in den Wald hinein. Er folgte ihr, so schnell seine heruntergelassene Unterhose es zuließ. Sobald ich den Liegesitz hochgeschraubt hatte, startete ich den Wagen, um ihn auf die Straße hinaus zu steuern. Der Schalthebel war auf der falschen Seite, aber irgendwie ging es dann doch. Der Motor heulte, denn ich trat das Gaspedal durch bis zum Anschlag. Ich hatte keine Ahnung, wo ich war und in welche Richtung ich fahren sollte. Ich wusste nicht wohin. Zum Flughafen? Vielleicht konnte ich versuchen, irgendwie als blinder Passagier auf die nächste Maschine nach Tokio zu kommen. Schließlich war ich nach dem Verlust meiner Kontaktlinse ja ohnehin schon halb blind. Deswegen bemerkte ich den Irren auch erst, als es schon fast zu spät war. Hupend und mit einem Sperrfeuer der Lichthupe hielt er direkt auf mich zu und wich erst aus, als nur zwei Zentimeter zum Frontalzusammenstoß fehlten.

»*Bakayaro!*«, brüllte ich und bremste so scharf, dass mir mein Bein wehtat. »Verdammtes Arschloch!«

Bis mir siedend heiß einfiel, dass nicht er, sondern ich auf der falschen Spur war. Rechtsverkehr! Verdammt, verdammt. Ich lenkte den Wagen auf die gegenüberliegende Seite und blieb kurz mit laufendem Motor stehen, um mich von diesem tödlichen Schreck zu erholen. Ich zählte rückwärts von dreißig bis null und fuhr dann sehr langsam und konzentriert weiter, bis ich an einer Kreuzung das ersehnte Schild fand: Frankfurt 25 km.

Auf dem Rückweg in die Stadt betrachtete ich meine Situation unter dem Gesichtspunkt der Schritt-Theorie.

Schritt eins: Takahana hatte mich reingelegt. Schritt zwei: Ich musste meine Haut retten. Mehr wollte mir beim besten Willen nicht einfallen, und ich machte mir bittere Selbstvorwürfe. Wieso hatte ich damals bloß nicht auf George gehört und meinen unsinnigen Beruf rechtzeitig an den Nagel gehängt?

»In Japan sind Privatdetektive überflüssig«, hatte er gesagt. »Es ist nicht nur, weil ihr keine richtige Intimsphäre habt. Es gibt in Japan auch keine Geheimnisse. Bei euren dünnen Wänden ist praktisch jeder Mensch mehr oder weniger ein Detektiv. Ich weiß zum Beispiel, dass mein Nachbar jeden Morgen um halb sieben aufsteht, denn ich kann seinen Wecker klingeln hören.«

»Toll«, entgegnete ich trotzig. »Und wem ist mit dieser Erkenntnis gedient?«

»Das ist nicht der Punkt«, wich George aus. »Der Punkt ist, dass jeder über alles und jeden Bescheid weiß. Warum sollte er da noch einen Ermittler bezahlen? Ihr Japaner benehmt euch sowieso alle nach demselben Verhaltensmuster, da brauche ich doch keinen Detektiv, um herauszufinden, was der andere macht. Ich schaue einfach, was ich selbst mache!«

Da hatte er einen wahren Punkt angesprochen, aber so leicht wollte ich mich nicht geschlagen geben. Ich weiß nicht mehr, was ich damals erwidert habe, aber jetzt fiel mir endlich eine stichhaltige Antwort ein: »Verdammt noch mal, sie sind eben doch nicht alle gleich!«, protestierte ich laut. »Zumindest Takahana ist anders! Erschreckend anders!«

Es gab nur zwei Adressen, die ich in dieser fremden Stadt kannte: das Marriott-Hotel und das Restaurant »Miyako«. Da ich dringend eine neue Kontaktlinse brauchte, fuhr ich ins Hotel.

Zu meinem Glück hatten die beiden Liebesvögel aus dem Honda vor ihrem Schäferstündchen Tennis gespielt. Ich fand die Schläger und einige Bälle auf dem Rücksitz. Was wichtiger war: Die weißen Shorts und das T-Shirt des *gaijin* passten mir knapp. Ich fand eine Toilette auf dem Weg in die Lobby, wusch mich und zog mich um. Mit einem Tennisschläger getarnt erschien ich an der Rezeption, wo die junge Japanerin mich mit besorgtem Blick empfing.

»Du lieber Himmel, was ist denn mit Ihnen passiert? Soll ich einen Arzt rufen?«

»Nein, es geht schon. Ich habe nur ein bisschen Tennis gespielt.« Sie betrachtete besorgt mein ramponiertes Gesicht und fragte sich offenkundig, wer wohl mein Gegner gewesen sein mochte.

»Ich bin kein sehr guter Verlierer«, sagte ich als Erklärung.

»Ach so.«

Der Inder entpuppte sich als wahrer Menschenfreund. Innerhalb von einer Stunde besorgte er mir für nur fünfhundert Euro neue Kleidung: Hose, Pullover, Jacke und Turnschuhe. Nicht eben topmodisch, aber ich durfte jetzt nicht wählerisch sein. Ich gönnte meinem geschundenen Körper ein heißes Bad, stellte mit der Einwegkontaktlinse mein Sehvermögen wieder her und rief beim japanischen Generalkonsulat an. Mir einen Ersatzpass auszustellen würde mindestens vier Tage dauern, sagte das Mädchen am Telefon.

»Ach, das ist aber lang. Geht es nicht ausnahmsweise mal etwas schneller? Ich will doch nur nach Hause. Es ist so eine Art Notfall.«

»Nein, tut mir sehr Leid. Wir brauchen zumindest noch bis zum Wochenende.« Sie hörte sich betrübt an, so als wisse sie genau, wie hilflos und unnütz man sich als Japaner vorkommt, wenn man in einem fremden Land festsitzt, wo einen kein Mensch versteht.

Einen Moment wenigstens fühlte ich mich verstanden. »Und wenn ich jetzt gleich käme? Ging es dann vielleicht schneller?«

»Tut mir Leid, es ist jetzt schon nach 16.00 Uhr. Erst morgen Früh wieder, bitte. Und bringen Sie zwei Passfotos mit.« Sie hielt plötzlich inne, und ich hörte nur ihr Atmen und Papierrascheln.

»*Moshimoshi ...?*«, sagte ich, »sind Sie noch da?«

»Entschuldigung. Einen Moment, bitte. Wie sagten Sie doch, war Ihr werter Name?« Ihre Stimme klang verändert. Eben säuselte sie noch im besten Telefonistinnenton, jetzt klang sie plötzlich gehetzt, als stünde jemand mit gezücktem Messer hinter ihr.

»Hamada Kenji – warum?«

»Hamada-san. Vielleicht möchten Sie doch gleich bei uns vorbeikommen. Ihr Reisepass ist nämlich gefunden worden. Ich habe ihn hier im Büro. Oder sollen wir ihn zu Ihnen bringen lassen? Wo sind Sie?«

»Ich rufe wieder an!«

Ich schmetterte den Hörer auf die Gabel. Hier stimmte was nicht. Etwas raschelte am Eingang, und ich fuhr erschreckt auf. Jemand hatte die Abendzeitung unter der Tür durchgeschoben. Ich sah das Foto auf der Titelseite. Es zeigte einen sympathischen, soliden Japaner mit sauberem Scheitel und einer dicken schwarzen Hornbrille, die ich schon seit zwei Jahren nicht mehr trug. Es war das Foto aus meinem Reisepass. Darunter stand in fetten, schwarzen Lettern zu lesen: Der Ninja-Killer.

Ich griff erneut zum Hörer und wählte.

»Hamada!« Nur Nori konnte meinen Namen so aussprechen, dass er sich wie eine Beschimpfung anhörte. Seine

Stimme klang kratzig. Nach einer Menge Alkohol und wenig Schlaf. In Tokio musste es jetzt sehr früh am Morgen sein.

»Nori, ich bin da in eine ziemlich unangenehme Sache reingeraten. Du könntest mir einen großen Gefallen tun und mir helfen.«

Nori schnalzte mit der Zunge und legte die Hand über die Sprechmuschel. Ich konnte trotzdem hören, wie er seiner Freundin Akiko, die neben ihm lag und schimpfte, irgendetwas Gemeines über mich zuflüsterte. Sie entriss ihm den Hörer und quäkte mit heiserer Stimme etwas Unverständliches hinein. Kurzes Gerangel, dann war mein alter Kumpel wieder dran.

»Hamada, du bist der dümmste Trottel auf der Welt. Ich weiß alles. Die Nachrichten haben heute über nichts anderes berichtet als über dich!«

»Aber warum denn?« Mein Herz klopfte mir bis zum Hals.

»Geh und stell dich der Polizei, Hamada. Weißt du, wie sie dich hier nennen? Den Ninja-Killer.«

»So nennen sie mich hier auch.«

»Ach ja? Ich verstehe auch, warum ...«

»Nori, das ist alles Unsinn. Takahana hat mich reingelegt. Nichts von dem ganzen Killer-Mist ist wahr!«

»Ich glaube dir«, sagte mein Freund feierlich. »Ich kenne dich lange genug und weiß, dass du viel zu blöd für das wärst, was sie dir da anhängen wollen.«

»Danke.«

»Hamada – stell dich der Polizei. Sie sind hinter dir her. Du hast keine Chance.«

Da hatte Nori Recht. Aber keine Chance hatte ich auch, wenn ich mich stellte. Welcher Richter würde mein Wort gegen das von Takahana Hideyoshi gelten lassen?

»Das tue ich, Nori. Ich verspreche es«, log ich also. »Aber vorher muss ich noch was erledigen. Kannst du mir helfen?«

»Nein.«

»Kannst du bitte jetzt gleich in meine Wohnung fahren? Den Schlüssel hat die Vermieterin. Ich brauche nur eine Telefonnummer, die wahrscheinlich irgendwo bei den Papieren in dem roten Schuhkarton liegt, der gleich links neben meinem CD-Player steht. Ganz leicht zu finden. Die Nummer ist mit Lippenstift auf eine Serviette aus dem Flughafenrestaurant gekritzelt.«

»Hamada«, seufzte Nori, »deine Dummheit ist wirklich erschreckend. Deine Wohnung ist natürlich versiegelt. Die Polizei hat alles auf den Kopf gestellt. Dein Büro genauso. Bilder davon laufen gerade im Frühstücksfernsehen.«

»Oh, Scheiße ...« Ich musste mich wohl daran gewöhnen, dass mein Leben zerrissen war wie eine Wand aus Reispapier.

»Das würde ich auch sagen, Kenji.« Diese Spur von Mitleid in seiner Stimme ließ mich zusammenzucken. Außerdem hatte er mich zum letzten Mal mit meinem Vornamen angesprochen, als ich vor Jahren entgegen den Voraussagen der Ärzte nach einer überaus unerfreulichen Begegnung mit einem Lastwagen aus meinem einwöchigen Koma erwacht war.

»Sie kriegen dich, und dann geht es dir an den Kragen.«

Eine Träne lief mir die Wange hinunter. Das Salz brannte in den Striemen, die mir der Beerenbusch beigebracht hatte.

»Ich melde mich wieder, Nori«, sagte ich mit verstopfter Nase und legte auf.

Ich hörte mich noch immer schwer erkältet an, als ich die nette junge Japanerin an der Rezeption, die zum Glück keine Zeitung las, bat, mir eine Telefonnummer zu besorgen. Fünf Minuten später rief sie zurück und gab mir eine Nummer durch, die vielleicht die richtige war, vielleicht aber auch nicht. Ich wollte es später herausfinden. Ich zählte mein restliches Geld. Noch einhundertfünfzig Euro. Dafür gab es in Tokio ein Abendessen für zwei. Weit würde ich hier damit gewiss auch nicht kommen. Ich packte meine Habseligkeiten in eine Plastiktüte, knipste das Licht aus und verließ mein Zimmer. An den Türknopf hängte ich das Schild mit *Bitte nicht stören*. Spätestens morgen Mittag würde die Putzkolonne feststellen, dass der nette, unauffällige japanische Gast in aller Stille abgereist war. Alles, was von ihm blieb, waren eine gestohlene Tennisausrüstung, ein geklauter Honda Accord und der Abdruck einer Kreditkarte.

Und die gehörte dem Ninja-Killer.

Sushi

Mein an regelmäßige und üppige Nahrungsaufnahme gewöhnter, verwöhnter Magen rebellierte lautstark, als ich im Halbdunkel eines Hauseingangs lehnte, die Tür zum Restaurant »Miyako« fest im Blick. Es war kurz nach Mitternacht, und die letzten Gäste, ein Grüppchen von Jungmanagern mit starkem Osaka-Akzent, kamen die Stiegen herunter ins Freie gewankt. Keine Viertelstunde später erschienen die Serviererinnen und Kellner und nach weiteren fünf Minuten der Kassierer und zwei Köche. Es fehlte noch einer, und ich wusste, dass ich mich wieder einmal nicht getäuscht hatte. Menschenkenntnis. Wer eine so fiese Visage hatte wie dieser Pockenfred, der mir gestern Abend meine Sushi vorgesetzt hatte, der musste nun mal ein Gauner sein. Oben brannte noch Licht. Ich überquerte die Straße und schlüpfte durch die Tür in das schummrige Treppenhaus. Das Restaurant war im ersten Stock. Ich schlich hinauf, warf einen Blick in die leere Gaststube und dann um die Ecke in die Küche. Der dritte Koch, der drahtige verpockte Japaner, stand mit dem Rücken zu mir und wusch gerade ein großes, scharfes Fischmesser ab, das er zum Abtropfen auf einen Geschirrhalter legte. Auf dem Tisch hatte er eine nette Portion Sushi als spätes Abendessen angerichtet. Bevor er sich noch umdrehen konnte, schoss ich heran, klemmte seinen schmalen Kopf in meine wulstige Armbeuge, zückte das Messer aus dem Gestell und hielt ihm die Spitze an den Kehlkopf. Ich bin kein brutaler Mensch. Aber auch ich kann ziemlich böse werden, besonders wenn ich hungrig bin.

Der kleine, affenartige Körper des Kochs erstarrte in meinem Klammergriff. Er wollte schreien, besann sich dann aber eines Besseren. Er atmete tief durch, was sich anhörte wie ein Auto, das mit Vollgas im Rückwärtsgang fuhr, und brachte ein leises, heiseres Husten hervor. Es klang wie eine Frage. Ich ging davon aus, dass er wissen wollte, woran er war.

»Ein unzufriedener Gast«, knurrte ich. Ich wuchs schnell in meine neue Rolle hinein. Nachdem ich mir den ganzen Tag vorgekommen war wie ein gehetztes Wild, tat es gut, nun selbst mal das Raubtier zu spielen. »Ich habe gestern Abend hier nicht gerade gut gegessen.«

Langsam drehte ich ihn zu mir herum und schaute ihm in die Augen. Seine Pupillen verrieten mit einem Zucken, dass er mich wiedererkannte. Ansonsten blieb die pockige Trümmerlandschaft seines Gesichts unbewegt. Ich rammte ihm zur Begrüßung mein rechtes Knie in die Eier, denn auch ich kann gemein sein. Da erwarb er sich meinen Respekt: Er krümmte sich nämlich nicht wie erwartet zusammen. Er riss vielmehr seine Augen weit auf und sog durch seine Nüstern einen Schwall Frischluft ein. Aber er blieb aufrecht stehen und biss die Zähne zusammen, während in seinem Gesicht an die vierhundert Muskeln zuckten. Das konnte nur zweierlei bedeuten: Entweder er war schon vor langer Zeit kastriert worden oder er war ein sehr, sehr harter Knochen.

»Hör mal«, sagte ich etwas irritiert. »Ich will dir nichts tun.«

Hatte ich da den Anflug von einem Lächeln in seiner brutalen Visage gesehen? »Ich will nur eine Antwort. Du hast gestern was in mein Essen getan, und du sagst mir jetzt, wer das veranlasst hat.«

Ich wusste nun nicht so recht, was ich tun sollte: Der Koch grinste mich nur breit an.

»Sagst du's mir?«, wiederholte ich freundlich.

Er schüttelte verstockt den Kopf.

»Schau mal. Du solltest wirklich etwas umgänglicher sein. Manche nennen mich den Ninja-Killer. Möchtest du gern zu spüren bekommen, warum?«

Er grinste noch immer. Meine Lebenserfahrung sagte mir, dass dieser Kerl nicht so leicht zu beeindrucken war. Entweder er war verrückt und hielt sich für unsterblich, oder es gab auf dieser Welt tatsächlich etwas, das diesem kleinen, hageren Mann erheblich mehr Angst machte als ein etwas größerer, viel dickerer und sehr wütender Mann, der sich als Ninja-Killer vorstellte und ihm ein Messer an die Gurgel hielt.

Ich konnte diese Komödie nicht ewig weiterspielen. Früher oder später würde dieses Frettchen von mir erwarten, dass ich ihn entweder umbrachte oder aber in Ruhe ließ. Nur eines war klar: Sagen würde er so oder so nichts. Ich lockerte meinen Griff, ließ das Messer sinken und bohrte es neben den Fischresten in die Tischplatte.

»*Bakayaro!*«, zischte ich den Koch an, der sich den Hals rieb und mich feindselig anfunkelte.

»Arschloch«, sagte ich noch einmal mit Nachdruck und machte mich dann über seine Sushi-Portion her. Auf der Anrichte fand ich die Soyasoße. Ich gönnte mir einen Imbiss, ohne ihn dabei aus den Augen zu lassen. Auch der Koch musterte mich aufmerksam aus seinen flinken Rattenäuglein.

»Sag mir eines«, schmatzte ich herausfordernd. »Wieso tun dir deine Eier nicht weh? Hast du keine?« Er sah mich geringschätzig an. »Und wieso hast du mir Gift in mein Essen gemischt? Oder schmecken deine Sushi immer so mies?«

Er grinste schief. Der Koch sah wirklich sehr gefährlich aus, sagte ich mir, während ich seine Sushi verspeiste. Hätte ich ihn in Tokio auch nur von ferne gesehen, wäre ich schnell auf die andere Straßenseite gewechselt. Seine schwarzen Knopfaugen standen weit auseinander, sein Mund war schmal und bösartig, Stirn und Wangen bedeckt von so einem unappetitlichen Pockenteppich.

»Nur mal so, unter Kollegen – was bezahlt dir Takahana? Mir zahlt er zehn Millionen am Tag.«

Keine Regung. Ich konnte noch stundenlang so weitermachen. Er wollte einfach nicht mit mir zusammenarbeiten. Und wenn ich dann müde wurde und einen Fehler machte, dann würde er mir sein Fischmesser in den Rücken rammen. Nachdem ich die Sushi verputzt hatte, ging ich mit zwei schnellen Schritten auf den Koch zu, riss ihm sein Hemd vom Oberkörper und fand, was ich erwartet hatte: ein Gemälde. Der größte Teil davon stellte einen Feuer speienden Drachen und einen Tiger dar, sie sich einen schauerlichen Zweikampf lieferten.

»Bezaubernd«, sagte ich. Die Tätowierung bestätigte meinen Verdacht.

Der Koch war wirklich ein *yakuza*, ein Gangster aus der japanischen Unterwelt. Ein kleiner Mafioso, ein Diener, der sich für seinen Herrn liebend gern einen oder auch mehrere Finger abschneiden würde – das tun sie nämlich, um ihre Loyalität zu beweisen. Und wenn sein Boss es ihm befahl, dann würde er mir ebenso ungerührt etwas abschneiden. Ich hatte in meiner bisherigen Laufbahn als Detektiv zum Glück noch nicht viel mit Yakuza zu tun, aber leiden konnte ich diese miesen Typen noch nie.

Der Koch hörte auf zu grinsen, als ich ihn mit einem Elektrokabel an die Wasserleitung fesselte. Um ihn zu ärgern, stopfte ich ihm sein speckiges Stirnband, die Berufskleidung eines jeden Sushi-Kochs, der etwas auf sich hält, als Knebel in den Mund und ließ ihn stehen.

Aus der Schublade am Kassentresen entnahm ich die Tageseinnahmen, etwas über dreitausend Euro. Ich bin kein Dieb, aber in meiner Situation konnte ich ein bisschen Bargeld gut gebrauchen. Neben der Kasse fand ich einen Kalender, in dem die Reservierungen eingetragen waren: Namen, Daten, Telefonnummern. Der Kellner hatte die Wahrheit gesagt. Das Restaurant war für die restliche Woche ausgebucht. In manchen Momenten haben Genies wie ich Geistesblitze, die mit keiner bekannten Dimension des menschlichen Verstands zu erfassen sind. Unerklärlich und intuitiv. So ein Geistesblitz war es, der mich veranlasste, nach Moris Reservierung zu suchen, und ich fand diesen Eintrag: »Bestellt am 29. April, Mori Shinichi, 3 Personen; Dienstag, den 4. Mai; 20.00 Uhr. Telefon 06123-8778652.«

Erstaunlich. Mori hatte also ein Abendessen für sich, seine Frau und mich gebucht, bevor ich überhaupt in Deutschland war. Bevor ich diesen unseligen Fall angenommen hatte und sogar noch bevor sein Sohn überhaupt entführt wurde. Gute Planung. Ich riss die Seite heraus, verwirrt.

Dann holte ich mir ein Sapporo-Bier aus dem Kühlschrank und setzte mich an einen Tisch, um nachzudenken. Scheiß-Schritt-Theorie. Damit kam ich nicht weiter. Der Koch war ein Yakuza und hatte mich vergiftet. Erster Schritt. Aber dass die Entführung des Jungen und der Mord an Mori nicht von katholischen Ordensschwestern begangen worden waren, das hatte ich ja irgendwie geahnt. Zweiter Schritt – was? Ich sah auf die Uhr. Halb eins. Plus sieben macht halb acht daheim in Japan. Was würde ich um diese Zeit wohl tun, wenn ich nicht so grandios in dieses mistige Abenteuer gestolpert wäre? Vielleicht zu Hause meinen Instantkaffee schlürfen und die Sportnachrichten im Frühstücksfernsehen ansehen. Dann rüber zum Bahnhof von Kugayama und auf meine Bahn warten. Ich sah meinen schönen, ruhigen Alltag weit weg von mir und ohne mich ablaufen wie einen Film ohne den Hauptdarsteller und verspürte einen grausamen Anflug von Heimweh.

Manche Leute behaupten, dass Musik gut sei gegen Heimweh und düstere Gedanken. Ich fand in dieser Nacht heraus, dass sie Recht hatten. Im Karaoke-Raum im dritten Stock entdeckte ich eine Platte mit schönen japanischen Liedern, *enkas*. Traurige Lieder voll von Liebe, Naturbetrachtung, Sehnsucht und Schmerz. Ich sang sie alle, bis ich erschöpft in einen Plüschsessel sank und auf der Stelle einschlief. Es war zwar ein etwas unbequemes Nachtlager, aber immer noch besser als das des Sushi-Kochs, der nun wahrscheinlich in der Küche davon träumte, mich zerstückelt auf Reishäppchen zu servieren. Als ich früh am Morgen hinunterkam, hing er immer noch grimmig an den Wasserrohren, und auch an seiner ablehnenden Haltung mir gegenüber hatte sich nichts geändert. Ich briet mir zum Frühstück einen Fisch, kochte dazu Reis und Miso-Suppe. Wo er das sauer Eingelegte aufbewahrte, wollte mir der Mistkerl nicht verraten, obwohl ich ihm entgegenkommenderweise den Knebel entfernt hatte. Erst als ich mich gegen halb neun anschickte, das Restaurant zu verlassen, stellte sich heraus, dass er doch sprechen konnte.

»He, Arschloch«, keifte er mir hinterher, und ich drehte mich erstaunt um. Vielleicht hatte er ja doch seine Meinung geändert und wollte mir etwas verraten?

»Was ist?«, fragte ich erwartungsvoll.

»Du singst beschissen.«

Schwarzwaldkuchen

Mein Spiegelbild in den Schaufenstern zeigte mir, dass mein Scheitel in einem sehr schlechten Zustand war und ich auch sonst nicht an meinen gewohnten Standard von Eleganz und Schnittigkeit anknüpfen konnte. Auf der anderen Seite war mein Erscheinungsbild von Vorteil, denn es wurde ein gefährlicher Ninja-Killer gesucht und kein pummeliger, schlecht gekleideter Japaner, dessen Gesicht aussah, als sei ein Panzer darüber gefahren. Außerdem hatte ich mal irgendwo gelesen, dass Asiaten für die Europäer sowieso alle gleich aussehen. So wie wir am Anfang Schwierigkeiten haben, die Langnasen auseinander zu halten.

Die *gaijin*, die mir an diesem sonnenklaren Maimorgen entgegenkamen, nahmen jedenfalls kaum Notiz von mir. Sie traten schnellen Schrittes aus den Hauseingängen, schwärmten aus U-Bahn-Aufgängen ins Freie, ergossen sich aus den stöhnenden Türen der Stadtbusse oder saßen hinter den Lenkrädern ihrer Autos, und zwar mit demselben verkniffenen Gesichtsausdruck, der allen Menschen auf der Welt zu Eigen scheint, wenn sie zur Arbeit gehen.

Ich fand eine nette Boutique und kleidete mich neu ein. Rosarote Hose, gelbes Hemd und Wildleder-Jacke für zweitausenddreihundert Euro. Ich zahlte in bar mit den Einnahmen aus dem Miyako. Beim Verlassen des Ladens stieg mir der betörende Duft von frischem Gebäck in die Nase, dem ich bis in eine Seitenstraße folgte, wo er aus einem kleinen, schäbigen Laden drang. *Konditorei* stand auf dem Schild über dem Eingang. Ich nahm ein kurzes, zweites Frühstück: Kaffee und ein Stück Schwarzwaldkuchen. Jedenfalls dachte ich, dass der so heißt. Vielleicht stellte sich die dicke Bäckerin auch absichtlich dumm, weil sie was gegen Asiaten hatte.

»Ach, Sie meine de Schwatzwäldäkösch!«, blökte sie schließlich erheitert, nachdem ich ihr minutenlang etwas vorgestammelt hatte. Ich fand die Deutschen komisch.

»Ja. Das.« Mein Deutsch wurde immer besser. Die Dicke verstand mich endlich, als ich auf die verlockenden gigantischen Tortenstücke wies, die in der Glasvitrine geparkt waren. In Japan sind die Torten nur so groß wie Konfekt und nehmen sich gegen diese hier aus wie ein Bonsai gegen eine Schwarzwaldtanne. Da ich gewohnt war, zum Frühstück etwas zu lesen, ertastete ich in meiner Seven-Eleven-Tüte den total zerknitterten Artikel über Takahanas Firmenimperium, den ich aus der Wirtschaftszeitung im Flugzeug herausgerissen hatte. Ich strich das Papier mit der Handkante glatt und las, meine Torte schaufelnd. Anlass für den Bericht war die Meldung, dass Takahana sich ein deutsches Chemieunternehmen einverleibt hatte, die Ratinger Düngemittel GmbH. Bei dieser Firma handelte es sich um ein mittelgroßes Familienunternehmen mit knapp dreißig Angestellten, das vor allem in der Forschung und Herstellung von Düngemitteln und Pestiziden tätig war. Die Fachwelt fragte sich bestürzt, wieso Takahana nun plötzlich ausgerechnet in die turbulente Kunstdünger- und Schädlingsbekämpfungsmittelbranche einsteigen wollte. Und noch dazu in Deutschland, wo alles so verdammt teuer war. Und warum sich die Katana Corporation diesen zwar traditionsreichen, aber doch unauffälligen Betrieb unter den Nagel gerissen hatte, verstand auch kein Mensch. Der zweite Teil des Artikels lieferte Hintergrundinformationen zur Firma Katana Corporation, die zwei Brüder, Hideyoshi und Tomotake, zu gleichen Teilen von ihrem Herrn Vater geerbt hatten, dem legendären Takahana Kunio – den kannte sogar ich. Das war nämlich einer von diesen genialen Erfindern, Tüftlern und Geschäftsleuten, die das Japan der Nachkriegszeit zu Dutzenden hervorbrachte. Leute wie der alte Honda Seiichiro, Matsushita Konosuke oder Morita Akio von Sony, die aus dem Nichts kamen, mit nichts als einer Idee und dem eisernen Willen, reich zu werden, und die damit ganz nach oben aufstiegen. Als der alte Takahana noch jünger war, da kannte man ihn als Dr. Takahana, denn eigentlich war er Hautarzt gewesen. In seinem Fall war deshalb die Idee, die seinem Höhenflug zu Grunde lag, eine Brandsalbe gewesen. »Dr. Takahanas ausgezeichnete Brandsalbe« – das ist ein Klassiker in Japans Hausapotheken, die kennt heute noch jedes Kind, das mit dem Feuer gespielt hat. Ob des zündenden Erfolgs im Brandsalben-Business war Dr. Takahana, eine Art japanischer Leonardo da Vinci, dann nicht mehr zu bremsen und machte eine Erfindung nach der anderen. Wie ein Fächer öffnete sich sein genialer Geist in allen Bereichen, in denen Geld zu verdienen war. Unter anderem hatte er den Reiskocher revolutioniert. Auch die Optik hatte es ihm angetan, nicht weniger als siebzig fotomikroskoptechnische Patente sind auf seinen Namen angemeldet. In einer Garage gründete er seine Firma, die Katana, die zunächst Elektromixer herstellte, dann Staubsauger, Transistorradios und schließlich Fernseher und so weiter. Er selbst führte sein ständig wachsendes Geschäft nur so lange, bis seine beiden Söhne alt genug dazu waren, und widmete seinen umtriebigen Geist dann ganz und gar dem Anlegen von Landschaftsgärten. Als er vor sechs Jahren verstarb, im ganzen Land und besonders von den Gartenfreunden betrauert, da schickte sogar der Kaiser eine Beileidsbotschaft. Der kluge alte Herr hinterließ seinen Söhnen einen blühenden, weltweit operierenden Großkonzern. Hideyoshi wurde der Kopf des Unternehmens. Sein fünf Jahre älterer Bruder Tomotake begnügte sich mit der Rolle des stillen Teilhabers. Er wurde selten in der Öffentlichkeit gesehen und befasste sich vor allem mit der Zucht kostbarer Karpfen, außerdem verfasste er grüblerische Kurzgedichte im klassischen Stil. Aus dem Artikel ging nicht hervor, warum ein führender Manager dieser bemerkenswerten Firma enthauptet wurde und warum Hideyoshi ausgerechnet mir den Mord anhängen wollte.

Ich gähnte und holte aus der Tüte einen der *Megamanmangas*. Sie waren so schön überschaubar: Der Held war tapfer, und die Schurken waren böse. Wer in meiner Geschichte der Schurke war, wusste ich nicht. Mori war tot, nur so viel stand fest. Ob er ein Schurke war, ließ sich nicht sagen. Die Tatsache, dass er Ort und Zeitpunkt für die Kontaktaufnahme mit den Entführern seines Sohnes bereits festgelegt hatte, bevor sein Sohn überhaupt entführt worden war, warf jedenfalls kein besonders vorteilhaftes Licht auf ihn. Aber wer hatte ihn dann umgebracht? Da begann die Sache schon total unübersichtlich zu werden. Mit Sicherheit konnte ich nur sagen, dass er nicht Selbstmord begangen hatte. Und ich konnte beschwören, dass ich ihn nicht umgebracht hatte, obwohl, wie Nori mir gestern mitgeteilt hatte, meine Fingerabdrücke – und nur meine – auf der Tatwaffe gefunden worden waren. Nachdem ich zwanzig Seiten von *Megaman* verschlungen hatte, in denen es um die unerfreuliche Auseinandersetzung mit einer lesbischen Hexe ging, fiel mir Michiko Mori ein. Wieso hatte sie mich eigentlich nicht entlastet? Immerhin hatte sie ja gesehen, in welch einem bejammernswerten Zustand ich das Lokal verlassen hatte und dass ich nicht mal einen Zahnstocher geradlinig hätte führen können, geschweige denn ein japanisches Schwert.

An der Wand in der Ecke des Ladens bemerkte ich ein antikes schwarzes Münztelefon. Im Telefonbuch stand Moris Privatnummer nicht und auch nicht auf seiner Katana-Visitenkarte. Also rief ich wieder bei der Firma an.

»Katana Deutschland, guten Tag. Mein Name ist Sasaki. Was kann ich für Sie tun?«

Sasaki-san. Immer freundlich, immer hilfreich und immer noch mit einer Stimme wie ein kleines Vögelchen. Es kam mir vor, als würde ich mit einer alten Bekannten sprechen. *»Moshimoshi!«*

»Hai!«

»Verzeihen Sie die Störung. Kann ich wohl mit Herrn Mori sprechen?«

»Mit welchem Herrn Mori darf ich Sie verbinden?«, flötete sie.

»Mit Mori Shinichi.«

»Ich bitte vielmals um Verzeihung, aber das ist leider nicht möglich«, piepste Sasaki-san betroffen. »Mori-san ist etwas Schreckliches passiert.«

»Oh, das ist sehr bedauerlich. Und was ist mit seiner Frau Gemahlin?«

»Sie musste deshalb sofort zurück nach Japan und wird nicht wieder nach Deutschland kommen.«

»Das tut mir aber Leid. Wann ist sie denn abgereist?«

»Heute Morgen in aller Frühe. Mit dem Leichnam ihres Mannes.«

Tränen sammelten sich in ihrer Stimme wie in einem Abwaschbecken. Trotzdem glaubte ich ihr nicht. Entweder sie war falsch informiert oder die deutschen Behörden arbeiteten schnell, effizient und unbürokratisch genug, um ein Mordopfer unverzüglich und ohne weitere Fragen ausfliegen zu lassen. In Japan würde es allein schon zwei Wochen dauern, bis man eine kopflose Leiche für tot erklärt hatte. Und dann noch einmal eine Woche, bis alle relevanten Behörden die nötigen Formulare ausgestellt und unterzeichnet, bis alle zuständigen Stellen ihre Stempel auf die Papiere gedrückt hatten und eine Bescheinigung vom Handelsministerium in dreifacher Ausfertigung vorlag, die besagte, dass für den enthaupteten Toten kein Ausfuhrzoll zu entrichten war. Das konnte ja wohl in Deutschland nicht total anders sein, schließlich haben die Japaner viel von den deutschen Bürokraten gelernt. Ich vermutete, dass wer immer auch hinter der ganzen Sache steckte, Michiko abschirmte. Dass er sie daran hinderte, mich zu entlasten. Mir fiel auf Anhieb nur einer ein, der zu einer solchen Gemeinheit fähig war. Hideyoshi wurde mir immer unsympathischer.

»*Ah, soo-desu-ka*«, sagte ich betroffen zu Sasaki-san. »Was wird denn dann aus der Party am Samstag?«

»Wie bitte?« Sie klang jetzt sehr besorgt.

»Es ist mir außerordentlich peinlich, aber Herr und Frau Mori haben bei uns ein Sushi-Buffet für siebzehn Personen bestellt. Hier ist übrigens der Partyservice Hamada.«

»Sehr erfreut.«

»Ganz meinerseits. Ich wüsste nun gern, was ich mit den zehn Kilo Frischfisch anfangen soll, die wir eigens aus Japan haben einfliegen lassen. Es sind uns nicht unbeträchtliche Kosten entstanden. Ich möchte ja nicht aufdringlich erscheinen, aber ...«

»Ach, so ist das.«

»Ja, so ist das.«

»*Soonee.*«

Das Mädchen war verunsichert. Ich ließ sie eine Weile schmoren, bevor ich ihr den rettenden Vorschlag unterbreitete: »Geben Sie mir doch einfach die Privatnummer der Moris, dann kann ich die *oku-san* gleich anrufen.«

»Aber sie ist doch schon wieder in Japan. Ich glaube auch gar nicht, dass die Party stattfinden wird.«

»Ja, natürlich. Aber vielleicht ist ja noch eine Haushälterin da. Irgendjemand muss ja wahrscheinlich noch ein paar Sachen zusammenpacken.«

Seufzend lenkte die Telefonistin ein und diktierte mir eine Nummer, die ich mir links auf der Handfläche notierte.

»Und die Adresse?«

»Waldweg 11. In Bad Homburg«, piepste sie nach kurzem Zögern.

»Wie war das, Balduegu? Wie schreibt man das?«

»Aber wenn Sie den Fisch liefern wollen, dann müssen Sie doch die Adresse haben!«

»Ja, habe ich ja. Ich will mich nur vergewissern. Wie, sagten Sie, schreibt man nun Balduegu?«

»Wie sagten Sie, war noch Ihr Name?«

»Yamada.«

»Sagten Sie nicht vorhin Hamada?«

»Nein, natürlich nicht. Ich bin Yamada.«

Sie legte beleidigt den Hörer auf.

Ich rief sofort bei Mori zu Hause an. »*Moshimoshi.*« Zuerst dachte ich, sie sei es. Aber irgendwie hörte sich ihre Stimme ganz und gar nicht so lieblich an wie vorgestern Abend. »Ist dort Mori Michiko?«, fragte ich verunsichert.

»Nein.«

»Mit wem spreche ich dann?«

»Ich bin's – Nobuyuki.«

»Yuki!«, rief ich aus. Ich war wirklich ein Ass als Detektiv. Kaum eingeschaltet, und schon taucht die entführte Person wieder auf. »Wo warst du denn die ganze Zeit?« Keine Reaktion.

Im Hintergrund hörte ich Michiko fragen: »Wer ist dran?« Rascheln. Yuki reichte ihr den Hörer.

»Mori-san«, sagte ich vorsichtig, »es tut mir Leid, was mit Ihrem Mann passiert ist.«

»Danke für die Anteilnahme. Wer spricht denn dort?«

»Ich bin ... Na ja. Ich weiß nicht, wie ich sagen soll. Wir haben uns vorgestern Abend kurz kennen gelernt. Ich bin Hamada Ken, der Detektiv aus Tokio.«

Ich zog den Kopf ein, denn ich war auf einen Schwall von Beschimpfungen und Geschrei eingestellt, denn wenn die Witwe glaubte, was in der Zeitung stand, dann war ich ja der Mörder ihres Gatten.

Ihre Reaktion überraschte mich. Sie flüsterte: »Hamada-san. Er ist hier. Er ist hinter Ihnen her. Bringen Sie sich in Sicherheit, bevor er Sie findet. Er hat Sie nur benutzt.«

Dann legte auch sie den Hörer auf.

Offenbar hatte ich heute wenig Glück als Telefondetektiv. Ich wollte ihre Nummer sofort erneut wählen, denn ich hatte noch die ein oder andere Frage. Wer war hier? Wozu wurde ich benutzt? Wohin sollte ich mich in Sicherheit bringen? Aber am Telefon kam ich mit ihr nicht weiter. Ich brauchte Hilfe, und sei es nur, diesen Balduegu zu finden. Mein vorletztes Geldstück verschwand im Schlitz des Münztelefons, und ich wählte die Nummer, die mir gestern die nette Japanerin im Hotel besorgt hatte. Ich ließ es ungefähr dreitausend Mal klingeln, aber niemand antwortete. Erst als ich gerade auflegen wollten, klickte es in der Leitung und ein brüchiges Stimmchen sagte: »Hallo?«

Ich hatte mich minutenlang konzentriert wie ein Jäger vor seinem entscheidenden Schuss, und jetzt brachte ich tatsächlich einen vollständigen, vermutlich grammatikalisch korrekten Satz zu Stande, obwohl ich den Eindruck hatte, dass sich das ganz und gar nicht wie Deutsch anhörte. Dieser Meinung schien auch die Greisin zu sein. »Wie bitte?«, fragte sie.

Ich versuchte es noch einmal. Es hörte sich noch komischer an. »Kan ichi bite mito Zuzane schiprehen?«

»Susanne? Ach so!« Jetzt legte die Frau munter los und überschüttete mich mit einem Schwall fremdartiger Laute, Worte und unbekannter Vokabeln. Ich glaubte, einige wiederzuerkennen, konnte mich aber auch täuschen. Es ergab alles keinen Sinn: »Arbeit ... Japan ... Neurose ... Volkswagen ... Napoleon ... waschen ... Telefonnummer.«

Telefonnummer. Gut. Meine linke Handfläche füllte sich mit neuen Ziffern. Ich wiederholte jede einzelne, um auch ganz sicherzugehen und bedankte mich. Da bemerkte ich zwei ältere *gaijin*-Damen, die beim Kaffeetrinken durchaus ihre Hüte nicht ablegen wollten und mich alarmiert anstarrten. Mein Herz setzte einen Schlag aus, als ich mir vorstellte, dass die beiden mich gerade als den Ninja-Killer identifiziert hatten. Aber da lächelten sie freundlich und etwas verwirrt, und ich lächelte verbindlich zurück. Sie waren offenbar nicht an den Anblick eines telefonierenden Japaners gewöhnt. Vielleicht kam es ihnen ja sonderbar vor, dass ich mich am Telefon verbeugte. Das tun alle Japaner, das steckt so in uns drin. Man sagt »danke«, und sofort setzen sich ganz automatisch die Verbeuge-Muskeln in Gang. Auch am Telefon. Ich sagte also »danke« und »Entschuldigung« und noch mal »danke« und legte auf. Mir schien, als hätte ich mit Susannes Mutter oder Großmutter gesprochen. Jedenfalls kannte die Frau eine Susanne, und sie hatte mir die Nummer gegeben, unter der diese Susanne zu erreichen war. Ich zweifelte nicht daran, dass diese Susanne meine Susanne war, denn sie hatte Japanisch gelernt, und da war es nur logisch, dass sie bei einer japanischen Firma arbeitete. Susannes Nummer hatte ich allerdings gerade vor ein paar Minuten gewählt: Es war die von Katana Deutschland.

»Katana Deutschland, guten Tag. Mein Name ist Sasaki. Was kann ich für Sie tun?«

»*Moshimoshi!*«

»*Hai!*«

»Würden Sie mich bitte mit Frau Susanne Helfrich verbinden?«

»Ah, Helfrich-san. Wie war doch gleich Ihr werter Name?«

»Yamada.«

»Einen Moment, bitte.«

Wieder fiepte mir ein Computer die schauderhafte Mickymaus-Version der erhabensten aller Sinfonien ins Ohr. Dann vernahm ich ihre Stimme. Darin keine Spur von Freude, schöner Götterfunke.

»Helfrich.« Knapp. Sachlich. Kühl.

»Susanne?«

Pause.

»Bist du es, Hamada?« Sie schien mit meinem Anruf gerechnet zu haben.

»Ja.« Räusper. »Lange nicht gesehen ...«

»Ich kann nicht reden. Komm heute um halb zwei ins Goethehaus.«

Die Leitung war tot. Ich fand, sie hätte zumindest so tun können, als freue sie sich ein bisschen, nach so vielen Jahren wieder von mir zu hören. Immerhin hatte sie mal gesagt, dass sie mich liebe. Auch wenn sie damals ein wenig betrunken war. Egal. Ich brauchte sie. Wenn Susanne mir nicht helfen konnte, dann blieb mir nur noch der Gang zur Polizei.

Die Kuckucksuhr an der Wand schlug halb zwölf. Ich

dachte an meinen Freund Nori und daran, dass ich ihm so eine Uhr versprochen hatte. Warum eigentlich? Genau das Modell hatte ich schon mal in der Uhrenabteilung von Tokyu Hands gesehen, wo es wahrscheinlich viel billiger war. Ich setzte mich wieder an meinen Tisch, bestellte noch ein Stück Torte und eine Tasse Kaffee dazu. Als ich den Artikel über die Takahana-Brüder zusammenfalten wollte, fiel mir das andere Papier ein, das ich aus dem Kalender im »Miyako« gerissen hatte. Ich legte es auch auf den Tisch und dachte, wie sehr ich Schreibtischarbeit schon immer gehasst hatte. Meine Vorstellung von Verwaltung erschöpfte sich darin, dass ich ab und zu einen Ordner anschaffte und alles darin abheftete. Wenn er voll war, kaufte ich einen neuen Ordner und ließ den alten irgendwo im Schrank verschwinden. Jetzt hätte ich gern diese Dokumente hier abgeheftet, Ordnung muss sein. Da fiel mein Blick auf die Telefonnummer, unter der unser Tisch reserviert worden war. Es war nicht die Nummer von Katana Deutschland. Es war auch nicht Moris Privatnummer. Ich bestellte bei der dicken Bäckerin noch ein drittes Stück Schwarzwaldkuchen, um einen Hunderteuroschein zu wechseln, und ging noch mal zum Telefon. Die beiden Kaffeetanten blickten erwartungsvoll herüber. Ich winkte ihnen fröhlich zu und wählte.

»Ratinger Düngemittel«, meldete sich ruppig eine kratzige Frauenstimme. Da war Sasaki-san hundertmal sympathischer.

»*Moshimoshi*«, trompetete ich, in Erwartung eines hingehauchten »*Hai!*«

Nichts passierte. Zuerst nur ein verdutztes Schweigen, dann ein Prusten. »Bist du das, Horst? Moschemosche – von wegen! Ich bin schon länger hier wie du, du alde Schlaafmütz'!«

Ich legte auf, verstört. Die beiden Damen schienen etwas

enttäuscht. Wenn sie gewusst hätten, dass ein Fachbetrieb für Düngemittel und Pestizide ein vergiftetes Abendessen für mich gebucht hatte, nach dessen Genuss ich neben meinem enthaupteten Gastgeber zu Bewusstsein kam und ich nun als Ninja-Killer gesucht wurde – ob sie das wohl dafür entschädigt hätte, dass sie auf eine weitere Vorstellung des beliebten Schwanks »Der telefonierende Japaner« verzichten mussten?

Goethe

Es war genau wie daheim. Einer stand vorne mit einem Megafon und sagte den anderen, was zu sehen und was zu tun war. Die hörten zu. Und bevor sie es dann sahen und taten und nachdem sie es gesehen und getan hatten – was auch immer es war – kauften sie irgendwas. Sie kauften Goethe-Uhren und Goethe-Likör, Goethe-Deckchen, Goethe-Aschenbecher und Goethe-Schokolade. Sie kauften Goethe-Brieföffner, Goethe-Briefbeschwerer und Goethe-Briefpapier, obwohl sie, dafür verbürge ich mich, nie einen Brief schrieben. Wenn Susanne verhindern wollte, dass ich als Japaner auffiel und man mich erkannte, dann hatte sie genau den richtigen Ort gewählt: Japaner, so weit das Auge reichte. Omis aus Osaka, Bauern aus Hokkaido, Angestellte aus Yokohama. Ich hatte mich auf dem Weg hierher noch mit einem weißen Furankufuruto-Schlapphut und einer gigantischen Sonnenbrille ausgerüstet und sah aus wie ein Insekt auf Vergnügungsreise. Unauffällig schlenderte ich einer vornehmlich aus älteren Witwen bestehenden Reisegruppe aus Sendai hinterher, die ehrfürchtigen Schritts durch Goethes altmodisch möblierte Zimmer schlichen, an deren Wänden allerlei alte Stiche, Manuskripte und Dokumente hingen. Ich hatte auch mal was von Goethe gelesen – in japanischer Übersetzung, versteht sich –, kam aber jetzt nicht mehr auf den Titel. Jemand war unglücklich verliebt gewesen und hatte sich umgebracht. Sehr japanisch, der Stoff. Goethes Geburtshaus sah jedenfalls aus wie die »klassische Ecke« der Möbelabteilung des Parco-Warenhauses in Tokio, nur vielleicht ein bisschen ungemütlicher.

Sie tauchte auf wie ein Geist. Sie trug einen dunkelgrauen Hosenanzug mit Nadelstreifen, ein rotes Seidentuch, einen breitkrempigen Hut und erinnerte mich an Marlene Dietrich.

»*Hisashiburi-deso-nee*«, sagte sie, »lange nicht gesehen.«

Korrekt. Mehr als zehn Jahre lagen zwischen unserer letzten Begegnung am Flughafen Narita und Goethes Geburtszimmer.

»Ich wollte schreiben«, stellte ich gleich klar. »Aber wie das so ist – es kam immer wieder was dazwischen.«

»Was denn? Verabredungen zum Essen? Du bist dicker geworden, Hamada.«

Nette Begrüßung.

»Guten Tag, Susanne.« Was sagt man denn in so einem Moment? Ich schämte mich. Ich wusste nicht, wie ich mich ihr gegenüber verhalten sollte. Wir hatten schöne Tage an der Waseda-Universität verbracht. Wir waren gemeinsam zum Kirschblütenfest gegangen, hatten Ausflüge nach Nikko und Kamakura unternommen. Wir waren Hand in Hand durch den Ueno-Zoo geschlendert und hatten uns in der Abenddämmerung im Yoyogi-Park zum ersten Mal geküsst. Ich hatte sie in meine mikroskopisch kleine Studentenwohnung gebracht, und sie hatte zwei-, dreimal dort übernachtet, bis meine Vermieterin, eine sittenstrenge alte Schachtel, uns ertappte und mich vor die Wahl stellte, mir entweder eine neue Bleibe zu suchen oder die Ausländerin nicht mehr anzuschleppen. Susanne wohnte im Studentenheim der Universität, wo Herrenbesuch nicht gestattet war. So mussten wir, wann immer wir es uns leisten konnten, in einem billigen Love-Hotel in Shibuya für zwei Stunden ein Zimmerchen mieten. Ich hatte ihre Japanischkenntnisse verbessert, und sie hatte sich über meine Deutschkenntnisse totgelacht. Ich war klein und ein bisschen dick gewesen, und sie war weich und schön. Jetzt war sie sogar noch schöner als damals. Aber irgendwie ahnte ich, dass sie nicht mehr so weich sein würde.

»Was ist denn mit deinem Gesicht passiert?«, wollte sie wissen.

»Ach, nichts. Bin gegen einen Baum gerannt.« Das brachte sie zum Lachen. Sofort fühlte ich mich wohler, was sie zu bemerken schien und die Heiterkeit aus ihrem Gesicht vertrieb.

»Möchtest du gerne noch was vom Goethehaus sehen oder sollen wir aufbrechen?«, fragte sie.

»Goethe interessiert mich im Moment weniger als meine eigene Haut«, gab ich zu.

»Dann lass uns gehen.«

Ich folgte ihr hinaus auf die schmale Straße, die in ein Parkhaus mündete. Sie sagte kein Wort, bis wir in ihrem Wagen, einem flotten dunkelblauen BMW, saßen, den sie flink und souverän durch den mörderischen Rechtsverkehr steuerte.

»Ich stehe tief in deiner Schuld. Vielen Dank, dass du dich mit mir getroffen hast! Wohin fahren wir?«

»Zu mir nach Hause. Ich wohne in einer Nachbarstadt, Wiesbaden. Da bist du erst mal in Sicherheit, und wir können überlegen, was zu tun ist.«

Das ritterliche Element in mir meldete sich zu Wort: »Ich möchte wirklich nicht, dass du meinetwegen in Schwierigkeiten gerätst, man sucht mich als Mörder, wie du ja vielleicht weißt.«

»Ja, das weiß ich wohl.«

»Ich habe nichts mit dem Mord an Mori zu tun! Ich war bewusstlos.«

»Das dachte ich mir schon.«

Susanne bewohnte ein Apartment ungefähr zehnmal so groß wie meine Wohnung im Haziendastil in Kugayama. In ihr Wohnzimmer in dem stuckverzierten Altbau hätte meine ganze Wohnung hineingepasst, und zwar mitsamt Parkplatz. Sie hatte Japan nicht ganz vergessen. An den Wänden hingen Kalligrafien, kostbare Kimono-Puppen gaben sich ein Stelldichein in einer Vitrine, gleich daneben stand eine Vase mit einem ziemlich gekonnten Ikebana-Arrangement.

»Trinkst du einen Tee?« Sie stellte einen Kessel auf den Herd und zündete sich eine Zigarette an.

»Noch immer nicht aufgehört?«, lästerte ich. Damit hatte sie mich schon vor zehn Jahren immer genervt, dass sie unablässig rauchen musste. Direkt abstoßend war das.

Sie ließ sich auf ihr Sofa fallen, schlug die Beine übereinander und blies den Qualm ungeniert in meine Richtung. »Hamada, du steckst in großen Schwierigkeiten«, sagte sie.

Na, das war aber was Neues!

»Kannst du mir helfen?«, fragte ich unschuldig.

Sie antwortete nicht gleich, sondern betrachtete ihre Füße. »Ich habe dich nicht vergessen«, erklärte sie nach einer Weile kontemplativer Fußbeschau.

Ach, verdammt. Jetzt kam die fällige Abrechnung. Es ist immer dasselbe: Mädchen liebt Jungen, Junge schläft mit Mädchen, Junge lässt Mädchen sitzen und befindet sich Jahre später als Mordverdächtiger in einem fremden Land in der unangenehmen Lage, ohne die Hilfe des Mädchens ins Verderben zu stürzen. Hätte ich sie damals bloß besser behandelt und manchmal geschrieben. Wenigstens zu Weihnachten und Neujahr. Aber halt – ich hatte sie ja auch nicht vergessen. Jedenfalls nicht immer. Manchmal hatte ich wirklich mit geradezu romantischen Gefühlen an sie gedacht und mich gefragt, was wohl aus ihr geworden war. Sie hatte ursprünglich geplant, zurückzukommen und in Japan zu Ende zu studieren. Das hatte sie mir zumindest immer gesagt. Aber da war ja wohl auch nichts draus geworden. Insofern trug ich doch nicht allein die Schuld an unserer Entfremdung.

»Was hast du denn so gemacht, seit wir ... seit du aus Japan weg bist?«, wollte ich wissen.

»Ich habe meinen Magister in Japanologie gemacht und dann gleich einen Job bei Katana bekommen. Erst als Übersetzerin, dann als Marketing-Referentin und später als Assistant Regional Manager. Weiter kann man in dieser Firma als Frau und als Deutsche nicht kommen.«

Sie hatte es also geschafft.

»Herzlichen Glückwunsch. Ich bin jetzt Privatdetektiv.«

»Danke. Außerdem war ich Mori Shinichis Geliebte.«

Typisch Susanne. Immer eine kleine Überraschung auf Lager. Und offen wie ein Scheunentor. Wie oft hatte ich schon in unserer gemeinsamen Zeit in Tokio nach Luft geschnappt und verzweifelt eine passende Antwort gesucht, wenn sie eine dieser peinlichen, selbstentblößenden Erklärungen abgab. Jetzt wieder. Diesmal rettete mich der Wasserkessel auf dem Herd, der einen harmonischen Dreiklang ertönen ließ. Susanne bereitete einen grünen Tee zu und reichte dazu Reiscracker.

»Hast du das Buch gefunden?«, fragte sie unvermittelt, als wir uns gegenübersaßen und die würzigen Cracker mampften. Eine wahre Erlösung für meinen Magen nach dem schweren Bombardement mit Schwarzwaldkuchen.

»Nein«, antwortete ich, noch immer ganz auf den Austausch lieber Erinnerungen eingestellt. Aber wovon redete sie überhaupt? Wir beide waren viel zu beschäftigt damit gewesen, herumzualbern und herumzuschmusen, als dass wir Zeit gefunden hätten, ein Buch auch nur anzusehen. Geschweige denn eines zu suchen.

»Ich dachte, dass du deswegen nach Deutschland gekommen bist. Wegen des Buches.«

»Nein. Ich bin nach Deutschland gekommen, weil mir euer Boss eine gemeine Falle gestellt hat.«

Ich erzählte ihr meine Geschichte, angefangen mit Takahanas Besuch in meiner Baracke bis hin zu meiner abenteuerlichen Flucht durch den Wald. An der Stelle mit dem Baum musste sie wieder lachen. Ich genoss das und schmückte das Missgeschick besonders blumig aus.

»Und warum sagst du das nicht alles der Polizei?«, fragte sie plötzlich wieder ernst. »Ist dir eigentlich klar, dass du dich mit deiner Flucht erst recht verdächtig gemacht hast?«

»Was heißt hier *erst recht*? Ich hin doch sowieso schon der perfekte Täter: Ich habe kein Alibi und keinen Zeugen, dafür gibt es massig Fingerabdrücke auf der Mordwaffe. Wenn ich nicht genau wüsste, dass ich unschuldig bin, würde ich mich sogar selbst für den Mörder halten.« Susanne nippte beeindruckt an ihrem Tee. »Wenn die japanische Polizei mich in die Finger kriegt, dann gute Nacht. Da stehe ich, der kleine Hamada. Und auf der anderen Seite ist der große mächtige Takahana, der den Justizminister und den Innenminister gern mal abends zu einem Eine-Million-Yen-Essen in ein Geisha-Lokal einlädt. Was meinst du, was passiert, wenn die mich schnappen? Die machen mich fertig!« Ich hoffte, sie würde irgendwas Beruhigendes sagen. Dass die Gerechtigkeit immer siegt oder dass Lügen kurze Beine haben oder etwas vergleichbar Aufbauendes.

Stattdessen sagte sie: »Du hast Recht. Und ich fühle mich für deine Situation verantwortlich. Wahrscheinlich habe ich ihn erst auf dich aufmerksam gemacht. Mori suchte dieses Buch, und ich habe zu ihm gesagt, er solle doch einen Privatdetektiv dafür engagieren. Der einzige Privatdetektiv, den ich kenne, bist du.«

»Darf ich jetzt mal fragen, von welchem Buch hier überhaupt die Rede ist? Mori hat nämlich auch so was von einem Buch erwähnt.«

»Erinnerst du dich denn nicht mehr? Es hieß: *Watashi-no Harubin-de-no keiken.*«

Jetzt dämmerte es mir. Vor vielleicht drei Monaten hatte ich den Auftrag bekommen, die Antiquariate im Stadtteil Kanda nach einem bestimmten, längst vergriffenen Buch zu durchstöbern. Die Klientin war eine mäuschenhafte Frau mittleren Alters, an deren Namen ich mich nicht mehr erinnern konnte. Einer jener wahnsinnig spannenden Einsätze, die einen japanischen Privatdetektiv so beschäftigen. Tagelang hatte ich mir die Hacken abgelaufen, war von einem Antiquariat ins nächste gestürmt und hatte nach diesem verschollenen Buch gefragt, von dem ich nach zwei Stunden bereits mit Sicherheit wusste, dass es niemals geschrieben worden war. Jeder Buchhändler, den ich aufsuchte, sah mich sorgenvoll an und fragte: »Wie war doch gleich noch der Titel?«

Nun, der Titel war: *Watashi-no Harubin-de-no keiken – Meine Erfahrungen in Harubin.* Verfasst von einem gewissen Watanabe Jun. Gedruckt 1946. Zuerst hatte ich gar nicht kapiert, was das überhaupt bedeuten sollte. Harubin war mir nämlich kein Begriff. Aber ein vertrockneter, alter Bücherwurm in einer verstaubten Bibliothek hatte mir erklärt, dass Harubin eine Stadt in der Mandschurei war, im heutigen China also, und eigentlich Harbin hieß. Aber das

Buch hatte er trotzdem nicht. Keiner hatte es, niemand hatte je von ihm gehört. Deswegen war der Fall für mich nach fünfeinhalb Tagen abgeschlossen, und ich kassierte 200 000 Yen für meine erfolglosen Bemühungen. Ich wusste das noch so genau, denn ich hatte der Klientin einen Sonderpreis gemacht, weil ich nämlich allen Grund hatte, ihr dankbar zu sein: Ich war im Keller eines der Antiquariate, in die ich mich unter normalen Umständen nie verirrt hätte, zufällig auf einen Schatz gestoßen: die ersten fünf Bände von *Megaman* aus dem Jahre 1967, die ich sofort günstig erwarb. Aber wieso wusste Susanne von diesem Auftrag?

»Nicht jeder ist so schreibfaul wie du«, erklärte sie kritisch. »Naoko zum Beispiel schreibt mir heute noch regelmäßig.«

»Naoko? Du meinst Ishikawa Naoko?«

Ich dachte mit Schrecken an die hässliche, pickelige Kichererbse, die damals in meinem Deutschkurs neben mir gesessen und mich angehimmelt hatte. Einmal, es war zum Valentinstag, hatte sie mir sogar ein Gedicht von so einem Typ namens Novalis abgeschrieben und zusammen mit einer Ladung herzförmiger Kekse in meinen Briefkasten geworfen. Ich hatte das Gedicht nicht verstanden und die Kekse schmeckten wie Sägemehl.

»Naoko arbeitet heute in der Deutschlandabteilung des Außenministeriums – Karrierediplomatin«, enthüllte mir Susanne. »Sie hat dich wohl nie aus den Augen verloren und mir irgendwann mal geschrieben, dass du jetzt Privatdetektiv bist.«

»Moment!« Das ging mir alles viel zu schnell. Mal abgesehen davon, dass mich der Gedanke an die schwülstige Naoko zutiefst erschreckte, die mir offenbar nach wie vor hinterherspionierte. »Willst du damit sagen, ich hätte für dich nach diesem Buch gesucht?«

»Nicht für mich. Für Mori-san. Ich habe ihm nur den Tipp gegeben, dass er vielleicht dich beauftragen könnte, was er dann ja auch tat. Er bat seine frühere Sekretärin, sich mit dir in Kontakt zu setzen. Das war ein Fehler. Sie hat Takahana informiert. So wurde er auf dich aufmerksam.«

»Was hat es denn mit dem Buch auf sich? Warum war er so scharf darauf?«

Sie zuckte die Achseln. »Das hat er mir nicht gesagt. Er sagte nur, dass er es dringend brauche.«

»Wozu?«

»Ich weiß es wirklich nicht, Hamada.«

Ich hatte bei Susanne damals an die fünfzehn verschiedene Arten ermittelt, wie sie ihre Zigaretten anzündete. Es gab die gierige, die heitere, die trotzige, die sinnliche und die unbewusste und noch ein paar andere Arten. Jetzt zündete sie sich eine auf die ratlose Art an. Es war noch nicht resigniert, aber viel fehlte nicht mehr.

»Ich weiß nur, dass er ermordet wurde, weil er dieses Buch suchte.«

»Vielleicht hat Mori irgendeinen Fehler im Management gemacht und ist deshalb entlassen worden …«

Ich bemühte ein kleines Wortspiel: Im Japanischen heißt *kubi-ni naru*, wenn man »gefeuert« wird. Und das ist die wörtliche Übersetzung von »geköpft werden«. Susannes böser Blick besagte mir, dass sie mit meinem Humor noch immer nicht viel anfangen konnte.

»Deine Vorstellung von der Arbeitsweise japanischer Betriebe ist etwas altmodisch, meinst du nicht?«, quittierte sie kühl.

Es war Nachmittag geworden. Die Strahlen der Frühlingssonne fielen durch die Zierpflanzen auf ihr Gesicht, ließen ihr Haar schimmern. Ihr Make-up wurde sichtbar. Die

Haut war nicht mehr so frisch und gesund. Das lag wahrscheinlich an den vielen Zigaretten. Und an den zehn Jahren in einer japanischen Firma. Wie alt war sie jetzt? Siebenunddreißig? Achtunddreißig? Neununddreißig?

»Warum schaust du mich so an?«, fragte sie.

»Nur so. Ich habe dich lange nicht mehr gesehen. Da werden Erinnerungen wach.«

»Wie schön für dich.«

»Kennst du Michiko Mori?«

Ich ließ ihr Gesicht nicht aus den Augen. Es erschien mir, als hätte das perfekte Bild mit einem Mal einen feinen Riss bekommen.

»Natürlich.«

»Ich mache mir Sorgen um sie. Sie ist vielleicht in großer Gefahr. Würdest du mir helfen, sie zu finden?«

»Soweit ich weiß, ist sie schon wieder in Japan.«

»Das stimmt nicht. Ich habe heute mir ihr gesprochen. Da war sie in ihrem Haus in Balduegu – irgendwas.«

»Waldweg. Du brauchst dir keine Gedanken wegen Michiko zu machen.«

Ich sah hinter ihren Pupillen etwas Beängstigendes aufflackern – nur kurz und auch sehr entfernt. Wenn ich es hätte beschreiben sollen, wäre mir nur ein einziges Wort eingefallen: Hass. Sie ist die einzige Person, die bezeugen kann, dass ich unschuldig bin.«

»Vergiss es. Sie wird dir nicht helfen. Sie würde noch nicht mal bezeugen, dich jemals gesehen zu haben. Selbst wenn sie dreißig Jahre mit dir verheiratet wäre.«

»Du magst sie nicht, was?«

»Ich kenne sie.«

»Hilfst du mir trotzdem, sie zu finden?«

»Sicher. Aber zuerst helfe ich dir, etwas anderes zu finden, das ich heute Morgen gefunden habe.«

Kubota

Ich hätte diese Fabrik nicht einmal geschenkt genommen. Der Gebäudekomplex sah aus, als warte er seit hundert Jahren vergebens auf die Anstreicher. Die Außenwände waren aus bräunlich verfärbtem Backstein, an manchen Stellen wuchs giftgrünes Moos in den Mauerritzen. Einige Fenster auf der Seite, die auf die Straße hinausging, waren zersplittert und nie ersetzt worden. Das einzige Lebenszeichen, das diese traurige Industrieruine von sich gab, war der gelbliche Qualm, den einer der scheintoten Schornsteine ausspuckte. Susanne steuerte ihren schnittigen BMW an dem unbemannten Pförtnerhäuschen vorbei in den Hof, wo rostige Fässer und zerschlissene Säcke gestapelt waren. Trotz des sonnigen Frühlingsabends und dem leuchtend blauen Himmel strahlten die Gebäude der Ratinger Düngemittel GmbH eine unheimliche Kälte und Düsternis aus.

»Da hat Takahana ja wirklich ein Juwel erworben«, spottete ich, als Susanne ihr Cabrio im Hof zum Stehen brachte. Ich stieg aus und wäre beinahe von einem Gabelstapler erfasst worden, der im Eiltempo vorbeibretterte.

»Pass do uff, Japse!«, fluchte der Fahrer, ein ungehobelter, vollbärtiger Kerl im Unterhemd.

Susanne sprang regelrecht aus dem Wagen und rief ihm erbost in ihrer Sprache etwas hinterher, das ich nicht verstand. Er übrigens auch nicht, denn er war schon um die Ecke verschwunden.

»Was hast du gesagt?«

»Dass man das auch freundlicher sagen kann, verdammte Scheiße.«

»Wieso nennt er mich ›Japse‹? Haben die hier was gegen Japaner?«

»Sagen wir mal so: Die Belegschaft war nicht besonders erfreut über den Verkauf. Sie fürchten, dass Takahana ihre Fabrik nur übernommen hat, um an die Patente zu kommen, und dass er die Produktion so schnell wir möglich in ein Billiglohnland verlagern wird. Vietnam ist im Gespräch. Aus meiner Sicht das einzig Vernünftige.«

Eine markerschütternde Sirene heulte auf, und ich war versucht, in Deckung zu gehen. »Giftalarm?«, fragte ich entsetzt.

»Nein, Feierabend«, erklärte Susanne. Kaum war die Sirene verklungen, da kamen auch schon die ersten Arbeiter auf den Hof, stiegen in ihre Autos oder schwangen sich auf ihre Fahrräder.

»Was suchen wir hier eigentlich?«

»Ich möchte, dass du Kubota-san siehst.«

»Und wer soll das sein?«

»Takahanas Statthalter bei Ratinger.«

»Das muss der Typ sein, der den Termin im Restaurant ausgemacht hat«, bemerkte ich. »Der Anruf kam von hier.«

Susanne führte mich zu dem am wenigsten verfallenen der insgesamt fünf Gebäude, einem vierstöckigen Kasten im Bauhaus-Stil. Hinter zwei schlierigen Glastüren befanden wir uns in einer Art Empfangsbereich. An der Wand hing ein stattliches Gemälde, das die Fabrik in deutlich besserem Zustand zeigte, als sie es heute war. *Ratinger 1931* verriet die Inschrift. Hinter einer Holztheke hockte desinteressiert eine aufgeschwemmte *gaijin*-Frau mit schütterem Haar und feilte sich die Fingernägel. Sie blickte grußlos auf.

»Ist Herr Kubota jetzt im Hause?«, fragte Susanne.

Die Frau schüttelte ungeduldig den Kopf und betrachtete mit unbegründetem Wohlgefallen ihre wurstigen Finger.

»Isch hab inne doch schon heut mosche gesacht, der is krang!«

Ich bedauerte den unbekannten Herrn Kubota schon jetzt. Wenn ich jeden Morgen an dieser Hexe vorbei in mein Büro gehen müsste, würde ich es sicherlich sehr schnell mit Magenproblemen zu tun bekommen.

»Die Dame sagt, Kubota-san sei krank.«

»Habe ich mir schon gedacht.«

»Lass uns trotzdem hinauf in sein Büro gehen.«

»Können wir das denn, wo er doch gar nicht da ist?«

»Hast du vergessen, dass ich *Assistant Regional Manager* bin?«

»Wissen das auch alle hier?«

»Ich glaube schon.«

»Was? Und da hockt die dicke Tante einfach da und poliert sich die Nägel, anstatt dir freundlich einen Tee anzubieten? Ist das in Deutschland so üblich?«

»Nein. Manchmal lesen sie auch eine Zeitschrift oder telefonieren mit ihren Freundinnen.«

»Glückliches Land!«

Auf der Treppe kamen uns noch ein paar Ratinger-Mitarbeiter entgegen, die schwatzend oder auch schweigend ihrem sicherlich wohlverdienten Feierabend entgegenfieberten. Keiner grüßte Susanne, und mich schon gar nicht. Vielleicht lag das ja an ihrem Job. Vielleicht mussten Leute, die in der Insektenvertilgungsindustrie tätig waren, grundsätzlich giftig sein. Susanne hatte jedenfalls sogar den Schlüssel zum Büro von Herrn Kubota.

»Kubota-san hat die Verhandlungen für die Übernahme der Ratinger geführt«, erklärte sie, während sie aufsperrte. »Er wusste, warum Takahana unbedingt diese Firma haben wollte. Er wusste, wie viel dafür bezahlt wurde und auf welchem Weg. Er wusste alles, was Mori-san wusste. Und ganz nebenbei hatte er auch noch ein Verhältnis mit Michiko. Darf ich nun vorstellen?« Damit drückte sie die Klinke herunter und öffnete die Tür.

»Lustige Firma«, dachte ich. »Liebesverhältnisse kreuz und quer!« Dann sah ich ihn.

Herr Kubota saß hinter seinem Schreibtisch. Er mochte an die fünfunddreißig Jahre alt sein. Er war adrett gekleidet und nett frisiert. Sein Kopf lag vor ihm auf der Tischplatte.

Der Fußboden war bedeckt, die Wand hinter ihm bekleckert mit angetrocknetem Blut. Es war also schon eine Weile her, seit er Bekanntschaft mit dem Ninja-Killer gemacht hatte. Sein Kopf und seine Hände, die auf der blutbesudelten Tischplatte ruhten, hatten die ungesunde Farbe von Käse jenseits des Verfallsdatums. In dem Zimmer, das zur Südseite lag, stank es ziemlich übel.

»Ich halte es hier drin nicht aus«, würgte Susanne.

»Ich seh mich nur kurz mal um.«

»Pass auf, dass du keine Fingerabdrücke hinterlässt!«

Es gibt mehrere Gründe, warum ich Frauen bewundere. Dass Susanne in dieser Situation an so was denken konnte, brachte ihr meine uneingeschränkte Wertschätzung ein und machte mir gleichzeitig etwas Angst. Sie war cool wie Sashimi – roher, kalter Fisch.

Wieso hat sie den grausigen Fund nicht gleich der Polizei gemeldet, sondern zeigt ihn jetzt mir?, rief aus einer hinteren Kammer meines erstaunlichen Hirns eine verwirrte Stimme. Ich ignorierte sie. Nachdem Susanne den Raum verlassen hatte, zog ich mein Taschentuch heraus und wickelte es mir um die Finger.

Hinter Kubotas Schreibtisch sah es verheerend aus. Braunschwarzes geronnenes Blut bedeckte den Boden. Ich konnte nicht näher herangehen, ohne überall Fußspuren zu hinterlassen. Gegen meinen Willen schlich sich die Vorstellung in meine Fantasie, wie Kubota hier gesessen hatte, Zukunftspläne für Ratinger Düngemittel schmiedend, und nebenbei noch dafür gesorgt hatte, dass Privatdetektive aus Tokio im »Miyako« vergiftet wurden. Und vielleicht hatte er ja auch noch darüber nachgedacht, was er mit seiner Frau und seinen beiden Söhnen – das Foto stand auf seinem Schreibtisch – am Wochenende so alles unternehmen könnte. Und wann er die holde Michiko wieder sehen würde. Und da stürmt plötzlich so ein unangenehmer Kerl in sein Büro, hält sich nicht lange mit der Vorrede auf, sondern wirbelt sein Samurai-Schwert herum. Kubota sitzt da, starr vor Schreck, und kapiert das alles nicht. Und da trifft ihn auch schon die eiskalte Klinge am Hals, und auf seinem Gesicht bleibt bis in alle Ewigkeit dieser dümmlich fragende Gesichtsausdruck, während eine Fontäne Blut aus seinem Hals sprudelt. Widerlich.

Auf Kubotas Schreibtisch gab es nicht viel zu entdecken. Miniaturausgaben der deutschen und japanischen Flagge, die einander kreuzten. Das Telefon, Kubotas Kopf, ein becherartiger Lederbehälter für Kugelschreiber sowie das besagte Foto seiner Familie. In dem Wandschrank gegenüber fand ich nur seinen Mantel und einen Regenschirm. Viel zu tun hatte er offenbar nicht hier bei Ratinger. Anscheinend hatte man tatsächlich beschlossen, die Firma so bald wie möglich dichtzumachen. Susanne klopfte nervös an die Tür. Sie schien irgendwie unruhig zu werden. Ich beschloss, meine Ermittlungen abzubrechen. Wenn der Ninja-Killer sein

Geld wert war, dann hatte er ohnehin keine Spuren hinterlassen. Ich wollte mich gerade zum Gehen wenden, als mir das Faxgerät, das auf einem niedrigen Tischchen unter dem Fenster stand, etwas zubrüllte. Damit hatte der Ninja-Killer wohl nicht gerechnet. Der Tote hatte ein Fax bekommen. Absender war ein gewisser Takahashi Shoten, ein Antiquariat in Kanda. Der Buchhändler schrieb knapp: Habe Kopie von Watanabe Juns *Watashi-no Harubin-de-no keiken* gefunden. Preis: 800 000 Yen.

Teures Buch, dachte ich. Susannes Klopfen verstärkte sich zu einem Hämmern. Als ich hinaus auf den Flur trat, empfing sie mich mit einem verzweifelten Blick. Ihr gegenüber stand ein spindeldürrer, weißhaariger Greis in einem blauen Kittel. In der Hand hielt er einen großen Schlüsselring mit etwa zweitausend Schlüsseln und fuchtelte damit herum. »Abbä isch muss doch aach ma Feierabbend mache!«, sagte der Alte gerade. »Bidde, Frollein. Nu lasse se misch doch dosch!«

Dann sah er mich aus Kubotas Büro treten und verstummte.

»Das ist der Hausmeister«, stellte Susanne ihn vor. »Er will nachsehen, ob in Kubota-sans Büro alle Fenster geschlossen sind. Er sagt, die Japaner lassen abends immer die Fenster offen.«

Ich reichte dem Alten die Hand, die er sofort nahm und begeistert schüttelte. Zu ihm sagte ich: »Guten Tag!«, was ich fast fließend und akzentfrei aussprechen konnte. Zu Susanne sagte ich mit gefrorenem Lächeln: »Sag ihm, dass Herr Kubota entlassen wurde und dass ich sein Nachfolger bei Katana bin.«

Das machte sie prompt.

Der Alte schüttelte meine Hand noch kräftiger und nickte dabei aufmunternd mit dem Kopf. Kubota schien nicht sonderlich beliebt gewesen zu sein, wenn er sich über seine Ablösung so freute. Natürlich wusste der Hausmeister nicht, was *kubi-ni-naru* wörtlich übersetzt hieß ...

»Sag ihm, dass ich sehr zufrieden mit seiner Arbeit bin und dass ich seine Gewissenhaftigkeit zu schätzen weiß.«

Endlich ließ er meine Hand los und versuchte eine Verbeugung.

»Sag ihm, dass ich persönlich dafür sorgen werde, dass von nun an die Fenster immer geschlossen sind. Und sag ihm auch ...«

»Würdest du bitte nicht immer ›sag ihm‹ sagen? Das nervt!«

»Saache Sie dem Herrn, dass für mosche früh alles klar is.«

»Frag ihn, was er damit meint.«

»Ei, für die Abholung.«

»Soso.« Was sollte da denn abgeholt werden? Und wie bekam ich das heraus, ohne dem Hausmeister zu verraten, dass ich, der neue Chef, absolut keine Ahnung hatte, was hier vorging. Zum Glück erlöste er mich schnell aus dieser Verlegenheit.

»Die Kiste und Kattongs stehe schon alle unde im Kellä bereit.«

Susanne übersetzte.

»Frag ihn, ob wir uns mal ansehen können, ob auch alles ordnungsgemäß verpackt ist.«

»Loggisch!«, krähte der Alte. »Wir tun doch alles für die Heschaffte aus Jappan!«

Der dürre Hausmeister, der einen komplizierten Namen hatte – irgendwas mit -ski am Ende –, brachte uns über eine Hintertreppe in den Keller. Dabei erzählte er uns komischerweise was von seiner Bandscheibe. Vielleicht hatte Susanne das auch nicht richtig verstanden. Auf halbem Weg ließ sie mich mit dem Alten allein, weil sie aufs Klo musste. Herr -ski ging fröhlich plappernd voraus, knipste das Kellerlicht an, und wir sahen uns mehreren Pyramiden von staubigen Pappkisten gegenüber. Jede war handschriftlich mit einer Jahreszahl, mehreren Buchstaben und römischen Ziffern versehen: *1966-ZUF-B-IV* stand da. *1973-KLD-M-111. 1943 TZC-D-XII.*

»Das Firmenarchiv«, stellte Susanne erstaunt fest, als sie uns wieder eingeholt hatte.

Der Hausmeister seufzte tief und tätschelte liebevoll eine Kiste mit der Aufschrift *1937-MLK-J-IX*, wobei er in seiner unverständlichen Sprache etwas vor sich hin murmelte.

»Was?«

»Das war das Jahr, in dem er hier bei Ratinger angefangen hat«, erklärte Susanne.

Ich nickte anerkennend. Fast sechzig Jahre bei ein und derselben Firma. Schon in Rente und immer noch auf dem Posten. Alle Achtung. Geradezu japanische Verhältnisse. Ich reichte ihm unvorsichtigerweise meine Hand und er begann wieder mit der Schüttelei. Mit sanfter Gewalt befreite ich mich und nahm mir eine der geheimnisvollen Kisten vor: *1974-ICF-P-II.* Es waren Aktenordner drin und in den Aktenordnern Akten. Es schien, als sei mein Konzept von Abheften und Wegstellen tatsächlich eine international gängige Praxis.

Geschäftsbericht Abteilung 4 stand auf der Akte. Auf der nächsten *Nirtatanalysen* und dann *Lieferverträge 12b) Naher Osten.* Auf einer der vorderen Kisten entdeckte ich ein in Plastik eingeschweißtes Dokument, die Frachtpapiere.

»Notier doch mal diese Daten hier«, bat ich Susanne. Sie zückte einen Damenkalender mit Goldschnitt.

»Frag ihn, ob er eine Ahnung hat, wo das Zeug hingeschafft wird.«

Er sah uns verständnislos an. »Ei, nach Jappan!«

Das verstand ich ohne Übersetzung.

Auf dem Weg nach draußen hielt mir Susanne freundlicherweise den Hausmeister vom Leib, der quasselte wie ein Wasserfall. Offenbar hatte er nicht oft Gelegenheit, sich mal so richtig auszusprechen.

Michiko

Susannes flinker BMW schlängelte sich durch den dichten Feierabendverkehr wie eine Natter durchs Gras. Sie überholte links und rechts, wurde angehupt, angeblinkt und angebrüllt. Sie bemerkte es nicht, denn sie war mit ihren Gedanken ganz woanders. »Warum das Firmenarchiv?«, wunderte sie sich.

»Das Herz der Firma«, versuchte ich mich in Poesie.

»Nicht das Herz – das Gedächtnis. Was will Takahana mit den Akten?«

»Ich nehme an, da sind alle Patente, alle Forschungsunterlagen und Laborberichte drin, die jemals bei Ratinger angefertigt wurden. Vielleicht hat Ratinger mal was erfunden, das Takahana braucht, irgendwas Supergeheimes.«

Vor meinem geistigen Auge erschien Hideyoshi in einem prachtvollen Samurai-Gewand in einem Labor voller gespenstisch rauchender Phiolen, in denen seltsame Substanzen blubberten. Über einem Bunsenbrenner kochte er ein schwefelfarbenes Süppchen und verzog dabei das Gesicht zu einer teuflischen Grimasse. »Die Geheimformel«, keuchte er, »endlich habe ich sie. Damit kann ich die ganze Menschheit unterwerfen.«

Die Vorstellung brachte mich zum Lachen. Susanne bedachte mich mit einem misstrauischen Seitenblick. »Was ist denn so lustig?«

»Ach nichts. Das Leben ist kein *Megaman-manga*. Leider.«

Wir hatten dem Hausmeister freundlich Auf Wiedersehen gesagt, weil bei Ratinger nichts mehr zu tun war außer zu hoffen, dass der gute, alte -ski nicht doch noch das Fenster in Kubotas Büro kontrollieren würde. Jetzt – die Sonne ging soeben unter – waren wir unterwegs nach Norden, nach Bad Homburg, zum Balduegu, zu Michiko. Susanne konnte ihre hässlichen Gefühle gegenüber der schönen Frau nicht verbergen. Sie hatte es nicht ausgesprochen, aber ich war überzeugt, dass sie glaubte, Mori und Kubota hätten sterben müssen, weil sie beide mit Michiko verkehrten. Als sei sie eine Art weiblicher Todesengel, eine Hexe, die über ihre Liebhaber Verdammnis brachte und sie ins Verderben stürzte. Ich glaubte das nicht. Natürlich nicht, denn ich hatte mich ein wenig in sie verliebt.

Das riesige Grundstück in einer sehr noblen Wohngegend war von einem Holzzaun umgeben. Eine grüne Hecke wuchs hoch genug heran, um die Bewohner vor den neugierigen Blicken zu schützen. Jetzt konnten wir gerade noch eine hell erleuchtete Fensterfront sehen. Leider waren alle Vorhänge zugezogen.

Ich wollte geradewegs zur Tür, aber Susanne hielt mich zurück. »Bist du wahnsinnig! Was ist, wenn sie nicht allein ist? Vielleicht ist die Polizei bei ihr.«

»Ich muss aber mit ihr reden!«

»Dann lass uns zuerst die Lage klären.« Sie schleifte mich zu einer Telefonzelle am Ende der Straße, wählte auswendig Moris Nummer und ließ es lange klingeln.

Ich stand nah genug bei ihr, um zu hören, dass sich eine Männerstimme meldete. Michiko war tatsächlich nicht allein. Susannes geringschätzigem Gesichtsausdruck war zu entnehmen, dass sie den Mann am Telefon für einen weiteren von Michikos Liebhabern hielt. Ich drängte mein Ohr an den Hörer und lauschte angestrengt. Der vermeintliche Witwentröster sagte auf Japanisch, dass Mori Michiko das Land verlassen habe. Ich schüttelte heftig den Kopf. Susanne verblüffte mich wieder. Ich hatte sie vor zehn Jahren als sanftes, etwas naives Mädchen kennen gelernt. Entweder hatte ich mich schon damals in ihr getäuscht, oder die Jahre bei Katana hatten sie zu einer knallharten Business-Wölfin gemacht, denn der messerscharfe Ton, in dem sie den Kerl nun zusammenstauchte, strahlte eine natürliche und unwiderstehliche Autorität aus.

»Mein Name ist Susanne Helfrich«, schnappte sie. »Ich bin Managerin bei Katana und ich verlange umgehend mit Mori Michiko zu sprechen. Haben Sie das verstanden? Wer sind Sie überhaupt?«

»Ein Verwandter«, hörte ich ihn stottern.

»Dann hören Sie, Herr Verwandter. Seien Sie so gut und holen Sie mir umgehend Mori-san an den Apparat!«

Der Typ war nicht so gut. Er legte einfach auf. Wir standen eng beieinander in der kleinen Telefonzelle und sahen uns in die Augen. Seit wir uns in der Abflughalle von Narita umarmt hatten, waren wir uns nicht mehr so nahe gewesen. Sofort begann sich mein *dankon* zu regen. Sie erriet meine Gedanken und öffnete schnell die Glastür. Wir gingen zurück zum Haus der Moris.

»Ich glaube, der Verwandte ist einer von Takahanas Männern. Sie ist in Gefahr.«

»Ich glaube, der Verwandte ist einer von *ihren* Männern«, widersprach Susanne schnippisch.

»Du bist ungerecht! Mori hat dir wahrscheinlich nur die Gemeinheiten über sie erzählt!«

»Mori hat mir gar nichts über sie erzählt, denn er kannte sie praktisch gar nicht.«

»Du bist genau wie George! Typisch! Ihr *gaijin* habt immer nur Vorurteile über die japanische Ehe.«

»Er kannte sie kaum, weil sie erst seit zwei Monaten verheiratet waren. Takahana hat die Ehe gestiftet. Er wollte unbedingt Mori auf diesem Posten in Frankfurt, aber Katana macht keine allein stehenden Männer zu Top-Managern. Also musste er heiraten.«

»Wieso hat er dich nicht geheiratet?«, stichelte ich, plötzlich von dem Verlangen gepackt, ihr wehzutun. Es passte mir irgendwie überhaupt nicht, dass sie nach mir mit einem anderen Japaner was hatte anfangen können. Es verletzte meinen Stolz.

Das bedrohliche Zucken ihrer Augenlider verriet, dass ich einen Volltreffer gelandet hatte. Sie funkelte mich an, als überlege sie, ob sie eine Pistole oder ein Messer benutzen oder mich lieber gleich mit bloßen Händen erwürgen sollte. Mir liefen schon die ersten Schauer über den Rücken. Kleine, fleißige Gehirnzellen machten sich unverzüglich mit weißen Handschuhen an die Arbeit, um innerhalb der nächsten zwei Sekunden eine glaubwürdige Entschuldigung zurechtzuzimmern – aber da hatte sie sich schon gefangen.

»Eines kann ich dir sagen: Wenn Hideyoshi hinter dieser ganzen Sache steckt, wie du glaubst, dann ist Michiko die einzige Person, die nicht in Gefahr schwebt.«

»Nun wirst du mir sicher gleich sagen, dass auch er mit ihr schläft.«

»Ob er es immer noch tut, weiß ich nicht. Aber er hat. Sie ist die Mutter seines Sohnes.«

»Oh.« Wie in einem langen Korridor öffneten sich mit dieser Mitteilung die Türen. Eine nach der anderen. Plötzlich konnte man mühelos bis zum Ende des Ganges sehen, auf die Lösung des Rätsels. Mori und Kubota waren entweder verschuldet oder Schufte oder verschuldete Schufte und wollten reich werden. Mori fand heraus, dass Yuki Hideyoshis Sohn war, und wusste, dass der Firmenboss ohne zu zögern zehn Millionen US-Dollar Lösegeld zahlen würde. Kubota war zweifellos der »Onkel«, der Yuki aus der Schule abgeholt hatte. Mori und er hatten geplant, mich zu betäuben, damit ich niemals erfuhr, dass sie selbst das Lösegeld kassierten. Der pockennarbige Yakuza-Sushi-Koch war ihr Komplize, der eigentlich nur ins Spiel kam, um mich mit verdorbenem Fisch kampfunfähig zu machen; doch dann hatte er, der Profi, die beiden Amateure ausgetrickst. Und mich dazu. Der Geldbote Hamada kam ihm gerade recht als Sündenbock. Kein Wunder, dass dem fischigen Koch der Tritt in die Eier nichts ausgemacht hatte. Er war zu diesem Zeitpunkt bereits fröhlicher Besitzer von zehn Millionen US-Dollar und konnte sich alle Eier der Welt dafür kaufen, während mich die Polizei in aller Welt für seine Morde suchte. Ich bereute, dass ich nicht fester zugetreten hatte. Ich weihte Susanne in diese Erkenntnis ein, als wir im fahlen Licht einer Straßenlaterne vor dem Anwesen der Moris standen.

»Mori-san war kein Entführer«, versuchte sie mutig, die Ehre ihres toten Liebhabers zu retten. Aber der Logik meiner Argumente hatte sie nichts entgegenzuhalten. Ich konnte es förmlich an ihr nagen sehen.

Es hörte sich an wie ein Klatschen. So, als hätte jemand ein nasses Handtuch mit voller Wucht auf einen Tisch geknallt. Die Wände des Hauses dämpften das Geräusch, aber dort, wo wir standen, war es noch deutlich zu vernehmen. Es klatschte noch einmal und noch einmal. Ich hatte genug Detektivserien im Fernsehen gesehen, um zu wissen, dass sich so eine Pistole anhörte. Susanne blieb zurück, während ich zur Haustür rannte. Sie war verschlossen. Ich arbeitete mich durch eine Gruppe von Ziersträuchern zu dem großen Wohnzimmerfenster vor. Susanne kam hinter mir her und versuchte vergebens, mich aufzuhalten. Die Schiebetür war einen Spaltbreit offen, und ich riss sie ganz auf. Im Wohnzimmer war niemand. Im Obergeschoss schrie ein Kind: »Mama, Mama!« Ich schnappte mir einen eisernen Schürhaken von einem Gestell am Kamin und schlich ins Treppenhaus. Ein Mann lag mit grotesk verrenkten Knochen am Fuß der Treppe und hatte drei Löcher in seinem blauen Anzug, aus denen Blut sprudelte wie aus einer Quelle. Es war der Sushi-Koch aus dem »Miyako«. Er röchelte noch und versuchte, die Hand zu heben. Ein unkontrolliertes Zucken beutelte seine Beine. Oben weinte das Kind. Susanne, weiß wie die Wand, an die sie sich presste, biss sich auf die Finger, um nicht zu schreien.

»Wer ist da?«, brüllte ich hinauf ins Treppenhaus. Keine Antwort. Nur dieses krampfhafte Wimmern. Ich nahm die erste Stufe und riskierte einen Blick nach oben. Der Winkel war nicht günstig. Ich sah nur einen Teil der Wand, die mit einem kostbaren japanischen Fächer geschmückt war.

»Bleib hier!«, flehte Susanne im Flüsterton und zerrte an meiner Jacke. Ich hörte nicht auf sie. Die nächste Stufe.

Ich sah etwas mehr von dem Fächer. Er war schwarz und mit goldenen Bemalungen verziert; es sollten wohl Kirschblütenzweige sein. Ich kam mir wie nackt vor mit nichts als diesem albernen Schürhaken in der Hand. Noch eine Stufe. In den goldenen Kirschblüten auf dem Fächer hockte ein goldener Vogel. Noch eine Stufe. Unter dem goldenen Vogel hockte Michiko Mori. Ihr Sohn hatte sich schluchzend an sie geklammert und das Gesicht in ihrem Schoß vergraben. Michiko sah sehr schön und ungemein wild aus. Eine Haarsträhne hatte sich verselbstständigt und fiel verwegen über ihr engelhaftes Gesicht. Die Arme hatte sie weit vorgestreckt, in ihren Händen hielt sie eine Pistole. So viel konnte ich sehen – bis sie abdrückte. Sie schrie dabei. Ich schrie auch. Die Kugel traf mich wie ein Hammerschlag auf das Ohr, riss mir die Hälfte meines Ohrläppchens ab und bohrte sich hinter mir in die Wand. Bevor sie noch einmal abdrücken konnte, war ich mit einem Satz die Treppe hinunter, die Hand auf mein Ohr gepresst. Susanne kiekste erschrocken auf, als sie das Blut zwischen meinen Fingern hervorquellen sah. Ich hörte es kaum, denn mein Ohr brauste wie ein startendes Flugzeug. Mit jedem Pulsschlag schien es noch mehr zu dröhnen.

»Yuki – *gomennassai*«, hörte ich durch das Gebrause Michiko weinen.

Ich hatte die scheußliche Vision, wie sie ihrem geliebten Sohn die Mündung der Pistole an die Schläfe setzte, um lieber ihn und dann noch sich selbst zu erschießen, bevor sie beide dem Ninja-Killer, für den sie mich ja halten musste, in die Hände fielen.

»Nein!«, brüllte ich aus Leibeskräften.

Susanne begriff sofort.

»Michiko! Es ist alles in Ordnung!«

Sie stürzte die Treppe hinauf, und ich hörte Michiko aufheulen, aus Verzweiflung oder aus Freude. Dann sackten mir die Beine weg, und ich fiel zu Boden, gleich neben dem toten Sushi-Koch.

Susanne hatte mein Ohr so gründlich verbunden, dass ich aussah wie der Überlebende eines Granatenangriffs auf einem alten Foto aus dem Ersten Weltkrieg. Mein halber Schädel war unter mehreren Schichten weißer Mullbinden verschwunden. Michiko hatte den total verstörten Yuki ins Bett gebracht und eine Stunde beruhigend auf ihn eingeredet, bevor der Junge endlich eingeschlafen war. Jetzt kam sie die Treppe herunter und blickte schaudernd auf die Koch-Leiche, die Susanne gnädig mit einer Tischdecke verhüllt hatte.

Michiko setzte sich zu mir an den Küchentisch und verbeugte sich tief. »*Gomennassai*, Hamada-san. Ich hatte solche Angst. Ich war so verwirrt. Tut es sehr weh?«

»Es ist nur ein Kratzer.« Wie lange hatte ich darauf gewartet, diesen tapferen Spruch, den ich schon so oft von meinen Filmhelden gehört hatte, nur ein einziges Mal selbst auszusprechen. Ich fühlte mich in diesem Moment, als sie mich anlächelte, fast ein wenig wie Megaman.

Aber Susanne machte alles kaputt, indem sie sich eine Zigarette auf die coole Art anzündete und scharf fragte: »Wer ist der Kerl?«

»Ein Sushi-Koch«, antwortete ich. Aber niemand hörte mir zu.

Ich hätte ebenso gut »ein Irokese« sagen können.

»Ich habe ihn nie zuvor gesehen«, sagte Michiko. »Er erschien gestern Mittag, kurz nachdem Sie angerufen hatten, Hamada-san. Er sagte, er sei zu unserem Schutz da. Wir seien noch immer in großer Gefahr, sagte er. Ich war so besorgt. Endlich hatte ich Yuki wieder und wollte nur noch eines: schnell weg von hier. Aber dieser Kerl wollte mich nicht gehen lassen.« Der steile Winkel, in dem Susanne energisch ihren Zigarettenrauch ausstieß, verriet, dass sie ihr kein Wort glaubte. Michiko konnte die Rauchzeichen nicht so gut deuten wie ich und berichtete weiter: »Er saß immer nur da mit versteinertem Gesicht. Er ließ uns mit niemandem sprechen. Wenn es an der Tür klingelte, ging er hin. Er ließ mich auch nicht ans Telefon.«

»Und Sie haben nicht versucht zu fliehen?«, fragte Susanne provokant. Sie konnte so verständnislos sein, anstatt sich nur einmal in die Haut einer verschreckten, frisch verwitweten Japanerin hineinzuversetzen, die in einem fremden Land festsitzt und aus Angst um ihren geliebten Sohn und um ihr eigenes Leben halb wahnsinnig sein musste. Michiko reagierte mit der Grazie einer Kaiserin. »Doch. Heute Nachmittag. Er hat mich erwischt.« Vorsichtig schob sie den Bund ihres Pullovers in die Höhe, und ich erblickte den süßesten Rippenbogen und die zarte Haut ihres Bauches – und eine hässliche, lange Strieme, die noch rot war, sich aber bald grün und blau verfärben würde. »Er hat den Schürhaken benutzt«, sagte Michiko und deutete auf das eiserne Ding, das immer noch auf dem Teppich im Flur lag. Ich sprang sofort auf, obwohl mein Ohr bei der schnellen Bewegung zu explodieren drohte, um eine Ladung Eiswürfel aus dem Gefrierfach zu holen, die ich in ein Tuch wickelte und ihr darreichte. Sie stöhnte vor Schmerz und zuckte zusammen, als sie das eiskalte Bündel auf ihre weiche Pfirsichhaut presste.

»Danke«, sagte sie und blickte mich mit ihrem einzigartigen Triangel-*Pling* an, dass ich sofort lichterloh in Flammen stand.

Susanne schlug ihre Beine übereinander und morste mit ihrer Zigarettenkippe unausgesprochene Verwünschungen in eine Untertasse, bis der Stummel völlig zerbröselt war. »Und dann haben Sie ihn erschossen?« Es klang, als würde sie die Worte auf den Tisch spucken.

»Nein, nein. Ich wollte das nicht.« Michiko weinte, und ich warf Susanne einen strafenden Blick zu, den sie nicht wahrnahm.

»Ein Anruf kam, und er wurde sehr nervös. Er sagte, das Haus sei nicht mehr sicher. Er wollte uns wegbringen. Ich wusste, dass Mori-san eine Pistole hatte. Er fürchtete sich so vor Einbrechern. Ich sagte dem Mann, dass ich nur schnell ein paar Sachen zusammenpacken wollte, und holte die

Waffe. Ich wollte sie nicht benutzen. Aber er kam die Treppe herauf. Kam immer näher ...« Die Ärmste erlebte den schrecklichen Moment noch einmal und begann zu stammeln. Ihr Oberkörper bebte. Ich konnte nicht anders, ich legte ihr tröstend meinen Arm um die Schultern und sah Susanne dabei nicht an. Ich wusste ohnedies, mit welcher Art von Blick sie mich anschaute. Es war ein Blick so ätzend wie Batterieflüssigkeit.

»Ist schon gut«, tröstete ich Michiko. »Ich werde Sie beschützen!« Oben schrie Yuki auf, der verständlicherweise schlecht träumte. Michiko entwand sich meiner Umarmung und hastete die Treppe hinauf.

»Sag nichts!«, kam ich Susanne zuvor. »Sag jetzt bitte nichts.«

»Ich rufe die Polizei«, sagte sie trotzdem.

»Das tust du nicht!«, widersprach ich mannhaft.

»Was für ein Detektiv bist du eigentlich?«, zischte sie biestig. »Hast du nicht vorhin gesagt, dass der Kerl da« – sie deutete auf den toten Sushi-Schnitzer – »Mori und Kubota umgebracht hat, um das Geld zu kassieren? Und jetzt, wo er auch tot ist – was meinst du wohl, wer jetzt das Geld hat? Bist du so blöd oder willst du das nicht einsehen? Dann sage ich es dir: Sie, sie hat das Geld! Die ganze Sache war ihr Plan!«

»Quatsch!«, zischte ich wütend zurück. »Sie ist ein Opfer von deinem Takahana – genauso wie ich.«

»Du hast noch nie viel von Frauen verstanden, Hamada, und jetzt gehst du ihr in die Falle wie alle anderen auch.«

»Und was verstehst du schon von Männern?«, konterte ich unerbittlich.

»Genug, um dich zu durchschauen.«

»Und – hast du mir nicht weismachen wollen, Mori-san sei kein Entführer?«

»Ist er auch nicht. Er ist ein aufrichtiger, ehrlicher Mann. War, meine ich.«

»Und dein Liebhaber. Liebe macht blind.«

»Dich vielleicht.«

»Du bist nur eifersüchtig!«

Ich sah sie hinter ihrer verfinsterten Stirn nach ganz schlimmen Schimpfworten suchen, solche, wie sie die japanische Sprache glücklicherweise nicht im Sortiment hat.

»*Bakayaro!* Sie hat Mori reingelegt und Kubota dazu und zuletzt diesen Typen hier und damit hat sie die zehn Millionen US-Dollar im Sack. Ich rufe jetzt die Polizei, Hamada.«

»Danke für Ihre Fürsorge. Das mache ich schon selbst.« Wir hatten sie nicht bemerkt. Michiko stand in der Tür, starr und anmutig wie das Werk eines antiken Bildhauers, der den Auftrag bekommen hatte, eine Statue zu Ehren des Zornes und der Schönheit zu fertigen. Sie hielt den Blick auf Susanne gerichtet. Die Zeichner der *Megaman-manga* hätten diesen Blick als Strahl aus gebündeltem Feuer dargestellt. Susanne hielt ihm stand hinter einem Schild von Verachtung und Hass. Ich hatte das ungute Gefühl, dass die beiden gleich wie entfesselte Furien aufeinander losgehen und sich gegenseitig die Haare ausraufen und die Augen auskratzen würden. Ich fand, es war an der Zeit, männliche Vernunft über dieses weibliche Schreckensszenario siegen zu lassen.

»Warum setzen wir uns nicht alle drei zusammen und sprechen vernünftig und in aller Ruhe über die ganze Sache«, schlug ich also vor.

Michiko wendete ihren hochtoxischen Blick nicht von Susanne ab, als sie zu mir sprach: »Vielen Dank für Ihre Hilfe, Hamada-san. Sie sind ein ehrlicher, guter Mann. Aber ich glaube, es ist besser, wenn Sie beide jetzt gehen. Sofort.« Sie tat einen Schritt zurück, und Susanne rauschte kochend wortlos an ihr vorbei.

»Es tut mir Leid«, sagte ich, ihr langsam nachfolgend. »Ich glaube kein Wort von dem, was Susanne gesagt hat. Michiko, ich weiß, dass Sie ganz anders sind. Susanne wird sich schon wieder beruhigen. Sie hatte einen anstrengenden Tag.«

Krachend fiel die Haustür hinter Susanne ins Schloss.

»Auf Wiedersehen, Hamada-san.«

»Soll ich nicht vielleicht bei Ihnen bleiben?«, bot ich mich an, und mein Herz hüpfte wie das eines Schülers, der seine Angebetete zum allerersten Mal anspricht und zu einem gemeinsamen Spaziergang einlädt. Knospenhafte Liebesgefühle, von denen ich gar nicht mehr wusste, dass sie noch in mir schlummerten, begannen sich zu entfalten. Eine längst verloren geglaubte Weichheit bemächtigte sich meiner Knie, ich stotterte, errötete und träumte, sie ließe mich ihren Hals küssen. Sie hatte es selbst gesagt: Ich war ein ehrlicher, guter Mann! Mein eingewickeltes Ohr pochte wie wild im Feuer der Erregung.

»Ich glaube, das wäre nicht gut. Ich sagte Ihnen doch schon am Telefon: Sie müssen sich in Sicherheit bringen. Er ist hinter Ihnen her.«

Kalte Dusche. »Wer denn?«

»Takahana.« Sie schob mich mit sanftem Druck zur Tür.

»Aber woher wissen Sie ...?«

»Er hat es mir gesagt. Bitte, fragen Sie nicht weiter.«

»Ich muss es aber wissen. Bitte, Michiko. Wir sollten in Ruhe über das alles reden ...« Wir hatten die Tür erreicht, und sie schob mich hinaus in die Nacht. Ich nahm an, dass sie sich dazu überwinden musste. Sie rang mit ihren frisch entflammten Gefühlen genauso wie ich. Ich spürte das. Ich war ihr Retter, sie liebte mich. Wieso konnte ich sie nicht umarmen? Wieso konnte ich mich ihr nicht zu Füßen werfen und sie bitten, mich aufzunehmen? In ihr Haus, in ihr Leben, in sich selbst? Welcher verdammte Idiot hat Männer dazu erzogen, sich nicht der Frau, die sie lieben, hingeben zu können – sondern allenfalls einer Prostituierten?

»Ich kann es nicht sagen! Bitte, haben Sie Verständnis. Fragen Sie Ratinger.«

Damit versank meine Sonne hinter dem Horizont.

Susanne saß, immer noch kochend vor Wut, in ihrem Wagen. Der Motor lief bereits, und ich hatte kaum Platz genommen, da fuhr sie los. Mit quietschenden Reifen.

Enzyme

Der Bug des BMW fraß gierig wie ein Haifisch auf Raubzug die weißen Streifen, die in der Straßenmitte gezogen waren. Zweimal blickte ich verstohlen zu ihr und sah ihr Gesicht, hart wie Granit, gespenstisch beleuchtet vom roten Licht der Armaturen. Ich wollte mit ihr sprechen, wagte es aber nicht, die eisige Gewitterfront anzutasten, die sich da zwischen uns zusammengebraut hatte. Stattdessen wanderten meine Gedanken immer wieder zurück zur süßen Michiko. Hatte Susanne am Ende Recht und ich war ihrem hexenhaften Charme erlegen so wie alle anderen? Hatte der Anblick ihres nackten Bauches gereicht, um ihr zu verfallen und nicht zu erkennen, dass sie das perfekte Verbrechen begangen hatte und mich und alle anderen zum Narren hielt? Wollte sie mich vielleicht mit ihren geheimnisvollen Andeutungen, dass Takahana hinter mir her sei, nur auf die falsche Fährte locken? Sollte ich mich in Sicherheit bringen, anstatt sie hinter Gitter? Ich war nämlich – abgesehen vielleicht von Susanne – der Einzige, der das konnte. Und waren nicht der dicke Mullverband um meinen Kopf und der bohrende Schmerz von meinem verletzten Ohr ein ziemlich erschreckendes Indiz dafür, dass sie auch mich umbringen wollte, um ihre Beute in Sicherheit zu bringen? Alles das war logisch und ergab Sinn. Aber ich konnte es trotzdem nicht glauben. Stattdessen stellte ich mir vor, wie wir uns zu Hause in Tokio wieder begegnen würden. Vielleicht könnten wir ja mal zusammen essen gehen. Vielleicht könnten wir zusammen in die Berge fahren und das bunte Herbstlaub betrachten, und ich würde ihr ein Gedicht schreiben. Yuki würde mitkommen, und ich würde ihm einen ferngesteuerten Hubschrauber kaufen, und er würde mich vergöttern, weil ich Privatdetektiv war und manchmal gefährliche Aufträge annahm. Visionen von ihrem Bauch waberten in meiner Fantasie, obwohl ich sonst gar nicht der Typ bin, der sich vom Anblick eines Bauches entzünden lässt; noch dazu eines mit einem Schürhaken bearbeiteten Bauches. Aber es war etwas mit ihrem Bauch, mit ihrer Haut, den hellen Härchen, die darauf wuchsen, und mit den unsichtbaren Wegweisern, die nach Norden zeigten und auf denen der geübte Wanderer lesen konnte: *Hier entlang zu den schönsten Brüsten der Welt*. Busen hatte mich schon immer magisch angezogen, und ich möchte rückblickend nicht ausschließen, dass es Susannes große weiße Brüste waren, die mich einst so angelockt hatten. Hunger nach Exotik. Ich konnte mich an ihnen nie satt sehen und hatte auch heute, trotz meiner kümmerlichen Lage, keine Gelegenheit ausgelassen, einen Blick in ihren Ausschnitt zu erhaschen.

Leider wurden meine Attacken durch einen ziemlich soliden Büstenhalter zunichte gemacht. Ich hatte nie so richtig verstanden, was Brüste eigentlich waren und warum sie mich so faszinierten, und ich hatte in diversen Forschungsunterfangen versucht, dem Mysterium auf den Grund zu gehen. Meistens erfolglos. Japanische Männer sind, soweit ich das durch die Beobachtung meiner Geschlechtsgenossen wie auch der Medien beurteilen kann, keine besonders zärtlichen Liebhaber der weiblichen Brust. In den Sex-Programmen des Privatfernsehens kneten und quetschen die feurigen Steiger stöhnend an den Brüsten ihrer Gespielinnen herum, als sei es eine zähe Gummimasse. Wohl als Folge derartiger Anschauung weckt eine vollbesetzte Bahn das Tier in so manch bravem Angestellten, und er kann sich des Verlangens nicht erwehren, einer wildfremden Frau die Brust anzuquetschen und sich auch noch vorzustellen, er tue etwas Sinnliches. In den Pornomagazinen und den *mangas* werden Brüste oft rücksichtslos mit Stricken und Seilen abgeschnürt, eingekettet und deformiert. Ich vermochte darin nie eine erotische Komponente zu erkennen. Ich hatte meine Busensozialisation von Susanne erhalten, die unwillig schniefte, als ich in meiner Unerfahrenheit begann, ihren Busen auszuwringen, so wie ich es im Fernsehen und im Kino gesehen hatte. Ich dachte eben, das mache man so und das würde von mir erwartet, aber sie sagte damals: »Sei bitte zärtlich!«

Und siehe da: Es war wunderschön. Ich glaube, diese Erfahrung verschaffte mir einen enormen Vorteil gegenüber der japanischen Konkurrenz, und falls ich Michiko dazu bringen konnte, mir noch einmal ihre Bauchwunde zu zeigen – das nächste Mal vielleicht ohne dass Susanne zusah –, dann würde ich schon ... »Möchtest du im Auto übernachten?«

Ich hatte mich so im Gestrüpp der Sinnlichkeit verloren, dass ich gar nicht bemerkt hatte, wie Susanne den Wagen vor ihrem Haus parkte und nun im Begriff war auszusteigen. »Nein, nein. Ich habe nur gerade über diesen Fall nachgedacht«, sagte ich listig und folgte ihr in die Wohnung.

Susanne schleuderte ihre Handtasche in eine Ecke, streifte ihre hochhackigen Schuhe ab und hängte das Jackett ihres Marlene-Dietrich-Hosenanzugs über einen Bügel. Ich erschrak über mein Spiegelbild: Mit meinem dicken Verband sah ich aus wie ein japanischer van Gogh, der sich gerade sein Ohr abgeschnitten hat. Auf dem Wohnzimmertisch standen noch immer die Teetassen und die krümeligen Reste der Reiscracker. Sie hörte ihren Anrufbeantworter ab – eine männliche Stimme, die deutsch sprach, sagte etwas Albernes – und verschwand auf dem Klo. Ich fand in meiner Hosentasche ein Stück Papier, das ich dort vergessen hatte. Es war die Nachricht von Takahashi Shoten, die ich aus Kubotas Faxgerät gezogen hatte. Auf dem Briefkopf war auch eine Telefonnummer zu entziffern. »Susanne, kann ich mal dein Telefon benutzen?«, fragte ich in Richtung geschlossene Tür.

»Mach, was du willst.«

»Ferngespräch nach Japan?« Kein Kommentar. Na gut, dachte ich, und wählte die Nummer. Der Piepser des Satelliten verschluckte den Namen meines Gesprächspartners.

»Ist dort Takahashi Shoten?«

»Ja, was ist denn los?« Die Stimme klang so nah, als sitze der Mann im Nachbarhaus und nicht zehntausend Kilometer entfernt im Stadtteil Kanda, wo es jetzt ziemlich früh am Morgen sein musste. »Was ist?«, fragte der Buchhändler gereizt und übernächtigt. Vermutlich war es sehr, sehr früh am Morgen.

»Ich rufe aus Deutschland an«, erklärte ich wichtig. »Wie spät ist es denn jetzt bei Ihnen?«

»Was wollen Sie? Nach der Uhrzeit fragen?«

»Nein, nein. Ich habe vor einiger Zeit ein Buch bei Ihnen bestellt. Von einem gewissen Watanabe Jun: *Watashi-no Harubin-de-no keiken.* Sie haben es freundlicherweise für mich ausfindig gemacht. Ich würde nun gerne wissen, ob Sie mir vielleicht in groben Zügen sagen könnten, worum es in dem Buch geht?«

»Was?«

»Na ja, wissen Sie, das Buch ist ja ziemlich teuer – für so einen alten Schinken, meine ich. Und nun hätte ich nur gerne ungefähr gewusst, was da so drinsteht. Nur für meine Unterlagen hier.«

»Kubota-san?« Der Händler kannte seine Kunden beim Namen. »Sie haben mein Fax also bekommen?«

»Ja, ganz recht«, schwindelte ich.

Susanne kam herein. Sie hatte ihre Hose ausgezogen, die Bluse bedeckte knapp ihren Slip. Sehr schöne Beine. Sie warf mir einen fragenden Blick zu und schwebte zum Schrank, wo sie sich einen Whisky eingoss. Dazu zündete sie sich schon wieder eine Zigarette an. Durch das Gewebe ihrer Bluse schimmerte kein BH mehr. Ich wandte mich ab.

Der alte Buchhändler hatte »Meine Erfahrungen in Harbin« offenbar nicht gelesen oder er war nicht gewillt, Auskunft zu geben. Er war stinksauer: »Kubota-san! Soll das etwa heißen, Sie wollen das Buch nur dann kaufen, wenn es einen bestimmten Inhalt hat? Das war aber nicht abgemacht! Ist Ihnen klar, wie viel Mühe und Zeit ich investiert habe, um es für Sie aufzufinden? Ich bin dafür eigens nach Niigata gefahren. Und wer bezahlt mir die Bahnkarte?«

»Aber nein! Ich will das Buch ja auf jeden Fall kaufen. Sie bekommen ihre 800 000 Yen. Bestimmt. Ich möchte nur jetzt schon mal so ungefähr wissen, worum es sich dreht.«

Der alte Bücherwurm war misstrauisch geworden. »Was erwarten Sie denn?«, schnarrte er.

»Na ja, wissen Sie ...« Ich schwamm. Wenn er bloß nichts merkte. »Ich vertrete ein bedeutendes internationales Unternehmen, und wir würden nun eben gern auch in China investieren. Unter anderem auch in Harbin. Und deshalb würde es mich natürlich sehr interessieren, welche Erfahrungen andere Leute da so gemacht haben.«

»Ich glaube kaum, dass Ihnen dieses Buch dabei von irgendeinem Nutzen sein wird«, sagte der Antiquar scharf. »Es ist nämlich ein Tagebuch aus dem Jahr 1937. Der Verfasser war ein japanischer Soldat bei der Kwantung-Armee, die damals im Krieg die Mandschurei kontrollierte.«

»Na, das ist doch genau, was ich suche. Geschäft ist Krieg, wie wir Manager in Japan so schön sagen. Ich schicke sofort jemanden vorbei, der das Buch abholt!«

»Es ist halb sechs in der Früh!«, brüllte der Mann. »Der Laden öffnet um neun!« Dann legte er auf.

»Darf ich noch mal?«, wandte ich mich Susanne zu, die mit ihrem Whisky-Glas im Sessel Platz genommen und ihre schönen Beine anmutig übereinander geschlagen hatte. Sie nickte knapp.

»Hamada!« Seine beleidigende Intonierung meines Namens klang diesmal direkt erleichtert.

»Nori – tut mir Leid, dass ich dich schon wieder so früh aus dem Bett holen muss. Aber es ist sehr wichtig. Hör mir genau zu: Du musst mir 800 000 Yen leihen und nach Kanda fahren. Zum Antiquariat Takahashi Shoten. Da liegt ein Buch für mich, das heißt *Watashi-no Harubin-de-no keiken,* verfasst von einem ehemaligen Soldaten namens Watanabe Jun.«

»Weißt du, was ich gerade im Frühstücksfernsehen sehe? Dein bescheuertes Foto! Du bist noch immer die Nummer eins in den Nachrichten.«

Das würde ich wohl auch noch eine Weile bleiben. Besonders dann, wenn sie Kubota fanden. Wenn der alte Hausmeister -ski doch noch mal nach dem Fenster geschaut hatte, würde er jetzt sicherlich nichts Gutes von mir denken.

»Ich habe jetzt keine Zeit, dir alles zu erklären. Ich rufe aus Deutschland an. Das ist verdammt teuer …«

»800 000 Yen sind auch kein Pappenstiel!«

»Ich zahle es dir zurück. Ich schwöre es. Das Buch ist meine einzige Spur.«

»Hamada, die Polizei war heute bei mir. Sie wissen, dass wir befreundet sind. Ich soll dir ausrichten, dass du dich stellen sollst.«

»Tu mir diesen Gefallen, Nori, nur diesen einen noch. Ich melde mich wieder.«

Ich legte den Hörer auf, bevor er Nein sagen konnte.

»Wer ist das?«

»Suzuki Nori. Wir haben nebeneinander im Jura-Seminar gesessen. Er arbeitet jetzt bei der Asahi Shinbun.«

»Dein bester Freund?«

»Mein einziger Freund.«

Ich erhob mich und holte mir ebenfalls einen Whisky, prostete Susanne trotzig zu und kippte das halbe Glas in einem Zug hinunter. Während ich nach Luft schnappte, spürte ich, wie der Alkohol mich heiß durchflutete und beruhigte. Das Blut wummerte aufgeregt in meinem verletzten Ohr.

»Du greifst nach einem Strohhalm«, urteilte sie. »Du bist bereit, alles zu glauben, nur damit du dir weiter vormachen kannst, dass Michiko unschuldig ist.«

Ich blockte mit einer Handbewegung ab. »Bitte, bitte. Fang bloß nicht wieder damit an.«

»Du wolltest vernünftig und in aller Ruhe reden. Das war übrigens das Vernünftigste, was du heute von dir gegeben hast. Nun gut. Rede vernünftig. Was versprichst du dir von diesem Buch?«

»Ich weiß nicht was. Aber es ist wichtig. Mori war es schließlich wichtig genug, um für 200 000 Yen einen Privatdetektiv anzuheuern. Und Kubota wollte es für 800 000 Yen kaufen. Beide sind auf die gleiche Weise umgekommen, und das Einzige, was sie verbindet, sind Katana und dieses Buch.«

Sie grinste ihr Glas an, als wolle sie hineinbeißen. »Und Michiko.«

»Ja, gut. Hatte ich vergessen zu erwähnen.«

Susanne lachte, was mich irgendwie freute, denn ich mochte es nicht, wenn sie wütend war.

»Was ist deine Theorie?«

»Was? Welche Theorie? Über das Buch?«

»Du trinkst einen Schluck Whisky und schon wirst du krebsrot. Ich glaube, es liegt an den Enzymen. Japaner vertragen nun mal keinen Alkohol. Sie haben ein bestimmtes Enzym nicht, das Alkohol abbaut, sagen jedenfalls manche Wissenschaftler. Also, was meinst du?«

Jetzt wurde ich wütend. War es tatsächlich der Alkohol oder die Müdigkeit, das Heimweh, der ganze Stress mit den kopflosen Leichen oder meine verzweifelte Verliebtheit in eine Frau, die auf mich geschossen hatte und deren Bauch mich nicht mehr losließ?

»Ich weiß nicht, was ich meine. Und ich weiß auch nicht, was ich überhaupt hier mache!«, brüllte ich völlig außer mir. »Ich weiß nur, dass ich nicht hierher gehöre. Dass ich friedlich und bequem daheim auf meinem Futon liegen könnte. Und stattdessen ist meine Wohnung versiegelt, mein Büro entdeckt, meine Karriere zu Ende und mein ganzes Leben im Arsch! Ich werde als Mörder von der Polizei gesucht, und mein Ohr ist in Fetzen geschossen. Und ich weiß, dass das alles nicht passiert wäre, wenn ich als zweite Pflichtsprache nicht ausgerechnet Deutsch gewählt hätte. Dann hätte ich dich nie kennen gelernt, und du hättest Mori nicht auf mich aufmerksam machen können, und Takahana wäre dann auch nicht auf mich aufmerksam geworden, und ich wäre jetzt nicht hier!«

»Also bin ich an allem schuld?«

»Dazu sage ich nichts mehr.«

»Fein.« Sie stellte ihr Glas auf dem Tisch ab und drückte ihre Zigarette aus. »Da ist das Badezimmer. Falls du noch Hunger hast: Im Kühlschrank ist Käse.« Sie drehte mir den Rücken zu.

»Du hast wohl vergessen, dass Japaner keinen Käse mögen! Sie haben das Käse-Enzym nicht«, schnappte ich fuchsig.

»Dann musst du den Toast eben trocken essen.« Mit diesen Worten verschwand sie wieder im Badezimmer.

»Ich mag aber Käse«, schrie ich ihr hinterher, aber sie antwortete nicht.

Da stand ich also mit meinem Whisky-Glas, in meiner rosaroten Sommerhose und dem gelben Hemd, mit meinem aberwitzigen Verband um den Kopf und sah aus wie ein verdammter Idiot. Sie kam noch einmal zurück und warf mir eine Decke zu.

»*Oyasumi*«, sagte sie nur – Gute Nacht.

»*Oyasumi.*«

Ich lag noch lange wach auf der Couch und fühlte mich mies.

Als ich in den frühen Morgenstunden erwachte, fühlte ich mich immer noch mies. Außerdem tat mir mein Rücken weh, und auch das verletzte Ohr machte sich wichtig, und ich konnte nicht mehr einschlafen. Draußen begannen irgendwelche dämlichen Vögel zu zwitschern. Ich lag eine Weile da und brütete finster über meiner aussichtslosen Lage. Die Uhr zeigte Viertel vor sechs, also Viertel vor eins in Tokio. Wenn Nori nach Kanda gefahren war und das Buch besorgt hatte, dann musste er jetzt langsam zurück in seinem Büro sein. Ich rappelte mich hoch und schleppte mich zum Telefon. Das erste Klingeln war noch nicht verhallt, da nahm er schon ab.

»Hamada!« Er klang gehetzt. »In was immer du da verwickelt bist: Gib auf. Jetzt sofort. Geh zur Polizei und bring dich in Sicherheit.«

Jetzt fing er schon genauso an wie Michiko. Ich bekam eine Gänsehaut. »Was steht denn in dem Buch?«

»Ich weiß es nicht.«

»Nori! Ich hatte dich so gebeten, mir zu helfen! Ich brauche dieses Buch!« Ich versuchte so leise wie möglich zu schreien, um Susanne nicht aufzuwecken, und er versuchte das Gleiche, um seine Nachbarn in der Redaktion nicht aufzuwecken. Wir hörten uns an wie zwei heisere Galgenvögel, denen man die Schlinge um den Hals gelegt hatte.

»Ich habe getan, was du gesagt hast. Ich habe einen verdammten Kredit aufgenommen, um dein verdammtes Scheiß-Buch zu kaufen. Als ich zu dem Laden kam, stand das ganze Haus in Flammen. Total ausgebrannt. Der Besitzer ist in dem Feuer umgekommen. Sie sagen, es war eine defekte Gasleitung.«

»Oh, verdammt, verdammt!«, heulte ich auf.

»Wirst du jetzt endlich zu Polizei gehen?«

Gute Frage. Mein Gehirn arbeitete wie ein Großrechner. Wenn Takahana noch vor Nori bei dem Buchladen war, konnte das nur heißen, dass er Noris Telefon anzapfen ließ. So was macht aber normalerweise die Polizei. Das hieß, Takahana hatte Informanten bei der Polizei; vielleicht hatte er ja auch die gesamte Truppe einfach gekauft. »Unternimm jetzt nichts mehr. Ich melde mich wieder.«

Wahrscheinlich wurde auch sein Diensttelefon abgehört, und ich wollte nicht, dass mein alter Kumpel zu viel wusste.

Leute, die zu viel wussten, wurden von Takahana nicht besonders zuvorkommend behandelt. Offenbar hatte ich doch zu laut gesprochen. Im Türrahmen tauchte Susanne in einem roten Nachthemd auf und blinzelte aus verschlafenen Augen. Ihr blondes Haar stand in alle Richtungen ab.

»*Gomennassai* – ich wollte dich nicht wecken«, sagte ich und erschrak über mein Spiegelbild in der Glastür des Schrankes. Mein Verband war verrutscht. Ich sah aus wie ein zerzauster Beduine nach einem heftigen Sandsturm. Ich drehte mich zu ihr um.

»Was ist los?«

Ihre Brustwarzen wölbten sich unter ihrem Nachthemd.

»Könntest du aufhören, auf meine Titten zu starren, und mir sagen, was los ist?«

»Takahana hat das Buch geholt und den Laden samt Inhaber in Brand gesteckt. Jetzt sind wir wieder am Anfang. Ich kann von hier aus nichts machen. Ich muss nach Tokio!«

Susanne schlurfte benommen in die Küche und setzte Kaffee auf. Wie konnte sie nur schon vor dem Frühstück rauchen? Und wie konnte sie meinen Blick auf ihre Brüste bemerken?

Sie entnahm ihrer Handtasche den Damenkalender mit Goldschnitt. »Ich habe nachgedacht«, verkündete sie. In ihrer Stimme lag noch der Schlaf. »Das Firmenarchiv von Ratinger soll heute Früh abgeholt werden. Das hat der alte Hausmeister doch gesagt.«

»Du hast ihn verstanden, ich nicht.«

»Auf den Frachtpapieren stand die Flugnummer. Das ist kein Cargo-Linienflug, sondern eine Chartermaschine von Katana. *FX 302. 14.05 Uhr FRAU-NRT, Tor 34*«, las sie aus ihrem Kitschkalender vor. »Diese Maschine setzt Takahana immer bei wichtigen Transporten ein. So kann er auch sicherstellen, dass die Ladung in Narita glatt durch den Zoll geht. Er hat da ein paar gute Kontakte. Und ich habe ein paar gute Kontakte in Frankfurt. Ich könnte mitfliegen und versuchen, auch dich in die Maschine zu schmuggeln.«

»Willst du mich in deinem Koffer mitnehmen?«, fragte ich besorgt.

»Es ist üblich, dass Katana-Mitarbeiter auf solchen Charterflügen mitreisen. In Heimaturlaub oder auf Dienstreisen, das spart Kosten. Ich werde dafür sorgen, dass ich eine dringende Einladung aus Tokio bekomme.« Sie füllte zwei große Tassen mit Kaffee und stellte mir eine hin. Das Zeug war schwarz und roch wie Gift. Ich konnte es nicht trinken, allein der Anblick bereitete mir Herzklopfen. Susanne ließ sich mit ihrer Handtasche am Küchentisch nieder und begann, darin zu kramen. »Wir müssen den Verband wieder ordentlich hinkriegen. Dann könnten wir dich durch die Passkontrolle schleusen.«

»Passkontrolle? Du hast wohl vergessen, dass ich meinen Pass verloren habe!«

Sie zog aus ihrer Handtasche einen japanischen Reisepass und legte ihn mit einem müden Lächeln auf den Tisch. »Ich habe dir einen anderen besorgt.«

Ich schlug das Dokument auf, erblickte das Foto und erschrak. Es war Kubota. Kubota Seiji, der ermordete Ratinger-Manager.

»Wie?«

»Auf dem Weg in den Keller fiel mir ein, dass wir seinen Pass vielleicht ja gebrauchen könnten. Ich bin dann noch einmal zurück und habe ihn aus seinem Mantel geholt.«

Respekt. Und ich hatte noch geflucht, weil sie mich mit dem schwatzhaften Greis alleine gelassen hatte. Wieder meldete sich die mahnende Stimme aus der hinteren Gehirnkammer; einer dieser kleinen, schäbigen Kammern, in denen bucklige, warzige, fiese Gedanken wohnen. Diesmal war die Stimme zu laut, sie ließ sich nicht überhören. »Was ist, wenn sie falsch spielt, Kenji«, rief sie mir zu. Während ich Kubotas Pass durchblätterte, rechnete ich alle Informationen zusammen. Schritt für Schritt. Sie hatte Mori auf mich aufmerksam gemacht, das hatte sie zugegeben. Aber vielleicht hatte sie ja in Wirklichkeit Takahana meinen Namen genannt. Ob sie vielleicht gar nicht Moris Geliebte war, sondern die von Takahana? Vielleicht wusste Michiko das, was Susannes feindselige Haltung zu ihr erklärte. Vielleicht waren die zehn Millionen Dollar ja bei ihr gelandet? Vielleicht würde sie den Beamten am Flughafen einen Tipp geben. Womöglich wollte sie, dass ich mit Kubotas Pass aufflog, damit sie mir auch noch diesen Mord anhängen konnten und ich für den Rest meines Lebens in irgendeinem feuchten Verlies verschwinden würde. Vielleicht hatte Takahana gar nicht Noris Telefon abgehört, sondern bezog seine Informationen direkt von ihr, vom Telefon neben ihrem Bett? Vielleicht war ich auf dem Weg überzuschnappen. Wie immer erschienen meine Gedanken auf einer LCD-Leuchtanzeige in der Mitte meiner verbeulten Stirn. Susanne musterte mich, als ich Kubotas Pass in Augenschein nahm und klang beleidigt: »Weißt du, du musst nicht versuchen, auf diese Maschine zu kommen. Nicht meinetwegen. Du kannst auch hier bleiben und warten, bis die Polizei dich findet.«

Meine rasche Reaktion verriet ihr wohl endgültig meinen dunklen Verdacht. »Wieso sollte die Polizei denn zu dir kommen?«

»Weil ein Dutzend Zeugen mich in deiner Gesellschaft, also in der Gesellschaft des Ninja-Killers, bei der Ratinger GmbH gesehen haben. Sobald sie Kubota finden, hänge ich mit drin.«

»Aber du kannst sagen, dass ich dich gezwungen hätte.«

»Ich sah nicht gerade aus, als hätte ich ein Messer an der Gurgel. Sie werden in meiner Vergangenheit wühlen und herausfinden, dass wir uns in Japan kennen gelernt haben. Sie werden mich für deine Komplizin halten. Ich habe dich versteckt und dir geholfen, einen Mord wenn nicht zu begehen, dann zumindest doch zu vertuschen. Wir sitzen jetzt in einem Boot, Hamada. Ob dir das nun passt oder nicht. Entweder fällt Takahana oder wir fallen. Zusammen.«

Sie hatte dabei noch nicht einmal ihre Stimme erhoben. Cool wie Sashimi, rief die fiese Stimme.

»Wenn dir Kubotas Pass zu heiß ist, kannst du es auch gerne mit diesem hier versuchen.« Sie zauberte einen zweiten Reisepass aus ihrer magischen Handtasche. Susanne, die Passkollektorin. Es waren die Papiere des Sushi-Kochs, der Matsui Keisuke hieß. Wie bei einem Passfoto üblich, sah seine Visage noch unsympathischer aus als in Wirklichkeit.

»Du hast ihn durchsucht? Einen Toten?«

»Einer muss ja wohl die Detektivarbeit machen. Du warst ja viel zu beschäftigt damit, den Helden zu spielen.«

»Ich wahr ohnmächtig!«

»Such dir einen Pass aus, wenn du das Risiko auf dich nehmen willst«, sagte sie.

Schwierige Entscheidung. Ich nahm dann doch lieber den von Kubota. Matsui hätte man allein schon für sein Wieselgesicht jahrzehntelang einlochen müssen. Sie ging zum Telefon. Die Nummer war gespeichert. »*Moshimoshi. Helfrich-de gozaimasu-ga. Domo, Konichi-wa.* Wie gut, dass ich Sie erreiche ...« Susanne hatte ein ausgesprochenes Talent, Leuten ihren Willen aufzuschwatzen. Sie strich ihrem Gesprächspartner unglaublich gekonnt um den Bart. Innerhalb von einer Minute hatte sie ihn überzeugt, dass sie wegen einer dringenden Angelegenheit heute noch nach Japan müsse. Außerdem wolle sie einen Bekannten namens Kubota Seiji mitbringen. Der Kerl mit der gespeicherten Nummer versprach ihr, sofort ein Fax auf den Weg zu bringen, damit wir problemlos den Flieger nehmen konnten.

»Wer war das?«

»Ein guter Freund, der uns helfen wird, auf die Frachtmaschine zu kommen. Ich gehe duschen.«

Ich blieb allein mit dem tödlichen Kaffee in Susannes Küche zurück. Sie hatte wirklich eine nette Küche. Alles war ordentlich und blitzsauber. Viel zu sauber. Ich folgerte daraus, dass sie wohl außer Kaffee hier nicht sehr viel kochte. Auch das Wohnzimmer wirkte bei näherem Hinsehen nicht so, als würde es zum Wohnen genutzt. Couch und Sessel, postmodern, ein paar Schränke, ein großer Katana-Fernseher, eine Stereoanlage, ein Bücherregal mit zig Bänden einer nett eingebundenen Enzyklopädie und ledergebundene Ausgaben irgendwelcher namhaften Geistesriesen, die ich alle nicht kannte, schließlich die Kimono-Puppen-Vitrine – es kam mir alles so unpersönlich vor. Als hätte ein Innenarchitekt eine erkleckliche Summe für den Auftrag bekommen, eine elegante, moderne Großstadtwohnung für eine allein stehende Dame mittleren Alters und gehobenen Einkommens und mit einem ausgeprägten Interesse an der japanischen Kultur einzurichten. An der Wand hingen die zwei schwarz gerahmten Kalligrafien, die mir schon bei meinem ersten Besuch ins Auge gestochen waren. *Giri,* mahnte die erste: Pflicht. *Ninjo,* hauchte die zweite: Gefühl. Pflicht und Gefühl, Kopf und Herz, der ewige Widerspruch des tapferen Samurai. Es zerriss ihn die Pflicht gegenüber dem Herrn und das Gefühl für die Liebste. Wie viele Kabuki-Dramen waren aus diesem Stoff gewebt worden, wie viele Dichter hatten sich darüber verschlissen?

Aus der Dusche hörte ich das Rauschen und Plätschern des Wassers. Unwillkürlich musste ich mir vorstellen, wie Susanne sich ihren Körper einseifte. Einmal hatte ich sie das tun sehen. Es war am Morgen nach der ersten gemeinsamen Nacht in meiner Studentenwohnung gewesen. Ich hatte natürlich keine Dusche in meinem winzigen Zimmerchen gehabt, nur ein Waschbecken. Und aus dem Hahn kam nur kaltes Wasser, das sich mit einem donnernden Geräusch in eine unappetitliche Spüle ergoss. Susanne hatte sich im Teekessel auf meinem einflammigen Gasherd Wasser gekocht und es in eine Plastikschüssel geschüttet. Ich hatte faul auf dem Futon gelegen und ihr zugesehen, wie sie ihren Körper mit einem Tuch abwusch. Ich betrachtete ihr Schamhaar mit besonderem Interesse. In Japan ist Schamhaar tabu. Im Fernsehen kommt immer ein züchtiger Nebel auf, und sogar in den saftigsten Pornomagazinen, in denen vergnügt vergewaltigt, verstümmelt und mit Kindern, Tieren und Gleichgeschlechtigen verkehrt und die weibliche Brust zerdrückt und in Ketten geschlagen wird, ist Schamhaar stets aufwändig wegretuschiert. Nur unter dem Ladentisch kann der Schamhaarfetischist sich Anschauungsmaterial beschaffen. Susanne hatte honigfarbenes Schamhaar, eine Schattierung dunkler als ihre Löwenmähne, die sie damals noch trug. Wenn ich an sie dachte, nachdem sie Japan verlassen hatte, dann dachte ich fast immer an diese eine Szene, an die Natürlichkeit und Unschuld, mit der sie ihren nackten Körper gewaschen hatte, und an das Schwingen ihrer schönen weißen Brüste, die, wenn sie sich vorbeugte, wie die Glocken aussahen, die ich zu hören glaubte, wenn ich sie ansah.

Die Fotoalben auf dem unteren Boden des Regals fielen mir nur deswegen ins Auge, weil sie irgendwie gar nicht hierher passen wollten, in das soldatisch sauber geführte Bücherregal, wo alle Bände nach Größe und Farbe aufgereiht waren: ein rotes dickes Album, ein blaues dünnes und ein grünes dickes. Ich nahm das erste heraus und schlug es auf. Babyfotos. Schwarzweiß. *Klein-Susanne* stand da geschrieben. Eine kleine Familie, ein junges Paar: *Mami und Papi*. Ein Haus, ein Hund, ein Kanarienvogel, ein französisches Auto: *Unsere Luxuskarosse*. Ich nahm den zweiten Band. Ein Mädchen mit glatten blonden Haaren: *Ich sehe schrecklich aus*. Das stimmte. Sie trug eng anliegende Hosen mit altmodischem Schlag, einen stramm sitzenden gelben Pullover, der sich stolz über ihre gerade aufbegehrenden Brüste wölbte. Sie stand verloren vor einem Busch. Dann *Klassenfahrt Paris 1974*, Albereien mit anderen Jungs und Mädchen. Zuletzt Bilder von einer großen Party mit Luftballons und Tanzkapelle: *Abiball*. All diese Worte sagten mir nichts, aber ich verstand sie trotzdem. Ich schlich mich durch ihr Leben, ihre Vergangenheit, von der ich eigentlich nichts wusste und die auch nicht besonders aufregend zu sein schien. Eine ganz normale Vergangenheit.

Die Brause wurde abgedreht. Schwere Tropfen platschten in die Wanne, der Duschvorhang klapperte.

Da stand sie, eng umschlungen mit einem Jüngling, der sie verliebt ansah und ihr einen Ring auf den Finger stülpte. Du lieber Himmel! Wenn das nichts zu bedeuten hatte. Laut Datum war das Foto ein paar Tage vor ihrer Abreise nach Japan entstanden. Ich klappte das Album zu und schob es zurück an seinen Platz.

Im letzten Album fand ich Bilder, die mir bekannt vorkamen: *Ueno Park, Kaiserpalast, die Waseda – meine Uni*. Und dann kamen die Fotos, die auch Teil meines Lebens waren: *Kenji*. Ich sah doch wirklich schon bescheuert genug aus mit den kurzen Stoppelhaaren und den Fingern zum V-Zeichen geformt. Wieso musste ich auch noch die Augen so weit aufreißen und die Zunge herausstrecken?

Kenji am Strand mit orangefarbener Badehose, o Gott. Ich dachte, mein Bauch wäre damals noch nicht so groß gewesen. *Kenji und ich am Neujahrstag, Meiji-Schrein.* Ich erinnerte mich genau. Wir hatten Münzen geworfen, Pfeile gekauft, uns ewige Treue geschworen und uns lange geküsst.

In Nikko. Drei Fotos, auf denen ich wie ein diplomierter Blödmann die Affen am Toshogu-Schrein nachmachte: Nichts sehen, nichts hören, nichts sagen.

Er ist so süß – fand sie das wirklich? Sie hatte es auf Japanisch ins Album geschrieben. Es folgten viele, viele andere Bilder von Susanne und mir: in Akihabara, in Harajuku, beim Besteigen des Fuji, frühmorgens beim Sushi-Essen auf dem Fischmarkt in Tsukiji, auf dem Tokyo Tower. Auf der letzten Seite fand ich ein Bild, an das ich mich besonders gut erinnerte. Sie hatte es zum Abschied in Narita aufgenommen. Ich stand da und sah wieder mal aus wie eine hoffnungslose Schießbudenfigur. Und winkte dümmlich.

»Lass mich noch ein Foto machen!«, hatte sie damals gerufen, bevor sie hinter dem Wandschirm der Sicherheitskontrolle verschwand. »Nur noch eines!«

Nachdem sie geknipst hatte, ließ sie die Kamera sinken und sagte: *»Mata-nee, Kenji«* – bis bald. In ihren Augen glitzerten Tränen.

Und dann verschwand sie hinter dem Wandschirm.

Unter dem Bild stand das auch: *Mata-nee, Kenji!*

Susanne kam aus dem Badezimmer heraus, blickte aber nicht in meine Richtung. Sie huschte quer über den Flur in ihr Schlafzimmer, um sich anzukleiden; sie trug einen flauschigen, weichen Bademantel, ihr Haar war nass. Und da stand ich in meiner Unterhose und bot einmal mehr das Bild eines perfekten Tölpels. Ich hatte nur ein einziges Foto von ihr behalten. Es war irgendwo in meinem roten Schuhkarton links neben dem CD-Player; wo auch die Serviette mit ihrer Telefonnummer aus dem Flughafenrestaurant aufbewahrt wurde. Ich hatte das Foto damals im Yoyogi-Park aufgenommen. Ein schönes Bild: Sie trug eines meiner karierten Hemden. Die obersten drei Knöpfe waren geöffnet und ließen ihren verlockenden Busenansatz sehen. Das war, so musste ich mir jetzt eingestehen, der einzige Grund, warum ich das Foto nicht schon längst weggeworfen hatte. Ich kam mir vor wie ein Schwein.

Ich riss mir den lästigen Verband vom Kopf, was mein Ohr mit einem Aufwall von Schmerz beantwortete, weil das verkrustete Blut am Stoff festgeklebt war. Ich hatte Susanne damals versprochen, dass ich in den nächsten Semesterferien nach Deutschland kommen würde, um ihre Eltern kennen zu lernen. Ich hatte ihr nämlich auch gesagt, dass ich sie heiraten wollte; dass ich mit ihr so glücklich war und dass ich mir wünschte, dieses Glück möge niemals enden. Was man halt so sagt. Das hatte ich dann überraschend schnell alles wieder vergessen: den versprochenen Besuch, die Schwüre, ihre Eltern. Meinen Eltern hatte ich gar nichts von ihr erzählt. Ich hatte Angst gehabt. Sie waren beide ziemlich konservativ und hätten es nicht verstanden. »Eine *gaijin*-Frau, Kenji? Warum? Ja, gibt es denn nicht genug japanische Mädchen? Wieso muss es eine *gaijin*-Frau sein, Kenji? Und noch dazu eine, die älter ist als du?«

Das hatte ich mir ersparen wollen. Ich schob das Fotoalbum zurück ins Regal und schlich ins Badezimmer.

Susannes Dusche war klasse. Ich aalte mich beglückt unter dem satten Strahl heißen Wassers und dachte – um mal an was anderes zu denken als meine eigene Vergangenheit – an die Vergangenheit von Hausmeister -ski bei Ratinger. 1937 war der junge -ski in die Firma eingetreten. Komischerweise war es das gleiche Jahr, in dem Watanabe Jun seine Erfahrungen in Harbin sammelte. Während ich mich abtrocknete, rief ich Susanne zu: »Ist Ratinger eine Firma oder eine Person?«

Sie antwortete etwas Unverständliches.

»Ratinger!«

Sie riss die Tür auf, und ich konnte mit knapper Not noch rechtzeitig meinen *dankon* hinter dem Handtuch verbergen. Sie hielt den Föhn wie eine Pistole in der rechten Hand. »Beides«, erklärte sie.

»Was bedeutet das?«

»Ratinger ist der Name des Firmengründers. Dr. Peter Ratinger. Er ist aber schon lange tot.« Mir war gar nicht wohl, so nackt, wie ich da stand. »Sein ältester Sohn hat die Firma geerbt und jetzt an Takahana weiterverkauft.«

Ich drückte das Handtuch fester an mich. »Weißt du, wo er wohnt?«

»Nicht weit von hier. Im Villenviertel. Er hat so eine Art Spukschloss da drüben am Hang. Vom Balkon aus kannst du die Türme sehen.«

»Haben wir Zeit, ihn zu besuchen?«

Susanne schien die Idee nicht zu gefallen. »Er ist ein ziemlich komischer Kauz.«

»Ich würde trotzdem gern mit ihm reden.«

Ich scheute davor zurück, ihr zu gestehen, dass Michiko gesagt hatte, ich solle Ratinger fragen. Je weniger ich ihren Namen erwähnte, umso harmonischer kamen wir hier miteinander aus. Japaner geben viel auf harmonisches Miteinander.

»Ich bezweifele, dass er mit dir reden wird. Ferdinand Ratinger lebt sehr zurückgezogen.«

Meine Uhr lag auf dem Waschbeckenrand. Viertel nach acht. »Bitte, lass es uns wenigstens versuchen, ja?«

Sie kam einen Schritt auf mich zu. Ich dachte, sie wolle

mich schlagen, und wich unwillkürlich einen Schritt zurück. Als sie den Föhn weglegte und ihre Hand an meinen Kopf führte, meinte ich, sie wolle mich küssen. Aber dann holte sie nur ein Kleenex aus dem Spiegelschrank und tupfte mein Ohr ab. »Es blutet wieder. Komm in die Küche. Ich mach dir einen neuen Verband.«

Ferdinand

Das Anwesen des Ratinger-Erben war ungefähr so groß wie das Dornröschenschloss im Tokio-Disneyland und hatte beinahe ebenso viele Türme und Zinnen. Aber damit hörte die Ähnlichkeit auch schon auf. Ratingers kurioses Eigenheim sah genauso abgetakelt und verwunschen aus wie seine Fabrik. Die gotischen Fenster waren seit Menschengedenken nicht mehr geputzt worden, und die verwilderten Hecken und Büsche seufzten fast hörbar nach ein wenig gärtnerischer Fürsorge. In der Einfahrt war – einem schlafenden Mastodon gleich – ein uralter grauer Mercedes zu sehen, dessen Kühlergrill unter Zahnausfall litt. Susanne und ich standen unentschlossen vor dem rostigen Eisentor und schauten aus wie die Marx-Brothers im falschen Film. Susanne trug eng sitzende Designer-Jeans und einen roten Kaschmirpullover mit tiefem V-Ausschnitt, den sie natürlich nur deswegen angezogen hatte, um mich im Lauf des Tages noch einmal anzuraunzen, ich sollte gefälligst nicht auf ihre Titten starren. Manche Fallen sind so offensichtlich, dass sogar ich sie erkenne. Ich hatte mich überwunden und war naserümpfend wieder in meine rosa Bundfaltenhosen gestiegen, hatte das grellgelbe Hemd mit dem unappetitlichen Blutfleck aufgebügelt und es noch einmal angelegt. Aber ich hatte Susanne das Versprechen abgenommen, dass sie mich vor unserer Abreise in zumindest eine der Nobelboutiquen begleiten würde, die ich auf der Fahrt durch die Stadt gesichtet hatte. Mein neuer Verband roch beruhigend nach Mull. Beide trugen wir dunkle Sonnenbrillen. »Am besten, du bleibst erst mal hier. Ferdinand Ratinger kennt mich. Vielleicht lässt er mich ja rein«, raunte Susanne und drückte das Tor auf.

Der Hausherr des Spukschlosses schien keine Angst vor Einbrechern zu haben. Die Scharniere quiekten wie Ferkel, die schlecht träumten. Susanne steuerte auf die mächtige Flügeltür zu, die mit ihren Schnitzereien einmal sehr vornehm ausgesehen haben musste. Jetzt war sie vom Holzwurm zernagt und taugte allenfalls noch zum Verheizen. Ich folgte Susanne in gebührendem Abstand und stellte mir vor, ich sei ein Hund. Ein hohles Geräusch, als der Türklopfer auf das morsche Holz traf. Ich stand seitlich neben der Tür und stellte mich seelisch darauf ein, gleich dem Grafen Dracula persönlich gegenüberzutreten. Direkt neben meinem verletzten Ohr bemerkte ich eine fette Spinne, die mich schreckensstarr anstierte und dann unter Schock das Weite suchte. Als meine Beine schon schmerzten und ich Susanne gerade auffordern wollte, das Ganze als eine weitere Episode unter der Rubrik »gute Spontaneinfälle, die weiter nichts bringen« zu verbuchen, öffnete sich die Tür.

»Was wollen Sie?« Die Stimme war ein heiseres Röcheln. Man verspürte unweigerlich den Drang, sich kräftig zu räuspern.

Susanne räusperte sich. »Guten Morgen. Verzeihen Sie die Störung. Aber ich hätte gern noch ein paar Fragen hinsichtlich des Verkaufs geklärt!«

»Hat Herr Takahana Sie geschickt?«

»Und wenn?«

»Dann verschwinden Sie sofort!«

Ich vernahm etwas, das sich wie ein schlanker Fuß anhörte, der sich dreist zwischen die Tür und den Türrahmen schob. Susanne ließ sich nicht so leicht abwimmeln.

»Nein, er hat mich nicht geschickt.«

»Wer dann? Herr Mori? Herr Kubota? Wenn die es sich doch noch anders überlegt haben, dann kann ich nur eines sagen: Pech gehabt.«

»Keiner der Herren. Mein Interesse an dieser Sache ist rein privat und hat mit der Katana Corporation nicht das Geringste zu tun.«

»Sie sind eine unverschämte Person. Sie überfallen mich hier in aller Herrgottsfrühe und begehren einfach so Einlass. Ich sage: Nein! Nichts da! Erklären Sie mir präzise, was Sie wollen, oder verschwinden Sie!«

Ich hatte dem Gespräch einigermaßen folgen können, weil Ratinger so langsam sprach wie die geduldigen, nervtötenden Sprecher auf den Tonbändern, die ich mir in meinem Deutschkursus immer wieder hatte anhören müssen. Als Susanne nun ins Stocken geriet, hielt ich den Moment für einen effektvollen Überraschungsauftritt gekommen: »Es geht um Harbin 1937«, posaunte ich wichtig und schob mich in sein Blickfeld.

Ferdinand Ratinger sah aus wie eine wandelnde Wasserleiche. Er war ein aufgeschwemmter Fettwanst, dessen Leber Amok lief und ihn umbringen würde, bevor er noch so alt werden konnte, wie er jetzt schon aussah. Sein kahler, fleckiger Schädel war von einem zerzausten Kranz weißer Haare umringt, unter seinen ergrauten Augenbrauen, die genauso buschig und ungepflegt waren wie die Hecke um sein Haus, glotzten mich tote Froschaugen an. Seine Gesichtshaut war blass und trocken wie Nudelteig. In seiner Hand, die aussah wie ein aufgeblasener Gummihandschuh, hielt er einen bis zum Rand gefüllten Cognac-Schwenker. Sein grüner Hausmantel glich dem Rasen im Fußballstadion der Yokohama Marinos nach einem Spiel gegen die Kashima Antlers. Seine Plattfüße steckten in karierten Filzpantoffeln mit kleinen Bommelchen drauf.

»Wer ist der sonderbare Zwerg?«, fragte er mit mildem Interesse.

»Ein Mitarbeiter von mir.«

»Harbin 1937«, wiederholte ich, um mich irgendwie an dieser geistreichen Konversation zu beteiligen.

Wortlos drehte sich Ratinger um und watschelte durch einen finsteren Flur davon. Dass er uns die Tür nicht vor der Nase zugeworfen hatte, deuteten wir als Aufforderung zum Eintreten. Im Schloss muffelte es penetrant nach Mottenkugeln und Urin. Unwillkürlich suchte ich Susannes Hand, als wir hinter Ratinger her den langen Korridor entlanggingen, wie Hänsel und Gretel im Haus der Hexe. Alles hier war schäbig und verkommen. Im Salon, in den der Flur mündete, hing eine widerwärtige Wolke aus kaltem Zigarrenrauch. Hinter den zugezogenen Vorhängen bemühten sich Sonnenstrahlen vergeblich um Einlass.

Der Dicke ließ sich in einen monströsen Ohrensessel sinken und nahm einen gehörigen Schluck von seinem Cognac. »Hennessy XO«, schnaufte er. »Alles andere ist für mich Abwaschwasser. Wollen Sie auch einen?«

»Danke.«

»Was denn nun? Danke ja oder danke nein? Ach, was. Ist mir auch egal. Nehmen Sie Platz oder bleiben Sie stehen. Sagen Sie, was Sie wollen oder eben auch nicht, es ist mir egal. Mir ist alles egal.« Ein Hustenanfall überfiel ihn wie ein plötzliches Unwetter, das seinen fetten Körper durchschüttelte. Als er ausgehustet hatte, spuckte er eine Ladung Schleim in einen Spucknapf neben dem Sessel und zündete sich eine Zigarre an. Das schummerige Licht zwang mich, meine Sonnenbrille abzunehmen. Ich blickte mich in Ratingers Salon um. Der Raum sah genauso altmodisch und chaotisch aus wie das Wohnzimmer der Addams Family. Wuchtige Stilmöbel mit verschlissenen Polstern, topfförmige Lampenschirme mit wurstigen Fransen, niedliche Porzellanfiguren und bunte Vasen zeugten von den Geschmacksverirrungen längst untergegangener Reiche und vergangener Epochen. Alles war protzig und schmutzig zugleich. Wenn Ratinger ein Hausmädchen beschäftigte, dann gewiss nicht zum Saubermachen.

Vor dem Kamin voller Asche war ein Tigerfell ausgebreitet. Die Glasaugen des toten Raubtieres hatten mehr Lebensfreude und Energie als Ferdinand Ratingers ausdruckslose Glubschbälle, aus denen er mich stumpf musterte.

»Den Tiger hat mein Vater erlegt«, erklärte er, »1937, in der Mandschurei.«

Ein einfacher Aussagesatz wie aus dem Lehrbuch, den ich ganz ohne Übersetzung verstand.

»Weswegen war Ihr Herr Vater denn in der Mandschurei?«, fragte ich durch Susanne.

»Zur Jagd auf den haarigen mandschurischen Tiger, nehme ich an.« Ratinger nahm einen neuen Riesenschluck Cognac und spülte seine Kehle. Bedächtig wiegte er seinen fleischigen Kopf, als sinniere er über ein wichtiges philosophisches Problem. »Aus irgendeinem Grund mochte mein alter Herr die Japaner. Aber ich kann sie nicht leiden. Für mich sind sie irgendwie wie so grinsende Viren.« Zufrieden mit seiner dämlichen Aussage paffte er seine Zigarre.

Ich fragte mich, ob er vielleicht irgendwie übergeschnappt war, und beschloss, ihn ein wenig herauszufordern. »Das hat Sie freilich nicht gehindert, den grinsenden Viren Ihre Fabrik zu verkaufen, was?«

Das hatte gesessen. Sein Gesicht sprang wie eine Verkehrsampel von Gelb auf Rot, seine Augenbrauen zogen sich feindselig zusammen und gingen in Gefechtsposition. »Ich wollte nicht verkaufen«, blaffte er. »Ich habe einen so unsinnig hohen Preis gefordert, dass jeder vernünftige Mensch die Gespräche sofort abgebrochen hätte. Zehn Millionen Dollar! Ha!« Er fuchtelte in seiner Erregung so heftig mit seinen Wasserleichenhänden in der Luft herum, dass der gute Hennessy bis vor meine Füße schwappte und im Teppich versickerte. »Zehn Millionen auf die Hand. So viel war die Firma in ihren besten Jahren nicht wert. Aber dieser Takahana, der hat einfach nicht lockergelassen.« Wieder schüttelte ihn ein Hustenanfall wie eine Ladung Starkstrom. Sein Sputum schluckte er geräuschvoll hinunter und gurgelte mit XO nach. »Verschwinden Sie jetzt. Ich habe genug von Ihnen. Los, raus hier!«

Susanne feuerte aus eiskalten Augen einen todbringenden Blick in seine Richtung, und ich kam zu der Überzeugung, dass wir diesen Irren ganz anders anfassen mussten, wenn wir nicht unsere Zeit verschwenden wollten. Mit zwei schnellen Schritten war ich am Fenster und riss die fingerdicke Gardinenkordel herunter. Bevor Ratinger begriff, was geschah, hatte ich die Kordel zweimal um seinen Hals gelegt und dann fest an den Beinen des Sessels verknotet. Er wollte aufspringen, doch die Kordel schnitt ihm die Luft ab, und er machte sehr große Augen. Noch größere Augen machte Susanne, die offenbar dachte, ich wollte ihn umbringen.

»Hilfe! Polizei!«, krächzte Ratinger nach Luft schnappend.

Ich nahm ihm das leere Glas aus den Händen und tätschelte seine talgige Wange. »Keine Sorge«, ließ ich ihm durch Susanne mitteilen. »Wir tun Ihnen nichts. Jedenfalls nicht, wenn Sie uns ein paar Fragen beantworten. Also: Was, von der Tigerjagd mal abgesehen, hat einen deutschen Chemieunternehmer 1937 in die Mandschurei gezogen?«

Ratinger biss sich verstockt auf die Lippen. Er zitterte zwar vor Angst, aber zu meinem Erstaunen sah ich in seinen Augen noch etwas anderes aufblitzen, das ich nicht sofort deuten konnte. War es Humor? Niemals. Wenn Ratinger eines fehlte, dann die Fähigkeit, etwas lustig zu finden. War es Hohn? Unwahrscheinlich – er war so heruntergekommen, dass ihm die Fähigkeit zum Hohn schon längst abhanden gekommen sein musste. Jedenfalls war es kein negatives Gefühl. Ich wand mich vor Widerwillen, als ich erkannte, was es wirklich war. Genuss. Sexuelle Erregung. Gier. Er hatte Freude an dieser Behandlung. Offenbar hegte er die heimliche Hoffnung, dass ich ihn schlagen würde. Plötzlich sah ich ihn nackt und speckig auf einer Folterbank liegen, während eine maskierte Domina in schwarzem Lederdress um ihn herumschlich und ihm mit einer Reitpeitsche zusetzte. Mich ekelte der bloße Gedanke, dass in diesem Fall ich die Domina war. Hamada, der Lederpeitscher.

»Ich sage nichts!«, quietschte der Perverse freudig.

»Du solltest ihm damit drohen, dass du ihm *nicht* wehtun wirst«, ließ sich Susanne vernehmen. »Ich glaube, damit würdest du mehr erreichen.«

Ferdinand ließ uns nicht aus den Augen. Er meinte wohl, dass wir uns darüber berieten, wer ihn sich zuerst vorknöpfen und misshandeln dürfte.

»Ich habe eine Idee«, raunte Susanne, obwohl zum Raunen gar kein Anlass bestand, denn Ferdinand verstand uns nicht, wenn wir uns auf Japanisch verständigten. »Warte du mal draußen und überlass ihn mir.«

Ich trat folgsam hinaus in den Flur, während Susanne mit ruhiger Stimme auf den Fleischklops einredete. Obwohl die Örtlichkeit mich beklemmend an das unheilvolle Treppenhaus in *Bates Motel* erinnerte, beschloss ich, mich in Ferdinands vier Wänden ein wenig umzusehen. Vorbei an einem Elchkopf, einem Gnukopf und anderen stummen Zeugen des Ratinger'schen Jagdeifers stieg ich die knarzende Holztreppe ins Obergeschoss empor. Hier war seit dem frühen Mittelalter nicht mehr gelüftet worden, und die Spinnweben hingen so unbekümmert von den Geweihen, an Bilderrahmen und Kerzenhaltern, dass sie sich harmonisch in die Dekoration einfügten.

Oben angekommen öffnete ich die erste Tür und stellte mich gedanklich schon mal darauf ein, wieder eine enthauptete Leiche zu finden. Es mindert den Schock, wenn man sich rechtzeitig auf so was vorbereitet.

Der Raum war stockdunkel, und ich fand den Lichtschalter nicht. Vorsichtig tastete meine Hand die Wand ab, und ich betrat das dunkle Zimmer. Hätte ich mich auf der Leinwand im Kino gesehen, hätte ich mir zugerufen: »Lauf, Hamada! Renn weg, solange du noch kannst!« Endlich fand ich den Schalter, und das Licht ging an. Ich schrie gellend auf und hielt reflexartig beide Arme schützend vor mein Gesicht. Mir gegenüber stand ein zwei Meter fünfzig großer Grizzlybär, das Maul bedrohlich weit aufgerissen, mit den Pranken nach mir schlagend. Langsam, sehr langsam nur beruhigte sich mein Puls wieder, und ich wünschte mir, das Mistvieh hätte damals den alten Ratinger zerlegt, anstatt sich von ihm erlegen zu lassen. Dann wäre vielen Menschen eine Menge Ärger erspart geblieben. Der Bär beherrschte einen Raum, der vor vielen Jahren wohl einmal eine Bibliothek gewesen sein mochte, darauf deuteten zumindest die voll bepackten Bücherregale an den Wänden hin. Jetzt war es eine heillose Rumpelkammer. Ich bemerkte ein altes schwarzes Motorrad mit Beiwagen, ein altes schwarzes Grammofon, eine antike Statue ohne Arme, einige Holzkisten, aus denen wie Eingeweide Verpackungsmaterial quoll, einige Sitzmöbel, Bilderrahmen, einen alten schwarzen Hutständer sowie eine sehr formschöne viktorianische Badewanne. Es sah aus wie auf dem Flohmarkt. Wer dieses Kuriositätenkabinett durchsuchen wollte, musste viel Zeit mitbringen, und die hatte ich nicht. Deswegen begab ich mich lieber gleich zum nächsten Zimmer. Es war ein herrschaftliches Schlafzimmer, zu meiner Überraschung in tadellosem Zustand. Die Vorhänge waren aufgezogen, Sonnenlicht flutete herein. Ein schweres, altmodisches Himmelbett stand an der Stirnwand, die Bettdecke war zurückgeschlagen, als wolle sich der Besitzer jeden Moment zur Ruhe begeben. Säuberlich und fromm warteten zwei bequeme Pantoffeln auf dem Bettvorleger. Die Tür zum benachbarten Raum stand offen: das Arbeitszimmer. Auch hier sah es aus, als werde es noch benutzt – trotz des vorsintflutlichen Mobiliars und eines Labortisches, auf dem ein uraltes Mikroskop, ein Bunsenbrenner und eine Serie von Gläsern, Versuchskolben sowie ein Sortiment sonderbar geformter Flaschen angeordnet waren. Wie im Museum. Es fehlten nur ein roter Strick quer durch den Raum, ein paar Hinweistafeln und eine japanische Touristengruppe, und ich hätte gemeint, wieder in irgendeinem Geburtshaus gelandet zu sein, diesmal nicht von Goethe, sondern vielleicht von Einstein oder Dr. Jekyll. Ein großes Album, das auf dem Tisch lag und aussah wie eine Gutenberg-Bibel, weckte meine Neugier. Ich fand darin Zeitungsausschnitte aus verschiedenen Epochen der Firmengeschichte der Ratinger GmbH, vergilbte Fotos von Lagerhallen, von Arbeitern mit lustigen Mützen und weiß bekittelten Laboranten mit eiförmigen Schädeln und säuerlichen Gesichtern. Einige großformatige Zeitungsausschnitte waren einem Unglück gewidmet, das sich in der Fabrik ereignet hatte. Ich entnahm dem Text, dass dabei vierzehn Arbeiter ums Leben gekommen waren. Das war im April 1937 gewesen. Dann kamen einige seltsame knallbunte grafische Entwürfe, bei denen hässliche Insekten die Hauptrolle spielten. Sie sahen aus wie Poster für frühe Hollywood-Gruselfilme oder ziemlich ungeschickte Vorlagen für Werbeplakate: *Wer PetRa gegen Mücken nimmt, beseitigt die Quälgeister bestimmt*, stand da. Was sollte das heißen? Auf den nächsten Seiten ging es um die Ratinger-Produktion im Krieg. Widerliche Typen in Nazi-Uniformen besuchten das Werk und grinsten selbstgefällig und brutal. Dann bekam die Fabrik einen Bombentreffer im Hauptlager ab, anschließend waren die Amerikaner da und posierten siegessicher grinsend auf dem Gelände, und dann begann das Wirtschaftswunder, und alle grinsten glücklich.

»Ach, hier bist du!« Susannes Stimme ließ mich zusammenzucken. »Hast du eben geschrien?«

»Nein. Wieso sollte ich schreien? Wo ist Ratinger?«

»Unten. Er kramt in seinen Unterlagen.«

»Das tue ich auch.«

»Das sehe ich. Was ist das hier?« Sie sah sich fragend in dem komischen Zimmer um.

»Sieht aus wie ein Museum für seinen alten Herrn. Der gute Ferdinand scheint mir einigen interessanten Vater-Sohn-Ballast mit sich herumzuschleppen. Wie bist du denn mit ihm verblieben?«

»Ich habe den richtigen Nerv getroffen«, verkündete sie stolz, und ich fürchtete für einen Moment, sie hätte ihn doch gefoltert. »Ich habe ihm weisgemacht, dass du ein Ermittler der japanischen Steuerfahndung bist. Jetzt hat er Angst um sein Geld und ist plötzlich sehr auskunftswillig.«

»Gut gemacht«, lobte ich.

Sie nahm das Kompliment mit einem bittersüßen Lächeln entgegen. Dann traf mich fast der Schlag. Hinter der Tür standen die beiden Koffer, die ich aus Japan mitgebracht hatte, voll mit Geld. Zehn Millionen Dollar in bar.

»Hat er ...? Oh, mein Gott!« Susanne griff sich entsetzt an die Stirn und sah mit einem Mal so blass und ungesund aus wie die Hauptdarstellerin in einem alten Stummfilm. Ich genoss ihre Verwirrung, denn blitzschnell hatte ich die Situation nach der Schritt-Theorie analysiert: Takahana hatte mit dem Geld, das ich herschaffte, Ratingers Firma bezahlt.

»Du meinst, ob Ratinger der Mörder ist? Nein. Ratinger ist ein Idiot. Kein Wort über die Koffer zu dem Fettwanst. Lass mich das machen!«

Wir fanden unseren dicken Freund in seinem unheimlichen Wohnzimmer, vertieft in die Durchsuchung eines Aktenschranks, der ungefähr so ordentlich aufgeräumt war wie der Herbstwald nach einem Gewittersturm. Susanne hatte den Dickschädel auf geradezu vorbildliche Weise weich gekocht.

»Ich finde es schon, keine Angst«, sabberte er.

Susanne erklärte mir, dass er irgendwelche Zahlungsunterlagen suche. Ich bemühte mich, trotz meines entwürdigenden Verbands streng und gemein auszusehen, wie ich mir einen japanischen Steuerfahnder eben so vorstellte. Ich sprach in kehligen, abgehackten Sätzen und forderte Ratinger durch Susanne auf, sich wieder zu setzen und mir nun gefälligst zu sagen, was sein Vater 1937 in Harbin verloren hatte. Es sei nämlich aus dieser Zeit eine Steuerschuld aktenkundig, die sich mit den Jahren zu einem beträchtlichen Vermögen aufgehäuft hätte. Und die gedächte ich hier nun einzutreiben.

»Ich weiß es wirklich nicht«, winselte Ratinger in höchster Not. »Bitte, glauben Sie mir doch!«

»Es gab 1937 in Ihrer Firma einen Unfall«, herrschte ich

ihn an. »Hatte die Reise Ihres Vaters möglicherweise damit zu tun?«

»Möglich, möglich!«, griff er nach dem rettenden Strohhalm. »Vielleicht wollte er ja Abstand gewinnen von dieser schrecklichen Sache. Es passierte bei der PetRa-Entwicklung, die ihm besonders am Herzen lag.«

»Bei welcher Entwicklung?«, hakte ich stirnrunzelnd nach.

»PetRa!«

»Ach, das Mückenzeug?«, bohrte ich nach und dachte an die Zeichnungen von all dem Ungeziefer im Firmenalbum. Ferdinand musste den Eindruck gewinnen, dass die japanische Steuerfahndung eine Art göttliche, allwissende Instanz ist, vor der man nichts verbergen kann. »Berichten Sie mir mehr von diesem PetRa!«, grollte ich.

»Das war sein persönliches Lieblingsprojekt! Es war ein Mückenspray, das er selbst entwickelt hatte. Er benannte es nach seinen Initialen: PetRa – Peter Ratinger. Er war überzeugt, dass er damit eine Wunderwaffe gegen Ungeziefer gefunden hatte!«

»Soso. Und wohl auch gegen Menschen!«

»Das war ein schrecklicher Vorfall«, seufzte Ratinger scheinheilig. »Irgendein Gift, das noch nicht so gut erforscht war, brachte einige Arbeiter um. Erst viel später kam mein Papa dahinter, wie dieses Unglück passiert war. Irgendeine Überdosis von irgendwas. Ich weiß es nicht genau, ich verstehe nämlich nichts von all diesen Sachen. Ich bin nur der Erbe.«

»Und wo hat Ihr Vater wohl die saftigen Gewinne aus diesem Wunderspray versteckt?«, fragte ich messerscharf und so feindselig ich konnte. Ich fand großen Gefallen an dieser Rolle. Ob es wohl schon zu spät war, den Detektivberuf an den Nagel zu hängen und eine Karriere als Großinquisitor des Fiskus zu beginnen? Ich musste mit meinem Furcht erregenden Verband aussehen wie ein Vertreter des Ku-Klux-Klan auf Steuersünderjagd.

»Aber nein!«, jammerte der Erbe. »Er hat es ja nie hergestellt. Dann begann ja der Krieg, und anschließend kamen die Amerikaner.«

»Könnte es sein«, brauste ich ihn an wie ein Güterzug, »dass die geheimen Forschungsunterlagen, die Geheimformeln für das beste Insektenvertilgungsmittel aller Zeiten in Ihrem Firmenarchiv aufbewahrt wurden? In genau dem Firmenarchiv, das Takahana nun nach Japan schaffen lassen will?«

In diesem Moment, als ich so aufrecht dastand, meinen Zeigefinger wie ein Bajonett in die Luft bohrte und Ferdinand Ratinger anfunkelte wie Zeus, in diesem Moment war ich begeistert von mir. Ich riskierte einen kurzen Seitenblick zu Susanne, musste aber feststellen, dass sie mich nicht einmal ansah. Michiko hätte mich jetzt nicht ignoriert. Sie hätte mich angelächelt, und das feenhafte Triangel-*Pling* ihrer Zauberaugen hätte mich belohnt wie ein köstlicher Kuss und angefacht zu immer neuen Triumphen.

»Das könnte durchaus sein!«, wimmerte der Wurm.

Das war es also. Das Leben war im Grunde doch nur die etwas ausgedehnte, mitunter langwierige Version eines *Megaman-mangas*. Es ging um die Formel. Immer ging es um die verdammte Formel. Ich war fast ein wenig enttäuscht, dass am Ende alles so simpel war. Man musste nur ein wenig Fantasie und die entsprechende literarische Vorbildung haben, und alles reimte sich zusammen.

»Ratinger hat die Formel für das beste Insektenspray aller Zeiten«, resümierte ich für Susanne, falls sie nicht mitgekommen sein sollte. »Takahana will diese Formel natürlich für sich alleine haben. Er will den Markt für Insektenvertilgungsmittel beherrschen, weltweit.«

Susanne stellte sich stur und versagte mir jeglichen Respekt. Sie zündete sich eine Zigarette auf die patzige Art an. »Ach ja? Und wenn doch nicht mal der Firmenerbe mit Sicherheit weiß, dass die Formel tatsächlich in seinem Archiv liegt, wie sollte es dann wohl Takahana wissen?«, widersprach sie mir.

Wie mich das schon damals erzürnt hatte! Da bin ich ganz Japaner. Frauen müssen ihre Männer in allen Lebenslagen unterstützen, sie aufbauen, sie bestätigen und damit zu neuen Höchstleistungen anspornen. Die Bewunderung der Frauen ist unser Treibstoff. Frauen haben Männern nicht zu widersprechen, und wenn sie es dennoch tun, dann bitte wenigstens später daheim, leise, im Bett. Aber doch nicht laut und nicht in Anwesenheit Dritter!

»Takahana hat eben irgendwie plötzlich Wind davon bekommen«, versetzte ich gelehrt. »Leute wie er – reich und mächtig – verfügen über Quellen, davon machen wir normal Sterblichen uns gar keine Vorstellungen. Außerdem könnte dieser Firmenchef hier nicht einmal einen Flohzirkus führen!«

Ratinger glotzte mich nun, da ich leiser und versöhnlicher sprach, mit hündischer Dankbarkeit an. Am Ende hatte er ja wohl doch bekommen, was er wollte: Erniedrigung – zumindest ein wenig. Ich ekelte mich vor ihm. Und ich ärgerte mich über Susanne, die einfach nicht lockerlassen konnte.

»Und wenn es so wäre. Warum sollte er dafür noch drei oder mehr Morde begehen? Wo er das Patent durch den Kauf der Firma doch sowieso in die Hände bekommt?«

Frauen. Unfähig, den komplizierten Gesetzen der Männerwelt zu folgen. Unfähig zu begreifen, dass sich seit den Tagen der Jäger und Sammler auf diesem Planeten nichts Wesentliches geändert hatte – allenfalls, dass wir heute besser gekleidet sind. Frauen würden nie verstehen, in welchen

Dschungel wir Männer uns jeden Tag wagen, um uns zu behaupten und sie, die Frauen, zu unterhalten und zu beeindrucken.

»Jeder Mann hat Feinde und Widersacher«, erklärte ich. »Auch Takahana. In seinem Falle war es Mori Shinichi. Mori wusste, dass die versteckte Formel ein Vermögen wert war, und wollte sie gegen eine saftige Beteiligung an die Konkurrenz verhökern. Kubota half ihm dabei.«

»Das hätte Mori nie getan. Seine Loyalität gegenüber der Firma war absolut.«

»Gerade deswegen hat Takahana ihn ja so grausam und geradezu rituell bestraft. Du verstehst nicht viel von Männern und den harten Regeln der Geschäftswelt, was?«

Susanne schnaufte missbilligend und murmelte etwas Abfälliges, das ich nicht verstand. Egal: Ich hatte gewonnen. Meine rasche Kombinationsgabe schien sie zu verunsichern.

»Takahana ist doch kein Kammerjäger, Kenji. Der weltweite Insektenspraymarkt interessiert ihn nicht im Geringsten.«

Da hatte sie mich – absichtlich oder aus Versehen – soeben zum ersten Mal seit unserem Wiedersehen bei meinem Vornamen genannt. Es hörte sich seltsam fremd und zugleich vertraut an. Selbst früher, selbst in den zärtlichsten Stunden hatte sie mich meistens mit meinem Nachnamen angesprochen. »Ich liebe dich, Hamada«, hatte sie einmal gesagt. Das »Kenji«, das war ihr nur ganz wenige Male herausgerutscht, und jedes Mal hatte es mich irritiert. So auch jetzt. Ich verlor den Faden.

»Vielleicht lässt sich ja aus der PetRa-Formel noch etwas anderes gewinnen. Ein Heilmittel gegen Aids oder so.« Es klang nicht mal für meine Ohren überzeugend.

»Haben Sie noch weitere Fragen an mich?«, meldete sich Ferdinand.

»Nein«, beschied ich ihm streng.

Ich hatte meinen entscheidenden Schritt so gut vorbereitet wie Inspektor Colombo. Sobald der Verdächtige das Schlimmste hinter sich wähnte und die Angst nachließ, konnte man ihn packen. »Doch – da wäre noch etwas. Die zehn Millionen Dollar, von denen sie sprachen, der Kaufpreis für die Firma: Hat Takahana die überwiesen?«

»Nein. Er hat sie persönlich vorbeigebracht. Das war so vereinbart.«

Aha. Ich hatte also Recht gehabt. Dummkopf. Wenn ich das den deutschen Steuerfahndern steckte, wäre er ruiniert. »Wann war er hier?«

»Vorgestern Mittag.«

Am Mittwochabend war Mori, am selben Tag oder am Donnerstag sein Mitwisser und Komplize Kubota umgebracht worden. »Er ist hier! Bringen Sie sich in Sicherheit«, hatte Michiko zu mir gesagt. Da wusste ich noch nicht, wen sie meinte. Klar, sie meinte Takahana, denn sie hatte ihn gesehen. Ich konnte mir einen triumphierenden Seitenblick auf Susanne nicht verkneifen. Gestern Abend wollte sie noch aus purer Eifersucht die arme Michiko der Polizei ausliefern. Ich hoffte, dass ihr diese Infamie jetzt wenigstens ein wenig Leid tat.

Ratinger goss sich mit zitternden Händen einen neuen Cognac ein und kippte das Getränk wie Wasser hinunter. Dann watschelte er quer durch den Raum auf das Porträt eines älteren Herrn zu. Das Gemälde hing in einem barocken Goldrahmen an der dem Kamin gegenüberliegenden Wand im Halbdunkel. »Papa, ach Papa«, schluchzte Ferdinand. »Was machst du mir nur für einen Kummer!«

Peter Ratinger hatte eine Hand herrenhaft in die Seite gestemmt, die andere ruhte auf seinem Arbeitstisch, der ungefähr so aussah wie das Exemplar in dem Museumsraum im

Obergeschoss. Ich trat neben Ratinger und betrachtete das Gemälde aus der Nähe. Die Leinwand und das Öl waren brüchig geworden, an manchen Stellen blätterte die Farbe schon fast ab. Aber trotz der haarfeinen Risse, die seinem Gesicht übel zugesetzt hatten, konnte man leicht erkennen, dass dieser asketisch aussehende Mann ein außergewöhnlicher Zeitgenosse gewesen sein musste. Kein einziges Haar spross auf seinem Schädel. Seine Augen hinter jeiner goldgefassten Nickelbrille lauerten klug, rattenhaft und kalt. Sein Mund war schmal, sein Kinn kurz und hart. Das Porträt hatte eine unheimliche Präsenz. Es schien, als würde der Mann jeden Moment anfangen zu sprechen und aus dem Rahmen heraussteigen. Ich wollte mich gerade anerkennend über den Maler äußern, obwohl ich eigentlich gar keine Ahnung von Malerei habe, da entdeckte ich am rechten unteren Bildrand die Signatur des Künstlers. Sie war klein und unauffällig in japanischen Schriftzeichen in einen Laborkolben eingefügt, der die Form eines Wassertropfens aufwies. Der Name lautete: Watanabe Jun.

»Susanne, kommst du mal?« Sie stand bereits hinter mir.

Ratinger schien uns nicht zu bemerken. Er hielt den Kopf gesenkt wie vor einem Altar, seine Schultern bebten. Auf einmal hatte ich Mitleid mit dem dicken, verkorksten Tölpel. Ich hätte einen Mann wie Peter Ratinger – mit solchen Augen und einem solchen Mund – bestimmt nicht als Arzt, nicht als Kerkermeister und nicht einmal als Metzger haben wollen. Und ganz gewiss nicht als Vater. Plötzlich war ich heilfroh, dass ich nicht noch mehr Zimmer dieses Hauses betreten hatte.

Ich lotste Susannes Blick auf die Signatur von Watanabe Jun. »Noch ein Souvenir aus Harbin«, sagte ich. »Da hat der alte Herr Ratinger also nicht nur Tiger gejagt und sich erholt, sondern auch im Labor gearbeitet und sich dabei malen lassen.« Ein triumphierendes Grinsen umspielte wohlig meine Mundwinkel. »Siehst du? Doch die Formel. Schritt für Schritt, das ist meine Theorie. Ratinger war in Harbin, erster Schritt. Er hat eine tolle Formel entwickelt, zweiter Schritt. Und als Watanabe Jun ihn malte, da kam er irgendwie an die Geheimformel. Ich wette hundert zu eins, dass sie in Watanabes Buch aufgeschrieben steht und dass Mori und Kubota deswegen dieses Buch wollten und dass sie deswegen sterben mussten.«

Und Susanne sagte: »Das ist noch nicht mal das Beste. Du solltest erst das Gemälde sehen, das im großen Konferenzraum der Katana Corporation in Tokio hängt.«

»Was denn? Auch der alte Ratinger?«

Ich war verwirrt.

»Nein, du Dummerchen. Es ist ein Gemälde vom alten Takahana Kunio, dem legendären Tüftler und Firmengründer, diesem japanischen Leonardo: derselbe Stil, dasselbe Licht, dasselbe Format. Nur der Rahmen ist anders. Ansonsten das perfekte Gegenstück zu diesem hier. Gemalt von Watanabe Jun.«

Akten

Susanne hatte ihr Versprechen gebrochen. Keine Zeit mehr zum Einkaufen, bestimmte sie, nachdem wir Ratingers Hexenhaus verlassen hatten. Nur kurz machten wir in ihrer Wohnung Halt. Aus dem Faxgerät zog sie die Mitteilung ihres guten Freundes aus Japan: unsere Flugerlaubnis, die besagte, dass Frau Helfrich und Herr Kubota wegen dringender Geschäfte in Tokio erwartet wurden. Eine Kopie dieser Mitteilung war an die Crew der Frachtmaschine gegangen. Susanne stopfte hastig ein paar Klamotten in ihre Reisetasche. Ich hatte noch immer diese Plastiktüte von Seven-Eleven, in der die fast unbenutzten Einwegfilme, die so gut wie ungelesenen *Megaman-mangas* und der ganze unbrauchbare Rest meines spärlichen Reisegepäcks verstaut waren.

Die Sonne lachte aus einem strahlend blauen Himmel auf das grüne Land herab, als wir zum Flughafen brausten. Gelb leuchteten irgendwelche Felder. »Laps« nannte Susanne das. Das japanische Wort dafür kannte sie nicht. Irgendwie bedauerte ich, dass ich so wenig von Deutschland gesehen hatte, bis auf den Wald, die Autobahn, eine Chemiefabrik und ein paar Wohnungen.

»Vergiss nicht das Goethehaus!«, tröstete mich Susanne. »Das alles zusammen ist schon wesentlich mehr, als die meisten japanischen Touristen sonst zu sehen bekommen.«

»Wenn das alles vorbei ist, dann komme ich noch mal wieder und sehe mir Deutschland in Ruhe an.«

»Ja, natürlich«, sagte sie. Illusionslos.

Ich fühlte mich nervös und ängstlich, wie so oft in der Schule vor Prüfungen, die ich nicht vorbereitet hatte. Ein falsches Wort an der Passkontrolle, eine unüberlegte Antwort, und sie würden mich einsperren und nie wieder rauslassen. Ich bin kein besonders guter Lügner. Meinen Rückflug in die Heimat würde ich dann antreten wie der Gangster in *Black Rain,* den Michael Douglas nach Osaka eskortiert. Nur würde auf mich kein gut organisiertes Yakuza-Befreiungskomitee mit gefälschten Papieren warten, sondern eine gut organisierte Hundertschaft der Polizei mit Helmen, Schilden und Knüppeln. Es war kurz vor zwölf, und Susanne schaltete das Autoradio ein und lauschte gespannt auf die Meldungen der Mittagsnachrichten. Als sie mit Musik weitermachten, drehte sie das Radio wieder ab.

»Gab's was Wichtiges?«, fragte ich ohne wirkliches Interesse.

»Kein Wort von dem toten Sushi-Koch bei Michiko.«

»Wen kümmert schon ein toter Japaner?«, gab ich zu bedenken.

»Sehr viele. Mori-san war zwei Tage lang die Top News. Ein weiterer Mordfall im Haus seiner Witwe wäre ganz gewiss gemeldet worden. Dann hat Michiko also doch nicht die Polizei verständigt.«

Schon sah ich die dunklen Wolken eines neuen Streits an diesem perfekten Frühlingstag heraufziehen – da ließ Susanne das Thema wieder fallen. Ich machte mir Sorgen um Michiko. Vielleicht hatte der Sushi-Koch ja Komplizen gehabt. Oder Takahana war noch immer hier. Zu spät. Ich konnte nichts mehr für sie tun. Wäre ich religiös gewesen, hätte ich zumindest für sie beten können.

Susanne parkte den Wagen auf einem der eigens gemieteten Katana-Parkplätze am Flughafen und steuerte geradewegs auf ein öffentliches Telefon zu. Ich stand daneben und hörte einmal mehr, wie ihre Stimme sich verwandelte. Sie säuselte so gekonnt, wie das eigentlich nur Japanerinnen können – aber auf Deutsch hatte das keinen so lieblichen Klang wie auf Japanisch. Es klang eher liderlich. Ich hatte keinen Zweifel, dass sie mit einem Mann sprach. Wahrscheinlich ihrem »guten Kontakt« am Flughafen. Wahrscheinlich einer, mit dem sie geschlafen hatte. Ich verachtete sie. Von dem Gespräch verstand ich nur die Worte »Tokio« und »Kubota«.

»*Yoshi* – gut«, sagte sie zu mir und hängte ein. »*Ikoo-ka* – gehen wir?«

Frauen, richtige Frauen in Japan, reden niemals so. So reden nur Kerle. Manchmal, wenn sie sehr energiegeladen war und die Lage unter Kontrolle hatte, benutzte Susanne ungeniert die Männersprache. Das ließ mich reagieren wie ein verwirrter Magnet: Es zog mich an und stieß mich gleichzeitig ab. Ich musste mir wieder einmal eingestehen, dass mir noch keine andere Frau derart den Kopf verdreht hatte.

Sie führte mich durch lange, betongraue Korridore und Treppenhäuser, von kalten Neonröhren gelblich beleuchtet, dann durch eine menschenleere Halle, in der nur einige Kisten und Container herumstanden, in ein Verwaltungsgebäude. »Gib mir deinen Pass«, befahl sie. »Sag nichts, wenn du nicht gefragt wirst. Und wenn du gefragt wirst, verstehst du nichts.«

»Verstanden.« Das war kein Problem. Ich händigte ihr Kubotas Papiere aus.

Festen Schrittes strebte sie auf eine Tür zu, hinter der sich ein spartanisch eingerichtetes Zimmer befand. Das einzige

Möbel war ein brusthoher Schalter aus schäbigem Holz, hinter dem ein uniformierter Beamter stand und sich selbstvergessen seinen Schnauzbart zupfte.

»Mahlzeit«, begrüßte Susanne ihn, und ich fragte mich, ob wir hier was zu essen bekommen sollten. Sie legte selbstbewusst unsere Pässe auf den Schalter wie ein Fullhouse beim Pokerspiel.

Er musterte uns. Mein Puls klopfte in meinem verletzten Ohr wie ein Presslufthammer. Ich versuchte harmlos auszusehen und unscheinbar.

»Ei – wo soll's denn hingehe?«, erkundigte sich der Schnauzbart.

»Charterflug EX 302 nach Narita.«

»Cargo?«

»Ganz recht.«

Der Beamte überprüfte die Flugliste. Hinter ihm an der Wand hing mein Fahndungsfoto. Susanne bemerkte es in der gleichen Sekunde wie ich und ergriff sofort meine Hand. Gut so, denn ich kämpfte gegen den Impuls an, einfach davonzurennen. Sie verzog keine Miene. Cool wie Sashimi.

»Fimma?«, fragte der Schnauzbart.

»Katana Corporation. Ich bin Assistant Regional Manager Helfrich. Das ist mein Mitarbeiter, Herr Kubota.«

Der Mann blickte auf und sah uns prüfend in die Augen, während seine Hand die Pässe heranfischte. »Gefäälische Fimma, was?«, sagte er, Susannes Pass beschauend.

»Wie meinen Sie?«

»Ei, wenn die Mitabbeitä so eins uff de Deggl bekomme!« Sein Kopf deutete in Richtung meines Weltkrieg-1-Verbands.

»Ohhh!« Susanne lachte wie über einen besonders geistreichen Scherz und tätschelte meinen Arm. »Kubota-san ist nur unglücklich ausgerutscht.«

Ich verstand kein Wort und grinste wie ein Hirnloser. Der Schnauzbart nahm meinen Pass und schlurfte zu seinem Computer, tippte mit zwei Fingern auf dem Keyboard herum, offensichtlich, um sich wichtig zu tun. Susannes Finger krallten sich unterdessen in meinen Unterarm. Ich stand da wie ein Kalb vor dem Schlachter.

»Isch kann Sie nett doschlasse, Herr Kubota«, sagte der Beamte.

»Ihr Pass is vor drei Daache abgelaufe.«

Susanne übersetzte es mir mit betretenem Gesicht. Einen Moment lang war ich versucht, den Pass des Sushi-Kochs hervorzuholen: Kein Problem. Nehmen Sie doch diesen hier ... Zum Glück konnte ich diesen Reflex bezwingen. Ich verfluchte Kubota. Was für eine unentschuldbare Dusseligkeit. War es denn zu viel verlangt – von einem hoch bezahlten, im Ausland tätigen Manager eines großen, wichtigen Konzerns –, zu viel verlangt, seine verdammten Papiere in Ordnung zu halten?

»Natürlich«, erklärte Susanne geduldig. »Kubota-san war ja mit einer schweren Gehirnerschütterung eine Woche im Krankenhaus. Eigentlich hätte er schon am letzten Sonntag fliegen müssen. Seine Mutter liegt im Sterben.«

»Dut mir Leid, abba da kamma nix mache. Vielleischt hat das Konsulat ja ischedein Notdienst.«

Die Tür hinter mir flog auf, und ein stämmiger, breitschultriger Beamter trat ein. Zuerst dachte ich, er wolle mich jetzt bestimmt abführen und foltern. Aber er zwängte sich nur neben uns vorbei und klappte routinemäßig den Schalter hoch, um auf die andere Seite zu gelangen. »Was liescht an?«, fragte er.

»Pass abgelaufe«, erklärte der Schnauzbart.

»Pesch.«

Doch dann erblickte er Susanne, und seine Augen hellten

sich schlagartig auf. »Ei, Frau Heifrisch. Und Herr Kubato. Na, Unfall gut übestanne? Und was macht die Frau Muttä?«

»Kubota«, korrigierte Susanne mit feinem Lächeln und nickte. Ich tat es ihr gleich. Der Schnauzbart wirkte verstört.

»Geht schon in Oddnung, Schrödä«, sagte der Riese. »Habbe ma ebbe halt nett so genau uff de Stembel gegugt. Is e dringend Familiesach.«

Er nahm dem jüngeren Kollegen Kubotas Pass aus der Hand und gab ihn mir zurück. Ich verbeugte mich respektvoll. Susanne verlor noch einige erleichterte Dankesworte und zog mich hinaus auf den Flur, wo ich mich erst mal an die Wand lehnen und tief durchatmen musste. Aber sie zog mich gnadenlos weiter.

»Wusstest du das mit dem Pass?«, fragte ich, als ich wieder normal atmen konnte.

»Dass er abgelaufen ist? Nein. Ich dachte nur, es könnte Probleme geben wegen dem entstellenden Kopfverband.«

»Sehr guter Mann. Aber er wird ganz schön Schwierigkeiten kriegen, wenn herauskommt, wen er da durchgelassen hat.«

»Das hoffe ich«, sagte Susanne lakonisch.

Wer war er? Hatte er mit ihr geschlafen? Hatte sie ihn geliebt? War er ihr etwas schuldig? Buhlte er immer noch um ihre Gunst? Hatte sie – nach einem Mann wie mir – ein Verhältnis mit diesem übergewichtigen Zollbeamten angefangen und traf sie sich womöglich noch immer heimlich mit ihm? Würde sie wegen dieser Gefälligkeit wieder mit ihm ins Bett gehen? Wer war sie?

Wie tickten Frauen?

Tickte ich noch ganz richtig?

Takahanas Chartermaschine war eine fensterlose Boeing 767 und trug die Hoheitszeichen der Republik Simbabwe. Die Seitenöffnung war hochgeklappt, gerade verstaute ein spezieller Gabelstapler die letzten Paletten mit Ratingers Archivkisten.

Am Fuß der Gangway standen zwei weiß gekleidete *gaijin* und ein Japaner in schwarzem Zwirn.

»Jetzt kommt es noch mal drauf an«, warnte Susanne. Sie marschierte auf das Grüppchen zu, ich mit Mühe hinterher. Ihre langen, schönen Beine verschafften ihr einen Vorteil.

»Captain Bowler!«, begrüßte sie, das Gekreisch der warm laufenden Triebwerke übertönend, einen rotblonden Hünen, der ein blütenweißes Hemd mit einem dunklen Soßenfleck am Bauch trug. Sein sommersprossiges Gesicht strahlte, als er Susanne sah. Er begrüßte sie mit einem Kuss auf die Wange, und ich verspürte irgendwo rechts oberhalb meiner Bauchspeicheldrüse einen weiteren unlogischen Stich von Eifersucht. Hatte sie etwa auch mit ihm was angefangen? Wieso war sie so nett zu diesen Fremden und so unfreundlich mit mir? Ich hatte mit ihr geschlafen, als sie noch jung und verträumt war. Ich war ihre erste Liebe. Die erste Liebe vergisst man nicht so einfach.

»Miss Helfrick«, nannte er sie.

»Darf ich Ihnen meinen Kollegen, Herrn Kubota, vorstellen?«

Der Riese reichte mir eine rosarote Pranke und drückte meine Hand zu Brei. »Sorry!«, bemerkte er mit mitleidigem Blick auf meinen Kopfverband.

»Nicht der Rede wert. Kleiner Karate-Unfall. Ich habe den Kerl zu Mus verarbeitet«, sagte ich, um etwas Land zu gewinnen.

In Susannes englischer Übersetzung kam das Wort Karate dann allerdings nicht vor. Der Takahana-Aufpasser im Anzug trug die klassische Dauerwellenfrisur des modebewussten Yakuza und beäugte uns misstrauisch durch seine Designer-Sonnenbrille. Susanne gab ihm das Fax, und er nickte nur stumm und steckte es ein.

»Wir warten noch auf drei Passagiere, die jeden Moment eintreffen müssen«, erklärte Captain Bowler. »Vielleicht gehen Sie schon mal rein und suchen sich die besten Plätze aus. Fred wird Ihnen behilflich sein.«

Im Türrahmen der Boeing erschien ein weiterer blonder *gaijin,* der uns fröhlich zuwinkte. Susanne erklomm die steile Treppe vor mir, und ich blickte geradewegs auf ihren Hintern. Ich konnte es nicht ertragen und sah auf, konzentrierte mich darauf, wie der Wind ihr Haar zerzauste. Im Cockpit hockte der Copilot und studierte Karten und Wetterberichte. Auch ihn begrüßte Susanne mit Küsschen. Fred, der nicht älter sein konnte als zwanzig, stellte sich als unser Flugbegleiter vor und sagte, wir könnten uns aussuchen, ob wir ganz vorn oder lieber ganz hinten sitzen wollten. Susanne sagte, hinten wäre besser, und Fred geleitete uns durch den schmalen Bordgang, vorbei an dicken Netzen, hinter denen die Frachtpaletten festgezurrt waren. In der Maschine hing ein fremdartiger Geruch.

»Sorry wegen dem Gestank«, meinte Fred. »Man gewöhnt sich daran. Wir haben vorgestern so ein Rhino aus Nairobi nach London geflogen. Dem ist der Flug nicht so gut bekommen. Ich habe gestern den ganzen Tag damit zugebracht, Nashornkacke aufzuwischen. Sie war überall. Weiß der Himmel, warum die Viecher beim Kacken immer mit dem Schwanz wedeln müssen. Na ja. Den Geruch bekommt man leider nicht so schnell wieder raus.«

Susanne übersetzte lachend, und ich erheiterte mich an der Vorstellung, wie Takahana über den Ratinger-Akten brütete, eine Wäscheklammer auf der Nase. Quietschend schloss sich die Frachtluke gerade, als wir die vier Sitze am Heck der Maschine erreicht hatten.

»Machen Sie es sich schon mal bequem – ich bringe gleich eine Erfrischung«, versprach Fred und ließ uns allein.

Susanne beanspruchte die beiden Sitze auf der rechten Seite. Ich bedauerte, dass es hier keine Fenster gab und offensichtlich auch kein Unterhaltungsprogramm und keine netten Stewardessen mit Schokotrüffeln. Aber vielleicht hatte Fred ja wenigstens ein Bier für mich.

Während Susanne die Armlehnen hochklappte, die Decke hervorzog und es sich auf ihren beiden Plätzen bequem machte, folgte ich Fred, um die Bestände der Bordbar zu begutachten und noch einen letzten Blick auf den schönen, blauen deutschen Himmel zu werfen. Der fleißige Fred machte sich in seinem kleinen Service-Abteil zu schaffen und reichte mir eine eiskalte Dose Carlsberg. Ich schlenderte zurück zum Eingang und bemerkte unglücklicherweise eine Reihe von beängstigenden Rostflecken und Korrosionsschäden am Türrahmen. Am Fuß der Gangway standen noch immer Captain Bowler und die anderen. Hundert Meter weiter rollte eine schmale braune Lockheed von UPS in Parkposition neben eine 747 der German Cargo und eine der Northwest Cargo. In einiger Entfernung ragten die Hecks der Passagierflugzeuge rund um das Terminalgebäude empor wie die Flossen riesiger Haifische, die sich zum Mittagessen verabredet hatten.

Quer über die weite Betonfläche zwischen unserer Maschine und einer großen Wartungshalle kam mit raschen Schritten eine ganz in Schwarz gekleidete Frau, die einen Jungen hinter sich herzog. Michiko Mori und Yuki!

Mit einigen Schritten Abstand folgte ein Begleiter, der aussah wie der Zwillingsbruder des lockenschopfigen Sonnenbrillenträgers an der Gangway. Ich hätte am liebsten laut »hallo« geschrien, so sehr freute ich mich über ihr Erscheinen. Sie sah müde und blass aus – aber sie war am Leben. Einen Moment freute ich mich wie ein Kind darauf, während des ganzen langen Fluges neben ihr zu sitzen und sie zu trösten. Ich konnte Yuki erklären, wie Flugzeuge fliegen, obwohl ich das eigentlich selbst nicht so genau wusste. Vielleicht könnte ich mir noch einmal ihren Bauch ansehen. Dann aber dämmerte mir, dass daraus nichts werden durfte. Ich wurde hier gerade Zeuge einer Entführung. Der Sushi-Koch war also tatsächlich nicht allein gewesen. Noch bevor Michiko die deutsche Polizei hatte verständigen können, waren seine Kollegen gekommen und hatten sie und den Jungen verschleppt. Wenn sie oder Yuki uns erkennen und sich verplaudern sollten, dann würde unsere Tarnung auffliegen und die Yakuza würden uns aus der Maschine werfen. Ich fuhr herum zu Fred. »Sagen Sie nicht, dass wir an Bord!«, flüsterte ich ihm in gebrochenem Englisch zu. Sein Gesicht nahm die Form eines Fragezeichens an. »Beide Frauen meine Liebe! Dürfen sich nicht begegnen, sonst ...« Ich zog den Zeigefinger an meinem Kehlkopf vorbei.

»Oh, verstehe«, feixte Fred verständnisvoll und drohte mir verspielt.

Da hörte ich schon Michikos Absätze auf den Metallstufen klappern und verzog mich schleunigst in den schummrigen Gang. Fred musste mich für einen besonders tollen Hecht halten, und ich schloss aus seinem Blick, dass er nun glaubte, die Erklärung für meine Kopfverletzung gefunden zu haben: Eifersuchtsdrama. Ich hörte, wie er Michiko und Yuki begrüßte und ihnen die Plätze gleich am Eingang zuwies.

»Michiko und Yuki sind an Bord«, eröffnete ich Susanne, deren Augen sich vor Schreck weiteten. Dann lächelte sie finster.

»Sie hat die Polizei also nicht angerufen. Siehst du jetzt, dass ich Recht hatte?«

»Sie kam nicht dazu. Takahanas Leute haben sie zuvor erwischt und entführt. Zwei Yakuza-Typen bewachen sie.«

Ein dumpfes Geräusch – die Tür wurde zugeschlagen. Wenig später heulten die Triebwerke auf, und mit einem Ruck setzte sich die Boeing in Bewegung. Fred kam noch einmal vorbei, um sich zu vergewissern, dass wir unsere Sitzgurte angelegt hatten. Er zwinkerte mir verstohlen zu und machte mit beiden Daumen das Okay-Zeichen. Ich deutete eine erleichterte Verbeugung an.

Der Flug FX 302 nach Narita startete ohne weitere Verzögerung. Die Fahrwerke verloren Bodenkontakt, und die Maschine zog eine weitläufige Linkskurve. Ich hätte viel darum gegeben, einen letzten Blick auf das grüne Land werfen zu können. Ich dachte lange über Michiko nach. Wie konnte ich ihr helfen? Und wie konnte ich mir selbst helfen? Und Susanne? Ihren Job als Assistant Regional Manager war sie mit Sicherheit los. Wenn nicht mehr. Ich bot ihr als Trost einen *Megaman* aus meiner Plastiktüte an, weil es im Flugzeug nichts anderes zu lesen gab als eine zerfledderte Kopie der Luftverkehrsordnung über Zentralafrika. Sie winkte müde ab.

Fred versorgte uns mit einem sehr anständigen Curry-Huhn und schaute immer mal wieder vorbei, um mir ein neues Carlsberg zu bringen und dämlich zu grinsen. Ich betrank mich, bis ich müde wurde. Irgendwo zwischen Moskau und Irkutsk schlief ich wohl ein und erwachte recht unsanft, als die Maschine ächzend durch eine ziemlich heftige Turbulenz flog. Ich hatte geträumt, dass ich Vater geworden wäre. Meine Frau war Susanne, und wir hatten zusammen einen kleinen Sohn, der komischerweise Michikos Augen mitsamt dem Triangel-*Pling* aufwies und meinen Scheitel. Ich war ein glücklicher Papa und erfuhr, wie sehr eine Vaterschaft das Leben erleichtern kann. Ich hatte immer eine gute

Entschuldigung, wenn ich mich vorzeitig von langweiligen Partys abseilen wollte, und einen Vorwand, wenn ich als erwachsener Mann Drachen steigen lassen oder lustige Kinderfilme ansehen wollte. Jetzt verlor sich dieser wohlige Traum schnell, zerrann unwiederbringlich zwischen den Netzen im Bordgang. Susanne hatte ihre Schuhe abgestreift und lag in einer unbequemen Haltung auf ihren beiden Sitzen, komplett eingekuschelt in ihre Decke. Ich verspürte den Drang, sie zu berühren. Der Vaterschaftstraum hatte mich ihr sehr nahe gebracht. Die anderen Typen – Mori, der Zollbeamte, der Pilot und weiß der Himmel wer noch – sie interessierten mich plötzlich nicht mehr. Ich wollte wieder zurück in meine kleine Studentenbude, zurück zu jenem fernen Morgen in Tokio, als sie sich wusch und ich sie beobachtet hatte. Ich stand stattdessen auf und machte ein paar Lockerungsübungen, ging einige Schritte den schwach beleuchteten Gang hinunter und besah mir die Ratinger-Kisten hinter den Netzstricken: 1978 CFD-K-III. 1965 TZR-E-XIX, 1967 RED-A-V. Und dann, direkt vor meiner Nase: 1937 MJH-L-X.

1937 – das Jahr des mandschurischen Tigers und anderer Geheimnisse. Sofort sah ich mich um, ob mich vielleicht jemand beobachtete. Nichts. Alle schlummerten friedlich. Die Maschen der Haltenetze waren gerade groß genug, dass ich meine Hand durchstecken konnte. Ich musste auf die andere Seite. Zehn Schritt weiter vorn war an einem Metallrahmen eine Tür in das Geflecht eingelassen. Ich prüfte die Klinke – unverschlossen. Im vorderen Passagierbereich brannte Licht. Einer der Männer hatte sein Bein in den Korridor ausgestreckt. Ich schlüpfte in den Frachtraum und drückte mich durch den Spalt zwischen Netz und Kisten wieder heckwärts. Mein gelbes Hemd und die rosa Hose sogen sich augenblicklich voll mit Archivstaub. Endlich fand ich die 37er-Kiste wieder und versuchte, sie herauszuziehen. Fehlanzeige. Die Kisten waren zu fest gezurrt. Ich bohrte meine Fingernägel in den Schlitz zwischen Front und Deckel, bis es wehtat, aber es war nur wenig mehr als ein Zentimeter Spielraum gewonnen. Ich konnte die Akten sehen, aber herausziehen ließen sie sich nicht.

»Bist du verrückt?«

Ich verlor fast den Verstand vor Schreck. Susanne stand hinter mir auf der anderen Seite des Netzes.

»Hast du ein Messer? Schnell? Ich muss die Kiste öffnen!«

Sie huschte zurück an ihren Platz und kam mit einer Nagelfeile zurück. »Mach keinen Quatsch, Hamada.«

»Beobachte den Gang, ob jemand kommt!«

Ich stieß die Feile in die Kartonwand und sägte mir mühevoll eine Schneise entlang der Kante. Das Geräusch der stumpfen Klinge auf der jahrzehntealten Pappe verursachte mir eine Gänsehaut und Zahnschmerzen. Endlich war der Spalt lang genug, und ich konnte eine Seite des Kartons aufreißen. Eine stinkende Staubwolke schlug mir entgegen. Ich unterdrückte verzweifelt ein heftiges Niesen und hatte das Gefühl, mir würde das Gehirn aus den Ohren gepresst. Susanne wippte hinter mir auf und ab wie ein kleines Mädchen, das dringend auf die Toilette muss. »Mach schon, mach bitte schneller!«, flehte sie.

Ich versenkte meine Hand in der Öffnung und quetschte die erste Mappe heraus. Dann noch eine und noch eine. Die Kiste enthielt insgesamt zehn Stück. Ich presste sie an meine Brust und drückte von oben mein Kinn dagegen, zwängte mich zurück zur Tür und hinaus in den Gang. Ich sah aus, als hätte ich ein Schlammbad genommen. Meine Kleidung bestand nur noch aus festgedrücktem Staub.

»Wir können das so nicht mitnehmen. Das passt nicht in meine Tasche – ach, verdammt!«

Schwere Schritte näherten sich, die Gestalt eines Mannes tauchte im blassen Licht des Ganges auf. Susanne schubste mich vor sich her, an unseren Plätzen vorbei auf das Klo. Im Vorübergehen schnappte ich mir meine Seven-Eleven-Tüte.

»Kubota-san geht es nicht so gut«, hörte ich sie auf Englisch erklären, kaum dass die Tür ins Schloss gefallen war. Ich sackte mit weichen Knien zusammen und dachte, dass sie gar nicht wusste, wie Recht sie damit hatte. Mein Magen war vor Aufregung verknotet wie ein ausgewrungenes Tuch. Mein Herz wollte jeden Moment aus meiner Brust herausspringen.

»Sollen wir mal nachsehen, ob wir Tabletten in der Bordapotheke haben?« Das war der kräftige Bass von Captain Bowler.

»Nein, das wird nicht nötig sein. Ich glaube, er hatte nur ein Bier zu viel. Wie geht's denn eigentlich – lange nicht mehr mit Ihnen geflogen.«

Ich hörte, wie die beiden sich über gemeinsame Bekannte unterhielten, liebe Erinnerungen an gemeinsame Flüge austauschten. Ich versuchte, Spuren einer geheimen Liebesbeziehung zu orten, aber mein Englisch reichte nicht aus. Als ich mein Spiegelbild sah, erkannte ich mich nicht wieder: Meine Haut war grau, der Mullverband um meinen Kopf nicht minder. Meine Hände waren grau, und mein Hemd war grau. Nur hier und da schimmerte noch das Kanariengelb durch. Wann hatte ich mich jemals so hilflos, so hässlich und so gedemütigt gefühlt? Draußen schäkerte meine erste große Liebe mit einem hoch gewachsenen Piloten herum und ich, der Zwerg, der verbundene, der verschmutzte, der angeblich angetrunkene – ich sah aus wie eine mumifizierte Moorleiche. Mein Stolz bäumte sich auf, ließ sich niederringen – und ich begann mit der Arbeit.

Ich stellte die erbeuteten Mappen in der Ecke ab und tat

das unter den gegebenen Umständen Logische: Ich versuchte zunächst, mein lädiertes Äußeres wiederherzustellen. Fünfmal musste ich das Becken füllen und fünfmal die schwarze Brühe wieder ablaufen lassen. Dazu verbrauchte ich drei Viertel des Vorrats an Papierhandtüchern und setzte das kleine Klo vollständig unter Wasser. Und ich sah immer noch aus wie ein Lebewesen aus dem Sumpf. Der Verband war ein hoffnungsloser Fall. Der Staub hatte das Mullgewebe völlig durchdrungen. Draußen erörterten Susanne und der Kapitän – soweit ich es verstehen konnte – die schwierige Fluglotsenlage über Sibirien. Würde sie sich von ihm anfassen und küssen lassen? Ich wandte mich grimmig den Akten zu. Auf der ersten stand *Versicherungsunterlagen.* Sie enthielt Briefe, Dokumente, gestempelt und unterzeichnet, dazu handgeschriebene Vermerke in einer sonderbaren Keilschrift. Vermutlich ägyptisch. Ich hatte keine Ahnung, was das alles sein sollte, wusste nicht, ob es für uns wichtig oder nebensächlich war. Ich nahm die erste meiner Fuji-Einwegkameras heraus und begann, jede einzelne Seite abzufotografieren. Ich brauchte dazu anderthalb Filme. Der nächste Ordner hieß *Untersuchungsergebnisse.* Er kostete mich zwei Filme. Nur zwei blieben mir jetzt noch übrig. Dann kamen mehrere dünnere Mappen: *Bankreferenzen, Bedarfsermittlung, Personalsachen, Jahresabschluss, Allgemeine Geschäftsaufwendungen/Bewirtungen* – und meine sechs Filme waren voll.

Susanne klopfte an die Tür. »Er ist weg, mach auf! Wir landen in weniger als einer Stunde. Du musst dich beeilen!«

Ich öffnete die Tür, und sie kniete sich sofort nieder, um die restlichen Akten zu durchwühlen. »Alles Verwaltungskram«, fluchte sie.

Es knackte bedenklich in den Wänden, als die Boeing erneut in eine plötzliche Turbulenz geriet. Susanne verlor das

Gleichgewicht und fiel hin. Ich reichte ihr die Hand, aber da hatte sie sich schon wieder in die Hocke gerettet. Bei dieser Aktion verrutschte ihr der V-Ausschnitt ihres Pullis, und ich sah ihre Brüste bis hinunter zum weißen Spitzenbesatz ihres BHs. Dieser Anblick erregte mich innerhalb einer Sekunde so sehr, dass mein *dankon* unruhig wurde. Ich schämte mich dafür.

Sie hatte meinen lüsternen Blick gespürt und ergriff kopfschüttelnd die nächste Mappe. *Auslandskontakte*, las sie vor. »Das könnte was sein. USA, Frankreich, Ungarn, China, Nippon. Bingo!« Sie schlug den Japan-Teil auf.

»Kann ich behilflich sein?«

Verdammt, das war Fred. Er machte sich so seine Gedanken, was Susanne da zu meinen Füßen auf dem Boden des WCs kniend so trieb. Mehr konnte er zum Glück nicht sehen.

»Uh, nein, äh, danke, Fred. Kubota-san hat seinen Ehering verloren. Ich helfe ihm nur bei der Suche.«

Fred ahnte sehr wohl, dass sie ihm was vormachte, ließ es aber galanterweise gelten. »Ja, natürlich. Es ist nur, dass wir bald landen. Sie sollten zu Ihren Plätzen zurückgehen und sich bitte anschnallen. Wir erwarten Turbulenzen.«

»Klar, Fred – kein Problem!«

Ich stopfte die Japan-Akte in ein Hemd, klaubte den Rest des Stapels zusammen und schaffte ihn eilends zurück. Das Flugzeug wackelte, als würde es von einem Volltrunkenen gesteuert. Ich verlor die Kontrolle über meine Beine und wurde in das Netz geschleudert. Keuchend arbeitete ich mich entgegen einer mächtigen Kraft, die den Rumpf des Jets erfasst hatte, zur Tür, öffnete sie mit einem Fußtritt. In dem Zwischenraum zwischen Kisten und Netz war ich trotz der Turbulenzen einigermaßen sicher. Zum Glück, denn das Gewackele wurde schlimmer. Die Maschine hüpfte auf und ab. Mit Beinen und Schultern verkeilte ich mich zwischen den Stapeln und bekam so die Hände frei, um die Akten wieder hineinzustopfen. Als die freigesägte Klappe wieder geschlossen war, bedurfte es schon des näheren Hinsehens, um den Riss in der Pappe zu bemerken. Hamada, der Meisterdieb. Jeden Moment rechnete ich damit, quer durch den Frachtraum geschleudert zu werden und mir sämtliche Rippen zu brechen. »Michiko, Michiko – ich wünschte, ich wäre bei dir!«, flüsterte ich verliebt und verzweifelt, während ich mich, die Finger ins Netz gekrallt, bis es wehtat, zurück zu der Tür hangelte, dann hinaus in den Flur und wieder an meinen Platz.

»So kannst du unmöglich hier raus!«, schimpfte Susanne. »Die werden denken, du hast dir deinen Weg nach Japan gegraben! Los, mach dich sauber!«

»Hab ich versucht! Das Zeug geht nicht raus. Du wolltest ja nicht mit mir einkaufen gehen. Da haben wir's!«

Sie griff in ihre Reisetasche. »Hier sind eine Hose und eine Bluse. Zieh das an. Und wasch dir Gesicht und Hände! Mit Seife!«

»Da passe ich doch nie hinein!«, wimmerte ich.

»Du musst!«

Ich torkelte zurück ins Klo, wusch mich noch einmal, verbrauchte den Rest der Papierhandtücher und riss mir die verdreckten Klamotten vom Leib. Susannes Bluse war weiß mit tomatengroßen roten Punkten. Die Hose war marineblau. Ich konnte sie nur mit großer Mühe über meinem Bauch zukriegen. Der Bund schnitt mir ins Fleisch. Das Flugzeug wackelte noch einmal heftig und hielt sich dann relativ stabil. Die Triebwerke hatten gerade eben aufgeheult, jetzt waren sie stumm. Bevor ich erfasste, was das bedeutete, setzte die Maschine auf der Rollbahn auf, und die Triebwerke wurden auf Schubumkehr gestellt. Der unerwartete Druck der Bremsung warf mich gegen die Wand, und ich stieß mir den Kopf an einer scharfen Kante. Ich presste die Hand auf die Beule, die da gewachsen war, noch bevor die Maschine mit brüllenden Triebwerken ausrollte, und spürte warmes Blut zwischen meinen Fingern heraussickern. Zwei fette Tropfen explodierten auf Susannes frisch gewaschener Bluse, wo sie im Tomatensalat zum Glück nicht sonderlich auffielen. Im Flur neben der Klotür hatte ich beim Reingehen einen Erste-Hilfe-Kasten bemerkt, den ich jetzt herausfummelte, um mich damit neben Susanne auf den Sitz fallen zu lassen.

»Bitte, hilf mir!«, keuchte ich, am Ende meiner Kräfte. Ich drückte ein nasses Papierhandtuch auf meine frische Wunde, während Susanne mir einen neuen Verband anlegte, der nun meinen ganzen Kopf umgab. Ich sah aus wie ein indischer Fakir. Durch den Stoff blutete die Wunde munter weiter.

»Wo ist die Japan-Akte?«, war alles, was Susanne interessierte. Ich hatte sie auf dem Klo vergessen. Susanne sprang auf, um sie zu holen, und stopfte sie in ihre Tasche, gerade als die Boeing zum Stillstand kam und die Triebwerke ermatteten. »Bleib hier sitzen!«, befahl sie mir und löste ihren Gurt, um den Gang hinunterzuschleichen. Ich hörte, wie vorn die Tür aufgerissen wurde und der Flughafenlärm anschwoll. Ich schwor mir, niemals wieder in einer Cargo-Maschine zu fliegen. Da kam man sich vor wie in einer dunklen Höhle ohne Ausgang, wie in einem U-Boot auf Tauchfahrt.

Susanne kam zurück. »Michiko, Yuki und die beiden Typen sind raus«, erklärte sie. »Los, mach dich fertig.«

Fred blickte mir skeptisch nach, als ich mit traurigem Nicken an ihm vorbei auf die Gangway hinaustrat. Meine Verwüstungen im Badezimmer würden ihn sicherlich an das kackende Nashorn erinnern. Tat das gut, wieder japanische Luft einzuatmen! Der Himmel war wolkenverhangen, die Temperatur lag bei zwanzig Grad. Die Regenzeit war nicht mehr fern. In der Ferne sah ich eine von diesen unsinnig langen amerikanischen Limousinen um die Ecke biegen. Darin vermutete ich Michiko. Ich hatte Angst, dass ich sie nun niemals wieder sehen würde. Susanne hatte sich mit Küsschen von ihren Freunden im Cockpit verabschiedet, und zusammen schritten wir die Gangway hinunter.

»Na, wie ist es, wieder daheim zu sein?«

»Ich habe Angst, dass sie mich bei der Einreise erwischen«, gestand ich. »Mein Pass ist abgelaufen! Sie werden Verdacht schöpfen ...«

»Mit dem Verband? Ich glaube, diesmal geht es einfacher.«

Sie sollte Recht behalten. Der Beamte warf nicht einmal einen Blick auf Kubotas Pass, sondern betrachtete nur meinen Kopf. »Dort drüben links ist eine kleine Krankenstation«, sagte er nur.

So betrat ich meine Heimat wieder. Mit einer frischen Kopfwunde, vielen Beulen, einem abgerissenen Ohrläppchen, in einer rot gepunkteten, blutbefleckten Damenbluse und einer marineblauen Hose, die mich am Bauch zwickte.

Trotzdem fühlte ich mich in diesem Moment unbezwingbar.

New Century Plaza

Die Polizei hatte eine Prämie von zwanzig Millionen Yen auf meine Ergreifung ausgesetzt, ironischerweise genau der Betrag, den mir Takahana nach vier harten Arbeitstagen schuldete. Die Summe wurde auf einem Fahndungsplakat genannt, das hinter dem Verkaufsschalter des Narita Express im unterirdischen Bereich des Flughafens an der Wand klebte. Einerseits fühlte ich mich erleichtert, als ich das Plakat studierte, andererseits war ich zutiefst in Ehre und Selbstwertgefühl getroffen. Erleichtert, weil mich in meinem Zustand mit Verband, Beulen und Damenkleidung niemand, nicht einmal meine eigene Mutter, wiedererkennen würde. Aber mich packte auch eine bestialische Wut. Diese rücksichtslosen Strolche hatten tatsächlich meine Wohnung auf den Kopf gestellt und natürlich auch meinen roten Schuhkarton gefilzt, der bis an den ausgefransten Deckel voll gestopft war mit romantischen Souvenirs aus mehr als zwei Jahrzehnten. Neben dem fürchterlichen Foto aus meinem alten Reisepass war ihnen auch das Bild von der Christmas-Party des vergangenen Jahres in die Hände gefallen, das eine flüchtige Freundin in einem ihrer häufigen, unvorhersehbaren Anfälle von Übermut aufgenommen hatte und das ich verabscheute. Es war das einzige Foto von mir, das ich besaß. Und das auch nur, um es ab und zu in die Hand zu nehmen und selbstkritisch festzustellen: »Was für ein Clown du doch bist, Hamada.« Ich hätte es längst zerreißen sollen. Ich trug darauf nichts weiter als einen gelbroten, spitzen Partyhut, Damenstrümpfe, einen schwarzen Slip und einen spitzenbesetzten BH – Leihgaben eben dieser Freundin; ich machte mit beiden Händen das V-Zeichen, hatte die Augen und den Mund weit aufgerissen, schielte und fletschte die Zähne. *Der Verdächtige könnte auch so aussehen*, stand darunter.

Susanne bedachte mich mit einem amüsierten Blick. »Ich hatte nicht gewusst ...«, setzte sie an, aber ich ließ sie nicht ausreden.

»Sag nichts. Sag nichts!«, knurrte ich.

»Nach Shinjuku?«, fragte der Kartenmaxe und setzte ohne die Antwort abzuwarten eine Knattermaschine in Gang, die gleich die Tickets ausspuckte.

»Weißt du wohin?«, fragte Susanne, als wir die Rolltreppe hinunter zu den Bahnsteigen fuhren.

»Gleis B. Steht doch auf der Karte!«

»Ich meine: wohin, wenn wir in Shinjuku angekommen sind?«

»Ach so. Nein, eigentlich nicht.«

Sie hatte da gerade einen wichtigen Punkt angesprochen. Ich fühlte mich zwar wieder wohl, weil ich die Lautsprecherdurchsagen verstehen, die Hinweistafeln und die Zeitungsüberschriften an den Kiosken lesen konnte – die meisten drehten sich um mich – und vertraute asiatische Gesichter um mich hatte, die in vertrauten japanischen Lauten kommunizierten. Aber damit allein war die Schlacht ja noch nicht gewonnen. Wir konnten weder in mein Büro noch in meine Wohnung. Nicht zu meinen Kumpels, die sicherlich alle überwacht wurden, und nicht zu meiner strengen Tante Tsuneko, die ich ohnehin nicht leiden konnte. Ich war heimatlos in meiner eigenen Stadt. »Ein Hotel?«, schlug ich voller Unschuld vor.

»Okay.«

»Wo wohnst du denn normalerweise, wenn du nach Japan kommst?«

»Im ›New Otani‹.«

Ich hatte auch mal im »New Otani« eine Nacht verbracht, als Babysitter eines schwer erziehbaren Yorkshire-Terriers, dem seine schrullige, aber steinreiche Hundemami eine Luxussuite gemietet hatte. Die ältere Dame ließ sich von größeren Raubtieren ausführen, und ich hatte auf den kleinen Scheißer aufzupassen, der ständig auf den Perserteppich pinkelte. Das Personal in diesem Luxus-Hotel war mir als freundlich und aufmerksam in Erinnerung geblieben. Wenn wir in unserer jetzigen Situation eines nicht gebrauchen konnten, dann war es aufmerksames Hotelpersonal. Wir brauchten jetzt eine andere Art von Hotel. Eine von diesen namenlosen Herbergen für Trunkenbolde, die ihre letzte Bahn nach Hause verpasst hatten; wo am Eingang eine halb blinde Omi saß, die sich für nichts anderes als das Kochprogramm auf NHK interessierte und keine überflüssigen Fragen stellte. Das »New Century Plaza« kam mir in den Sinn. Susanne ließ sich von dem wohlklingenden Namen blenden und willigte leichtsinnig ein. Der Narita-Express flog durch die östliche Kanto-Ebene wie ein Pfeil. Ich konnte mich an den Dörfern und Städtchen entlang der Strecke gar nicht satt sehen. Ich war nur ein paar Tage weg gewesen, aber wie hatte ich das alles vermisst! Die blauen Dächer, die Schiebefenster mit Milchglas, die zum Auslüften und Sonnetanken aufgehängten *futons,* die klingelnden Bahnübergänge, die bunten Lichter der Pachinko-Hallen, die Restaurants und die Karaoke-Clubs, an denen wir vorbeirasten. Susanne studierte unterdessen die Akte *Nippon,* die ich aus Ratingers schmutziger Schatzkiste erbeutet hatte. Es befanden sich darin die vergilbten Durchschläge von längst vergessenen Briefen.

»Es sind Dankesschreiben«, murmelte Susanne, »von Peter Ratinger, alle datiert im Spätsommer 1937, als er schon wieder daheim in Deutschland war. Er schreibt an verschiedene Offiziere der Kwantung-Armee. Dieser Brief hier zum Beispiel ist an General Nakamoto und dieser an Generalmajor Ota.«

»Und was hatte Ratinger denen zu danken?«

»Dass sie in Harbin so freundlich zu ihm waren und ihm sehr geholfen haben. Hier schreibt er, dass sich seine Familie sehr über das schöne Tigerfell gefreut habe, das ein gewisser Colonel Kawabuchi ihm als Zeichen seiner Freundschaft geschenkt habe.«

»Ha! Und der Aufschneider erzählt herum, dass er den Tiger selbst erledigt hätte!«

Wir führten unsere Unterhaltung im Flüsterton. Bevor die Worte die neugierigen Ohren der benachbarten Passagiere erreichten, wurden sie von den Zuggeräuschen verschluckt.

»Warte mal, hier habe ich was: ›Danke auch für das ausgezeichnete Porträt, das Ihr werter Herr Watanabe mir verehrt hat. Ich werde es in ewiger Ehre halten und die Erinnerung wird wach bleiben an die schönen und arbeitsreichen Tage in Harbin. Danke auch, dass Sie mir gestattet haben, die unschätzbare Bekanntschaft von Stabsarzt Dr. Takeo zu machen, der mir eine große und unersetzliche Hilfe war.‹«

»Was hatte Ratinger überhaupt in Harbin zu tun? Noch dazu bei einem japanischen Stabsarzt? Ah ... ich hab's. Vielleicht hatte er eine peinliche Krankheit, mit der er sich daheim nicht zum Arzt traute!«

»Und schau mal hier! Ein Empfehlungsschreiben von der deutschen Wehrmacht. Ein gewisser General von Klepp hat den Japanern Ratinger wärmstens empfohlen: ›Dr. Peter Ratinger ist ein hervorragender Wissenschaftler und enger Freund von mir, der zur Zeit ein drängendes Problem zu bewältigen hat. Ich würde es sehr begrüßen, wenn Sie ihm mit Rat und Tat zur Seite stünden.‹«

»Klarer Fall von Syphilis. Vielleicht hatte die Kwantung-Armee eine besonders nützliche Therapie entwickelt.«

»Würde mich nicht wundern, bei all den Vergewaltigungen und der Zwangsprostitution, für die diese Truppe in Korea und in der Mandschurei berüchtigt war.«

»Was steht hier? Was ist das überhaupt für eine komische Schrift?«

»Altdeutsch. ›Sehr geehrter Herr Dr. Takeo‹«, übersetzte Susanne den deutschen Wortlaut. »›Nach langer Reise bin ich nun wohlbehalten wieder bei meinen Lieben in der Heimat angekommen und will nicht versäumen, Ihnen noch einmal meinen tief empfundenen Dank auszusprechen für alles, was Sie in Harbin für mich getan haben. Weil ich weiß, wie schwierig es für Sie ist, in dieser rauen Gegend ein solches Schmuckstück zu bekommen, nehmen Sie dieses Mikroskop als Zeichen meiner Verbundenheit. Es ist das neueste Modell aus der Zeiss-Serie. Ich hoffe, es wird Ihnen bei Ihren Forschungen gute Dienste erweisen. Ich habe nun vor, so bald wie möglich mit PetRa in Produktion zu gehen. Ich werde Sie umgehend informieren, wenn wir so weit sind. Seien Sie gewiss, lieber Dr. Takeo, dass Sie nie wieder von den bissigen mandschurischen Mücken belästigt werden. Dafür wird eine regelmäßige Belieferung mit PetRa sorgen. Hochachtungsvoll. Ihr Peter Ratinger.‹«

»Das hast du davon, wenn du den Hersteller von Insektiziden von der Syphilis heilst. Er zeigt sich mit Wundermückenspray erkenntlich.«

»Vergiss nicht das Mikroskop. Warum hat Ratinger dieses PeTra nur nie wirklich hergestellt, wenn es ihm so wichtig war?«

»Hat der dicke Ferdinand doch gesagt: Der Krieg kam dazwischen.«

»Aber nach dem Krieg?«

»Wir sind bald da.«

Der Expresszug hatte seine Geschwindigkeit gedrosselt und wir näherten uns Shinjuku, diesem Moloch von einem Bahnhof, der mir immer wie eine gigantische Menschen- und Eisenbahnvertilgungs- und -verdauungsmaschine vorkam. Der Wagon schwang vornehm hin und her, wenn wir über die Weichen segelten. Neben den Gleisen standen jetzt kaum noch Privathäuser – Wohnen war in dieser Gegend viel zu teuer –, sondern nur noch elegante und futuristische Bürogebäude, Vergnügungszentren, Warenhäuser. Eben passierten wir die Turnhalle von Wild Man Yamagiwa, dem berüchtigten Catcher-König, die in einem renovierten Busdepot untergebracht war. Mir fiel Kiko ein, die dort arbeitete, und ich beschloss, sie um Hilfe zu bitten. Kiko war meine beste Freundin und die einzige Frau, der ich noch nie Avancen gemacht hatte. Ayukawa Kiko, genannt Animal Ayukawa, war fast doppelt so groß wie ich, hatte stoppelkurze, grün gefärbte Haare und ein Gesicht so rund wie ein *senbei,* ein Reiscracker. Kiko hatte Hände wie Baggerschaufeln, ihr Mund war wie der Eingang zu einem Bergwerk, in dem Zähne abgebaut wurden, ihre Lippen waren Fleischrouladen, und wenn sie lächelte, was selten geschah, dann zog sie ein Gesicht, als hätte ihr jemand einen Zwei-Zentner-Betonklotz auf die Füße geworfen. Kiko war sehr groß, aber das Größte an ihr war ihr Herz, und darin wohnte nur ich allein.

Sie liebte mich. Sie war Profi-Catcherin im Stall von Wild Man Yamagiwa und hatte dreimal hintereinander den goldenen Godzillagürtel gewonnen.

»Shinjuku, Endstation Shinjuku«, näselte der Schaffner homosexuell durch die Bordlautsprecher und wurde sofort von einer beglückten Säuselmaus vom Tonband abgelöst, die uns, den verehrten Herrschaften, aus ganzem Herzen dafür dankte, dass wir heute wieder mit dem Narita-Express gefahren sind. Ob wir auch nichts vergessen hätten. Und Vorsicht bitte beim Aussteigen und schön brav hinter dem Vordermann hergehen ... Ach, wie wohl das tat, wieder daheim zu sein. Durch das wirre Getümmel im unterirdischen Verdauungstrakt des Bahnhofsmonstrums, das mir so vertraut und beruhigend erscheinen wollte wie meine eigene Küche, suchten wir den Weg zum Bahnsteig der Nakano-Linie. Noch eine halbe Stunde Bahnfahrt, und wir waren in Kichijoji. Schmerzlich wurde mir bewusst, dass ich nur zwei Bahnstationen von meiner Wohnung entfernt war und trotzdem nicht nach Hause konnte. Vor der abblätternden Fassade des »New Century Plaza« in einer kleinen Seitenstraße, zweieinhalb Fußminuten vom Bahnhof entfernt, hatte ein Dekorateur mit Sinn für Ironie die goldene Mini-Version der Freiheitsstatue aufgestellt, was der Absteige einen Hauch von Weltläufigkeit verleihen sollte.

»Das ist doch nicht etwa das Hotel?« Susanne war entsetzt.

»Du bist zu verwöhnt. Es ist recht sauber. Ich habe schon mal hier übernachtet, als ich meine letzte Bahn verpasst hatte. Außerdem wird uns hier mit Sicherheit niemand suchen.«

»Wie wäre es, wenn du allein hier bleibst, und ich suche mir was Anständiges?«

Ein kleiner Lieferwagen der Asahi Shinbun drängte uns

von der Straße. Ein dickes, fest verschnürtes Paket landete direkt vor unseren Füßen. Bestimmt für den Zeitschriftenladen neben dem Hotel, das Susanne immer noch anstarrte wie eine Hinrichtungsstätte. Ich blickte hinab auf die Zeitung. »Du solltest dir die Haare schneiden und färben«, sagte ich. »Die Sonnenbrille ist gut. Aber du darfst sie von jetzt an nicht mehr absetzen.«

»Was stimmt denn nicht mit meinen Haaren?«, fragte sie beleidigt.

Ich deutete auf die Titelseite der Abendausgabe, von der uns ihr Gesicht entgegenlächelte. »Ich schätze, sie haben Kubota gefunden.«

Zwei Sekunden später war sie im Eingang des Hotels verschwunden. »Verdammt, verdammt«, hörte ich sie auf Deutsch fluchen.

Ich hatte mich nicht getäuscht: Das »New Century Plaza« war exakt, was wir brauchten. Es war zwar keine halb blinde Oma, die hinter dem Rezeptionsschalter hockte, sondern ein gebissloser Opa mit Augenbrauen wie Unkraut, der zwinkerte, als habe er Sand in den Augen. Und er hatte auch nicht das NHK-Kochprogramm laufen, sondern eine alberne Talk-Show auf dem Privatsender TBS. Er interessierte sich nicht für uns.

»Formular ausfüllen!«, brummte er und schob einen Block und Kugelschreiber über die schmierige Theke, lachte dabei über einen derben Witz über Geschlechtsteile, den der Talkmaster im Fernsehen machte. »Bezahlt wird im Voraus!«

Ich bin immer ganz unsicher, wenn Japaner mal das steife Korsett der Höflichkeitssprache ablegen und einfach unhöflich sind. Ich frage mich dann sofort, ob sie mich vielleicht persönlich nicht leiden können oder ob ich irgendwas falsch gemacht habe. Der Alte grunzte noch immer über den Geschlechtsteil-Scherz und sagte dann mit Blick auf Susanne: »Ist das etwa eine Ausländerin?«

»Nein«, log ich, »das ist meine Cousine aus Hokkaido. Sie stammt von den Ainu ab, den Ureinwohnern. Deswegen sieht sie ein bisschen merkwürdig aus.« Susanne bedachte mich mit einem säurehaltigen Blick.

»Na gut. Ich habe meine Brille nicht auf. Wir haben nur noch ein Zimmer frei. Das müssen Sie sich mit Ihrer Ainu-Cousine teilen.«

»Kein Problem«, zwitscherte ich. Susannes Blick wurde noch ätzender.

»Zimmer vierzig. Das macht 4 600 Yen pro Nacht.«

»Wir bleiben drei Nächte«, sagte ich aufs Geratewohl.

»Macht 13 800 Yen.« Der Alte war ein Kopfrechengenie.

»Würdest du bitte zahlen, Cousine?«

Susanne blätterte dem missmutigen alten Furz das Geld auf den Tresen, und er überreichte uns den Schlüssel, der an eine blaue Plastikscheibe gekettet war.

»Der Aufzug ist defekt«, schnarrte er.

»Wieso überrascht mich das nicht?«, knarrte Susanne.

»Was?«, kläffte angriffslustig der Greis.

»Das war eine rhetorische Frage. Typisch Ainu …«

Ich nahm Susanne am Arm und führte sie hinauf. Das Zimmer war gerade groß genug für das Bett. Es blieben rund herum höchstens noch zwanzig Zentimeter Platz. Das einzige andere Möbelstück war eine verschandelte Kommode, auf der ein kleiner Schwarzweißfernseher stand: zehn Minuten Programm 100 Yen; zehn Minuten Pornoprogramm mit zerdrückten Brüsten 500 Yen. Der Teppichboden, der einmal grün gewesen sein mochte, war jetzt grau und voller brauner Flecken. Die Tapete flehte verzweifelt um Erlösung aus ihrem Leid, und aus dem Fenster ging der Blick durch nikotingelbe Vorhänge hinaus auf die Wand des

Nachbargebäudes, das ungefähr dreißig Zentimeter entfernt war.

»Nett hier«, befand Susanne. »Und wo schläfst du? Nein, nein, nein!« Sie bemerkte, wie ich in aller Unschuld das Bett betrachtete.

»Aber es ist groß genug für uns beide. Ich schwöre es, ich rühre dich nicht an! Ich gehe jetzt erst mal ein paar Sachen einkaufen, zur Tarnung. Kann ich mal 50 000 Yen von dir borgen?«

Ein paar Häuser weiter fand ich einen Vierundzwanzig-Stunden-Laden mit einer gut sortierten Körperpflegeabteilung. Ich kaufte zwei Packungen Haartönung und eine Schere, dazu vorsichtshalber einen kleinen Vorrat an Verbandsmaterial, falls die Pechsträhne mit meinem Kopf anhalten sollte. Ich entdeckte auch ein Sportgeschäft und konnte nicht widerstehen, mir eine bequeme Schwitzhose und ein T-Shirt einzupacken, denn nach drei Stunden in Susannes Folterhose verlangte mein Bauch nach Lebensraum. Für sie erwarb ich ein schwarzes T-Shirt mit dem Emblem von Guns' N'Roses und nahm auf dem Rückweg noch eine Ladung Hähnchenschenkel bei Kentucky Fried Chicken mit sowie eine Abendzeitung.

»Das mache ich nicht!« Susanne stellte sich stur.

»Du musst dich verändern! Schau mal hier in die Zeitung. Du siehst deinem Foto noch viel zu ähnlich. Und denk bloß mal an mich! Seit Tagen laufe ich mit diesem mistigen Turban durch die Gegend. Glaubst du, mir macht das Spaß? Es ist zu unserem Schutz!«

»Wieso nicht Rot? Wieso nicht Schwarz oder Braun?« Vorwurfsvoll hielt sie mir die Haartönung unter die Nase. »Wieso das?«

»Ich habe eine gute Freundin, die hat grüne Haare«, beruhigte ich sie. »Wieso also nicht Blau? Oder eben Rosa. Du kannst wählen. Ich bin für Blau. Ich denke, mit kurzen blauen Haaren erkennt dich keiner so schnell.«

»Wieso mit *kurzen* blauen Haaren?«

»Susanne, nun stell dich doch bitte nicht so damenhaft an. Es geht um unsere Sicherheit. Kurze bunte Haare sind die beste Tarnung. Sie wachsen ja nach!«

Ihr Widerstand war gebrochen. Allerdings versprühte sie weiterhin giftige Blicke in meine Richtung, als ich die Schere ergriff und begann, ihrer Frisur zuzusetzen. Zuerst schnitt ich ehrfürchtig und behutsam. Aber nach einer Weile fand ich Spaß daran und mähte munter drauflos wie der fröhliche Landmann. Als ich fertig war, sah sie aus wie eine langjährige Insassin des Frauengefängnisses Nummer eins. Oder Sigourney Weaver in *Alien 3*. Sie schluchzte und sie tat mir ein bisschen Leid. »Was nun – Blau oder Rosa?«

»Mach, was du willst!« Sie zündete sich zur Strafe eine Zigarette auf die Kamikaze-Art an.

Ich nahm Blau. Wenn sie dazu die Sonnenbrille und das Heavy-Metal-T-Shirt trug, dann würde sie jeder für eine dieser kauzigen Fremdsprachenlektorinnen halten, wie es sie in Tokio zu Hunderten gab. Kein Mensch würde sie wiedererkennen. Ich war stolz auf meine Leistung. Hamada Ken, Meister der Masken.

Wir hatten die öligen, erkalteten Hähnchenschenkel verzehrt und waren müde. Jetlag. Ich wusste nicht recht, wie ich mich nun verhalten sollte. Susanne hatte sich in das Unausweichliche gefügt und wehrte sich nicht mehr dagegen, das Nachtlager mit mir zu teilen. Sie war im Badezimmer unter der Dusche verschwunden, und wieder hörte ich das Wasser von ihrem nackten Körper tropfen. Ich hockte in meinem bequemen Sportanzug auf der Bettkante und wünschte, unser Verhältnis wäre weniger belastet. Obwohl so viele Jahre zwischen unserer Liebe und jetzt lagen, hatte mein kurzer, indiskreter Blick in ihren Pullover alles verraten. Meine plötzliche Sehnsucht nach ihr und meiner Jugend und meiner Unschuld und meine unsinnige Eifersucht auf Captain Bowler und jeden anderen *gaijin*, den sie nur ansah, und auf Mori und jeden anderen Japaner, dem sie gestattete, sie anzurühren. Würde ich sie dazu bringen können, wieder mit mir zu schlafen, so wie damals?

Damals war es ganz einfach gegangen. Es war zwar für uns beide das erste Mal gewesen, aber trotzdem hatte es nicht einmal einer Frage bedurft, noch hatte ich irgendwie betteln müssen. Es geschah wie selbstverständlich. Wir hatten einfach unsere Kleidung abgeworfen, waren unter die Decke gekrochen und hatten uns der Erforschung unserer Körper gewidmet. Es war sehr romantisch. Aber jetzt gab es nicht mehr viel zu erforschen, und an Romantik war nicht mal zu denken. Ich hätte viel dafür gegeben zu wissen, was sie jetzt für mich empfand. Empfand sie überhaupt noch etwas für mich? Hatte ich mich verändert oder war ich noch der alte Hamada und manchmal sogar der alte Kenji?

Als sie wieder aus dem Bad kam, hatte ich daran meine Zweifel: Sie trug ein Top aus Seide, das an dünnen Spaghettiträgern aufgehängt war. Ich erhob mich vom Bett und zwängte mich mit dem Rücken an die Wand, um sie ohne Körperkontakt durchzulassen. Schließlich bin ich ein Ehrenmann. Ich hatte geschworen, dass ich sie nicht anrühren würde. Ich versuchte sogar, sie nicht anzustarren durch den Hauch von Stoff, den sie da trug. Warum waren ihre Brustwarzen steif? War das eine Einladung an mich? Wo hatte ich denn mal gelesen, dass sexuelle Erregung die weiblichen Brustwarzen aufrichtet? Es schien nicht zu stimmen. Susanne schlug die Bettdecke zurück und legte sich hin. »Falls du es noch nicht bemerkt haben solltest – das Bad ist jetzt frei.«

Sie knipste das Licht aus.

Zehn Minuten später stand ich mit nassem Haar wieder vor ihr. »Hilfst du mir noch mal? Unter der Dusche fängt es jedes Mal wieder an zu bluten.«

Licht an. Neuer Verband. Licht aus.

Ich hatte beschlossen, meine neue Schwitzhose nicht abzulegen. Ich scheute mich vor der Berührung ihrer Haut auf meiner Haut. Nicht, dass ich irgendwas zu fürchten hätte, denn sie hätte einen solchen Kontakt gewiss nicht zugelassen.

»Ich komme dann jetzt ins Bett«, kündigte ich warnend an. »Keine Angst. Ich bin ganz friedlich.«

»Wie kommst du darauf, dass ich Angst haben könnte?«

War das nun eine Einladung? »Habe ich nur so gesagt!«, erklärte ich forschend.

Keine Reaktion. Ich stieg über sie hinweg und legte mich ans äußerste Ende der Matratze. Das Bett hatte größer ausgesehen, als es tatsächlich war. Ich spürte die Wärme ihres Körpers, und mein *dankon* regte sich sofort. Musste ich jetzt nur etwas Kluges, Liebenswertes sagen, um sie vielleicht doch berühren zu dürfen? Einmal wie zufällig über ihre Brüste streicheln und mich gleich entschuldigen und warten, was passierte? Ließ sich eine solche Bewegung arrangieren, ohne sofort Verdacht zu erregen? Und wenn es klappte – vielleicht ein wenig später ihren Bauchnabel küssen?

»Darf ich dich was fragen?«, fragte ich blöd.

»Nein.«

»Ich tue es aber trotzdem. Du warst doch oft in Tokio, nachdem wir uns getrennt hatten, oder?«

»Sehr oft.«

»Wieso hast du nie versucht, mich zu sprechen?«

»Ich bin sehr müde, Hamada.«

»Ich meine ja nur. Ich fühle mich ganz schön schlecht,

weil ich damals nicht nach Deutschland gekommen bin. Obwohl ich es ja gewissermaßen versprochen und tatsächlich auch fest geplant hatte. Aber es kam immer was dazwischen. Aber wenn du so oft in Tokio warst, dann hättest du ja auch mal bei mir anrufen können, oder?«

»Hm?«

Es war hoffnungslos. Sie war sogar schon während dieses kurzen Vortrags eingeschlafen. »Ich meine: Empfindest du noch etwas für mich?« Meine Worte flogen hinaus in die Dunkelheit wie ein Schwarm dummer Vögel. Ich musste wirklich verzweifelt sein.

»Nein. Hamada – *oyasumi!* Ich bin müde.«

Auch mir fielen fast die Augen zu, während ich noch darüber nachdachte, ob ich nicht wirklich mal in einen von diesen Fitness-Clubs gehen sollte, die mir andauernd ihre Werbung in den Briefkasten warfen. Vielleicht fand Susanne mich einfach nicht attraktiv genug. Ich sollte ein wenig an meinem Bauch arbeiten. Bevor ich einen Vorsatz fassen konnte, sank ich in einen Traum, der von Köpfen handelte, deren Träger ich nicht kannte, und in Harbin spielte, wo ich nie gewesen bin.

Der Karpfen Hamada

Herr Sawara ist in den Kreisen der Tokioter Freizeitangler eine Legende. In den Zeiten des Immobilienbooms in den Achtzigerjahren hatte er für umgerechnet hundert Millionen Dollar ein Baugrundstück an der Chuo-Linie unweit der Station Ochanomizu erstanden, um dort ein siebzehnstöckiges Zwillingshochhaus zu bauen, die Emiko-Towers, benannt nach seiner Gattin Emiko. Kaum aber war der Bauplatz ausgeschachtet, platzte plötzlich die künstlich aufgeblähte Konjunkturblase, und Sawara ging wie so viele unternehmungslustige Bauherren Pleite. Alles, was ihm blieb, waren zwei Löcher, die nun von allen die Emiko-Holes genannt wurden, und ein Berg Schulden. Auch Emiko ließ ihn sitzen. Statt zu tun, was jeder an seiner Stelle getan hätte, nämlich sich zu erhängen, ließ Sawara die Löcher mit Wasser vollllaufen und eröffnete einen *tsuribori,* einen Angelteich. Da kann man heute für 1000 Yen pro Stunde hocken, Karpfen und Forellen angeln und Entspannung finden, wobei man sich vorstellt, man säße irgendwo an einem friedlichen Bergsee oder am Meer. Mit ein wenig Fantasie werden die Hochhäuser ringsherum zu malerischen Felskuppen, und das ohrenbetäubende Rattern der Chuo-Bahn gleich hinter dem Zaun erscheint einem als das ungebändigte Rauschen eines Bergflusses, der schäumend über die Klippen und Steine schießt.

Da die Sawara-Seen enorm fischreiche Gewässer sind, bleibt dem ungeduldigen Angler die ärgerliche Warterei erspart. Hier beißen sie im Minutentakt. Wer will, kann gegen Aufpreis seine Beute mit nach Hause nehmen. Die meisten aber befreien die Fische vom Haken und schmeißen sie einfach wieder ins Wasser. So bekommt dann der wohlgemute Angler auch noch das schöne Gefühl, etwas Nobles und Gutes getan zu haben, und alle sind glücklich. Es sind altgediente Veteranen unter Sawaras Fischen; sie wurden schon tausendmal erwischt und begnadigt. So wie dieser große weiße Karpfen mit dem melancholischen Gesichtsausdruck, der wie Moby Dick die Spuren ungezählter Fangversuche trug und dessen Maul total vernarbt war von den vielen Angelhaken, um die er im Laufe der Jahre seine gierigen Kiefer geschlossen hatte. Und trotzdem fiel er immer wieder als Erster auf die bunten Locklichter und die trügerisch zuckenden Würmer herein und biss an. Ein kompletter Trottel eben. Nori hatte diesen Fisch »Hamada« genannt.

Susanne und ich sahen aus wie Komparsen aus einem Fellini-Film, als wir aus dem Taxi stiegen und an Sawaras Schalter Eintrittskarten für den *tsuribori* lösten.

»Wollen Sie auch Angeln leihen?«, keifte Sawara übellaunig. Sein Atem roch nach Suntory Whisky, und seine Haare standen ihm wirr vom Kopf ab.

»Nein, danke, wir wollen nur ein wenig den Fischen zuschauen.«

»Passen Sie bloß auf, dass Sie nicht zu nah ans Wasser kommen. Meine Fische sind auf so was nicht eingerichtet. Die kriegen einen Riesenschreck, wenn die Sie sehen!«

»Wenn sie Ihren Anblick ertragen, dann kann sie so schnell nichts mehr erschrecken«, blaffte Susanne mit den blauen Haaren. Wir hörten Sawara noch immer lachen, als wir schon fast am zweiten Teich angelangt waren.

Er war wie immer viel zu früh gekommen und hockte mit trübsinnigem Blick da, seine Angelschnur baumelte schlaff im Wasser. Ich hatte ihn zeitig am Morgen angerufen und ihn um einen letzten Gefallen gebeten: Er sollte im Archiv seiner Zeitung alles über Takahana Kunio herausfinden. Ob der japanische Leonardo jemals in der Mückenspraybranche tätig war. Was er in Harbin gemacht hatte außer ein Porträt von Watanabe Jun malen zu lassen, das heute in der Firmenzentrale hing. Ob es irgendwelche Querverbindungen zu Peter Ratinger gab. Wegen der Lauscher am Telefon hatte ich nur gesagt, dass wir uns um 12.00 Uhr mittags beim Karpfen Hamada treffen sollten. Nori hatte verstanden.

»Na, alter Kumpel!«, begrüßte ich ihn mit einem überschwänglichen Klaps auf die Schulter. Wenn er sich über das Wiedersehen freute, dann wusste er das vortrefflich zu verbergen.

»Weißt du eigentlich, wie viel Ärger ich deinetwegen am Hals habe?«, fing er gleich an.

Mein guter Nori, nichts als Gejammer und Vorwürfe. Anstatt sich nach der Verwundung unter meinem dramatischen Kopfverband zu erkundigen. »Es ist doch für einen guten Zweck«, tröstete ich ihn.

»Helfrich-san, *nee*«, erriet er und verbeugte sich knapp vor Susanne. »*Hajimemashite* – sehr erfreut. Interessante Frisur.«

Susanne schaffte es, eine noch knappere Verbeugung hinzulegen, und sah ihn an wie Fischfutter.

»Tja, meine lieben Freunde. Wie schön, dass wir nun endlich mal alle zusammen sind ...«

Da man in Japan nie mit der Tür ins Haus fällt und die Gefühle seiner Mitmenschen strapaziert, wollte ich zur Einleitung etwas Nettes und Verbindliches sagen, aber Nori ließ mich gar nicht ausreden.

»Spar dir den Quatsch, Hamada.«

Na gut, dann verzichtete ich eben auf die förmliche Vorrede: »Was hast du herausgefunden, mein lieber Freund?«

»Dass du mal wieder auf dem Holzweg bist. Takahana Kunio hat Japan nie verlassen und war niemals in Harbin und niemals in Deutschland oder sonst wo. Er war Facharzt für Hautkrankheiten mit einem ausgeprägten Interesse an der Optik. Das erklärt seine Brandsalbe und dann diese ganzen Kamera-Erfindungen. Mit Mücken und anderem Ungeziefer hatte er nie was zu tun. Auch nicht mit Peter Ratinger oder Harbin oder Watanabe Jun.«

»Das ist Unsinn, er hat in Harbin von Watanabe sein Porträt malen lassen«, begehrte ich auf, aber Nori zog erbost die Augenbrauen zusammen und redete stur weiter.

»Außerdem war er eine Art Heiliger, hat schon als junger Arzt kostenlos Waisen und alte Leute behandelt und später große Summen für Krankenhäuser und wohltätige Stiftungen lockergemacht.«

Nori zwinkerte komisch. Ich kenne ihn schon lange genug, um zu wissen, dass er nur dann komisch zwinkert, wenn er was ausgefressen hat. Jetzt zog ich die Augenbrauen zusammen und blickte ihn so finster an, dass er meinen musste, die Sonne sei verblasst.

»Wenn du getan hast, was ich denke, dass du getan hast, dann sind wir die längste Zeit Freunde gewesen!«

»Nein, Hamada, ich bin dein Freund und gerade deswegen meine ich ...« Seine Augen huschten auf einen Punkt zwei Zentimeter neben meinem Kopf und wieder zurück. »Es ist zu deinem eigenen Besten.«

Ja, der verdammte Idiot hatte es tatsächlich getan. Ich

fuhr herum, Susanne ebenso. »Scheiße!«, sagte sie auf Deutsch. Ich verstand es trotzdem sofort.

Sie waren zu dritt: einer in Zivil, zwei in Uniform. Sie näherten sich von drei Seiten. Der in Zivil war ein auffallend beleibter Kerl mit Stoppelhaar und dem entrückten, milden Gesichtsausdruck einer Buddha-Statue. Das konnte allerdings nicht darüber hinwegtäuschen, dass er den Auftrag hatte, mich zu fassen und hinter Gitter zu bringen, damit sein Geldgeber, Takahana, mich mühelos fertig machen konnte.

»Bleiben Sie ganz ruhig, Hamada-san. Nehmen Sie die Hände hoch und legen Sie sie langsam hinter den Kopf. Machen Sie keine Schwierigkeiten.«

Eindeutig ein Experte im Einfangen flüchtiger Ninja-Killer.

»Schöne Freunde hast du«, fauchte Susanne vorwurfsvoll. »Was jetzt?«

»Nerven behalten.«

»Na ja. Irgendwie bin ich froh, dass alles vorbei ist.«

»Bleiben Sie, wo Sie sind!«, rief der dicke Experte, der auf zehn Schritte herangekommen war. »Wir sind nur zu Ihrem Schutz da.«

»Wenn wir dieses Stinktier hier als Geisel nehmen, haben wir noch eine Chance«, schlug ich vor und packte meinen ehemaligen besten Freund am Kragen.

»Hilfe, er will mich als Geisel nehmen«, quakte Nori. Die Polizisten hatten uns umstellt und versuchten sich zu erinnern, was sie im Psychologieseminar über solche Situationen gelernt und nicht verstanden hatten. Hinter uns brauste mit Getöse die Chuo-Bahn vorbei. Ich versuchte krampfhaft, mich zu entsinnen, was das japanische Verb *oyogu* auf Deutsch heißt. Wenn ich Susanne mein Vorhaben in ihrer Sprache verklickern konnte, würden unsere Feinde nichts ahnen und wir hätten das Überraschungsmoment auf unserer Seite. »Es ist immer günstig, den ersten Schritt zu machen«, lautet der Kernsatz meiner Schritt-Theorie. »Susanne«, sagte ich leise und in meinem besten Deutsch, »sie müssen schweinen.«

»Was?«

»Schwingen? Schimmen?«

»Was soll das heißen?«

»In Uassern lein!«

»Meinst du schwimmen?«

Das war es! Schwimmen. Wieso musste sie so begriffsstutzig sein, wenn es darauf ankam? Während wir mit der Übersetzungsarbeit beschäftigt waren, hatten sich die drei Beamten listig genähert. Das erwies sich jetzt als Fehler. Sobald Susanne meinen Plan verstanden hatte, sprang sie den dicken Experten an wie eine Katze und beförderte ihn in den Teich. Es platschte mächtig. Ich sah Sawaras schreckhafte Fische in wilder Panik in alle Richtungen flüchten. Während Susanne sich schon in den zweiten Polizisten verkeilte, gab ich Nori einen kräftigen Schubs und wünschte, er würde ertrinken und vom Karpfen Hamada zernagt. Den letzten Polizisten erledigten wir gemeinsam. Dann nichts wie weg. Vorbei an verschreckten Angelfreunden rannten wir zum Ausgang. Auf halber Strecke kam uns die Verstärkung entgegen: noch mal drei Beamte. Dahinter Sawara-san. Seine Haare sahen noch krauser aus als zuvor. »Zurück«, schrie ich, »über den Zaun!«

Der Maschendrahtzaun am Bahndamm war die einzige unbewachte Flanke, über die wir entkommen konnten. Ich formte mit beiden Händen eine Räuberleiter und wuchtete Susanne hinüber. Sie landete mit einem wütenden Aufschrei auf den groben Kieseln der Chuo-Linie und brüllte etwas von Vernunft und Aufgeben. Ich ignorierte das. Der erste

Beamte hatte sich aus dem *tsuribori* befreit und kam triefend und schnaubend auf mich zu. Die drei vom Eingang waren auch nicht mehr weit. Ich drehte mich um und sprang, so hoch ich konnte, bekam mit beiden Händen den Kamm des Zaunes zu fassen und hievte mich hoch, bis ich meinen rechten Fuß, dann meinen Körper hinaufquälen konnte. Susanne war so freundlich, meinen Sturz auf der anderen Seite etwas abzufedern. Das Letzte, was ich von den Polizisten sah, war, wie auch sie den Zaun bestiegen. Die Erde erbebte unter der heranbrausenden Bahn. Der Lokführer hatte uns bemerkt und ließ ein markerschütterndes Warnsignal gellen. Susanne und ich tauschten einen kurzen, selbstmörderischen Blick, fassten uns bei den Händen und spurteten los, über die Gleise, direkt vor dem orangefarbenen Zug. Geschafft. Auf der anderen Seite flitzten wir hinunter zur Straße. Zwar war auch hier ein Zaun, aber nur halb so hoch wie auf der anderen Seite, und wir nahmen ihn mühelos. Noch bevor der lange Chuo-Zug vorbeigedonnert war, konnten wir hinter der nächsten Ecke verschwinden. Wir rasten zwei Blocks weiter in einen kleinen Coffeeshop, der ein Regal mit *Megamanmangas* hatte. Dort saßen wir, bis es Abend wurde, und tranken schweigend ein paar Liter Café au lait. Meine Finger sahen wild aus. Eine rote Blutspur, die wie Feuer brannte, lief quer über beide Hände, dort, wo ich mich am Zaun festgekrallt hatte. Susanne versorgte die Verletzung mit kalten Waschlappen, die sie sich von der autistischen Bedienung bringen ließ. Ich spielte den Helden und sagte, es tue gar nicht weh. Wenn ich mich unbeobachtet fühlte, verzog ich das Gesicht zu einer Grimasse des Schmerzes. Ab und zu raste draußen ein Polizeiwagen mit Blaulicht und Sirene vorbei, und jedes Mal grinsten wir uns verschwörerisch an. Hatte womöglich die Flucht unsere längst verlorene Liebe zurückgebracht?

»Weißt du noch, wie wir damals bei Regen immer in diesem kleinen Coffeeshop in Shibuya saßen?«, fragte ich im Banne romantischer Erinnerungen, die mir plötzlich so unerklärlich nah waren.

Sie schwieg und betrachtete lange ihre Fingernägel. »Ich kenne einen, der uns vielleicht weiterhelfen kann. Er heißt Ikeda und ist der Chefbuchhalter in der Katana-Zentrale«, sagte sie dann.

»Macht nichts, der Coffeeshop ist sowieso vor ein paar Jahren abgerissen worden. Da ist jetzt ein Sexshop drin.«

Susanne kannte sich mit den Gepflogenheiten ihrer ehemaligen Firmenkollegen gut aus. Nach Feierabend ging es gemeinsam zum »Tengu« im fünften Stock eines Vergnügungshochhauses in Yurakucho. »Tengu« ist ein koboldartiges Fabelwesen mit basedowschen Augen und einer langen Nase in der Form eines erigierten *dankon.* »Tengu« ist auch eine Kneipenkette, wo es Bier und leckere Häppchen zum Abendessen gibt. Das rustikal eingerichtete Lokal war bis auf den letzten Platz belegt. Bierdunst, Tabaksqualm und viel zu lautes Lachen verpesteten die Luft.

»Da sind sie!« Susanne zog mich rasch an die Bar in Deckung, als könnte einer der Herren sie wiedererkennen. Ich bezweifelte, dass auch nur einer von denen seine eigene Ehegattin wiedererkennen würde, so sehr standen sie unter Strom. Es war die Zentralbuchhaltung der Katana, und sie hielt einen der hinteren Tische belagert, unter denen bequeme Hohlräume in den Fußboden aus Reisstrohmatten eingelassen waren, sodass den Zechern während des Gelages nicht dauernd die Füße einschliefen. Die Schuhe standen ordentlich aufgereiht auf dem Boden vor der Schwelle. Auf dem Tisch sah es weniger gesittet aus. Leergefegte Teller von Yakitori-Hühnchenspießen, geplünderte Platten von Tintenfisch und sauer Eingelegtem, Sashimi-Tabletts sowie leere Bier- und Sake-Gläser fügten sich zusammen zu einem Bild raffinierter Verwüstung. Glasige Blicke, vertrauliche Gespräche, raues Männerlachen. Die Krawatten gelockert, die Hemden zerknittert und aus der Hose hängend. Es war der Stamm der entmenschten Buchhalter auf dem Kriegspfad. Gerade brachte die Kellnerin eine neue Ladung Feuerwasser.

»Ich dachte immer, Buchhaltung wäre eine trockene Angelegenheit«, sinnierte ich geistreich.

»Sie kommen jeden Abend hierher. Nachbesprechung heißt das. Die Rechnung zahlt die Firma.«

»Da siehst du mal, warum ich lieber selbstständig geblieben bin.«

Einer der Buchhalter erhob sich schwankend und feuerte die anderen zu einem Toast an, während ein zweiter originell seinen Zeigefinger aus dem Hosenschlitz baumeln ließ und vergebens versuchte, die Aufmerksamkeit der Serviererin zu ergattern, die derartige Kunststücke wohl jeden verdammten Abend zu sehen bekam. Ein älterer Herr lachte, als würde er gerade ersticken. Es hörte sich genauso an wie der alte Toyota, den ich früher mal besaß und der im Winter nicht anspringen wollte.

»Das ist Ikeda. Er ist der Chef der Buchhaltung. Er war von Anfang an bei Katana dabei, hat lange unter Takahana Kunio gearbeitet. Wenn jemand etwas über den Alten weiß, dann er.«

Ich bestellte mir ein Bier und eine Kleinigkeit zu essen und sah mir Ikeda genauer an. Er war die Personifizierung eines Buchhalters: grauer Anzug, graue Haut, graue Seele. Das einzig Auffallende an ihm waren eine besonders einfallslose blaue Krawatte und ein Leberfleck auf seiner rechten Backe, der etwa die Form von Australien hatte und verlassen da hing wie das letzte Gemälde einer ausgeraubten Kunstgalerie. Ikeda hatte seinen asthmatischen Lachanfall überwunden und erhob sich nun ebenfalls, um einen unverständlichen Trinkspruch zu lallen. Seine Brille saß ihm schief auf der Nase, seine Haare machten sich gerade von dem ehemals strengen, jetzt desolaten Scheitel unabhängig. Gleich darauf verabschiedete er sich von der Gruppe und widmete sich mit wissenschaftlicher Konzentration dem Anlegen seines Schuhwerks, in seinem Zustand eine Herausforderung an Geschicklichkeit und Willen.

Er legte ein für einen älteren, volltrunkenen Buchhalter beachtliches Tempo vor, als wir ihm zum Yurakucho-Bahnhof folgten. Beide Arme eng am Körper haltend, in der einen Hand die Aktentasche, in der anderen die Monatskarte, steuerte er mechanisch auf den Bahnsteig der Yamanote-Linie zu, der um diese Uhrzeit fast ausschließlich von heimkehrenden, betrunkenen Finanzbuchhaltern bevölkert war. Susanne und ich waren vermutlich die einzigen Nüchternen weit und breit. Ikeda übergab sich dezent in einen Papierkorb, den schon einige Verzweifelte vor ihm zum selben Zweck benutzt hatten, spülte mit Wasser aus dem Erfrischungsbecken nach und wischte sich hüstelnd den Mund ab.

Er fuhr bis Meguro und ging zu Fuß weiter. Durch enge Gässchen, durch die kaum ein Auto passte, vorbei an grauen Gartenmauern folgten wir ihm in ein ruhiges Wohngebiet mit Einfamilienhäusern fünf Minuten vom Bahnhof entfernt. Auf einer leicht abschüssigen, nur schwach beleuchteten Strecke holten wir ihn ein. Er war der nahe liegenden Meinung, er solle ausgeraubt werden, und erstarrte vor Furcht. »Ich habe nichts bei mir! Nur ein paar Tausend Yen. Bitte nehmen Sie meine Uhr!«

»Wir wollen Ihre Uhr nicht«, stellte Susanne klar. »Wir wollen Sie nur was fragen. Bleiben Sie ganz ruhig und machen Sie keinen Lärm. Es passiert Ihnen nichts.«

Das musste als Einstimmung reichen.

»War Takahana Kunio mal in Harbin?«, legte ich unverzüglich los.

»Was soll das?«, wollte Ikeda wissen.

»Was wissen Sie über das Konto 9922?«, fragte seltsamerweise Susanne.

»Was soll das?«, diese Frage richtet nicht der Buchhalter an sie, sondern ich.

»Sind Sie von der Polizei?«, fragte Ikeda, und sein Körper wurde noch starrer.

Ich kam mir vor wie bei einem verrückten Fernsehquiz ohne Quizmaster. Alle fragten durcheinander.

Ikeda ließ erschöpft den Kopf sinken. »Können wir vielleicht zu mir nach Hause gehen? Ich muss mich setzen.«

Frau Ikeda, angetan mit einem blütenweißen Schlafrock, steckte blinzelnd ihren lockenwicklerverzierten Kopf aus der Schiebetür zum Schlafzimmer und unterdrückte bei unserem Anblick einen Aufschrei. Mit scharfen Worten befahl ihr der Hausherr, sich gefälligst wieder hinzulegen. Sie gehorchte und träumte wohl für den Rest der Nacht davon, dass ihr Mann von Außerirdischen mit blauen Haaren und weißen Turbanen entführt wurde.

Ikeda geleitete uns in einen Raum, der für jeden Archivar der Albtraum sein musste, denn er war bis unter die Decke ohne erkennbares System mit Papieren, Büchern, Heften und Akten voll gestopft. Er ließ sich auf einen Stuhl sinken, der wie ein einsamer Felsen in der Brandung des Papiers stand, und vergrub das Gesicht in den Händen. »Ich wusste es, ich wusste es«, jammerte er leise.

Ich war verwirrt. Was sollte das mit dem Konto 9922. Ich

fand, es war an der Zeit, dass Susanne mich auf den neuesten Stand brachte. Ich dachte immer, dies sei mein Fall. Wie sich zeigte, war es auch ihr Fall.

»Ich stieß letzte Woche durch einen Zufall drauf, als ich in unserem Computersystem nach etwas ganz anderem suchte«, berichtete sie. »Die Katana hat ein Sonderkonto in Deutschland, auf das jeden Monat der Betrag von 100 000 Euro überwiesen wird. Zugangsberechtigt zu diesem Konto sind nur drei Leute. Rate mal, wer?«

Wirklich wie beim Quiz im Fernsehen! Was war mein Gewinn? »Mori Shinichi?«

»Ja.«

Hurra! Noch zwei richtige Antworten und mir winkte der Jackpot. »Kubota Seiji?«

»Stimmt. Und wer ist der Dritte?«

»Tja. Du?« Falsch. So eine Idiotie! Sie hatte doch selbst gerade gesagt, dass sie nur durch Zufall auf das geheimnisvolle Konto gestoßen war. Wieso konnte ich nie logisch sein? Wieso konnte ich nie was gewinnen?

»Falsch. Ich kannte den Namen nicht, bis ich den Pass von deinem Sushi-Koch in den Händen hielt. Der Dritte ist Matsui Keisuke, der Yakuza. Bevor ich Mori fragen konnte, was es mit diesem Konto auf sich hat, wurde er getötet. Ich ging deshalb sofort zu Kubota, um ihn zu fragen. Ich fand ihn ermordet hinter seinem Schreibtisch, genauso wie du ihn gesehen hast.«

»Warum hast du dann nicht die Polizei verständigt?«

»Weil ich keine Zeit verlieren durfte. Ich bin sofort zurück in die Katana-Zentrale und habe so viel Material wie möglich aus der Datenbank kopiert. Denn mir war eines klar: In der Firma, für die ich so viele Jahre gearbeitet habe, steckt der Wurm drin. Dann riefst du an.«

»Welcher Wurm?«

»Das will ich ja gerade Herrn Ikeda fragen.«

Das Häuflein Buchhalter saß demütig auf dem Stuhl wie ein Folteropfer. Seine Augen standen unter Wasser, sein Mund zitterte. »Die Firma, das war mein Leben, seit sechzig Jahren. Sie taten alles für mich. Sie bezahlten meinen Golf-Club, sie bezahlten das Haus hier. Sie sorgten dafür, dass mein Sohn einen anständigen Job in der Marketingabteilung und eine gute Frau fand. Sie haben mir und meiner Frau auch einen besonders schönen Platz auf dem Firmenfriedhof reserviert.«

»Toll«, dachte ich bitter. Das galt wahrscheinlich auch für Susanne und mich.

»Ich bin kein Anhänger von Hideyoshi, unserem Chef«, verteidigte sich Ikeda schluchzend. »Er wird die Firma mit seinem Ehrgeiz noch ruinieren. Er lässt schon längst durch Strohmänner die Anteile seines ahnungslosen Bruders Tomotake kaufen. Tomotake ist ein feiner Mensch, aber er wird ausgebootet. Bald wird Hideyoshi allein die Mehrheit gehören, und dann wird nichts mehr sein, wie es war.«

»Was war mit dem Konto 9922«, wollte Susanne wissen.

»Und was ist mit Harbin?«, fragte ich.

»Das gehört beides zusammen.« Ikeda schnäuzte sich und berichtete: »Ich habe mit Dr. Takahana angefangen, ganz früher. Ich war sein Buchhalter, er hat mir vertraut wie sonst keinem Menschen. Und deshalb bin ich auch heute noch für die Firma tätig, obwohl ich schon weit über siebzig Jahre alt bin. Ich könnte längst im Ruhestand sein. Ja, Dr. Takahana war einige Monate in Harbin, aber das wussten nur sehr wenige. Er wollte verhindern, dass es jemals bekannt wurde. Es gab aber natürlich ein paar Leute, die ihn aus dieser Zeit kannten.« Ikeda schluckte, als habe er einen Kloß im Hals. »Er hat sie alle umbringen lassen.«

»Was?«, riefen Susanne und ich gleichzeitig aus. »Es

waren nicht so viele«, beruhigte uns Ikeda, so als würde das einen großen Unterschied machen. »Fünf oder sechs. Dr. Takahana sagte, dass sie alle den Tod gleich mehrmals verdient hätten. Es waren keine guten Menschen, sie hatten Schreckliches getan. Jedenfalls beauftragte er einen jungen Kriminellen namens Kaneko, der diese Leute beseitigen sollte. Die Verbrechen zu vertuschen war nicht schwer. Es war direkt nach dem Krieg, das ganze Land lag in Trümmern, es gab keine Familienbücher, keine Grundbücher, keine Meldebehörden. Andauernd verschwanden Personen und andere tauchten wieder auf, alle Register waren verbrannt. Der Mörder Kaneko konnte seine Spuren leicht verwischen. Dr. Takahana bezahlte ihn dafür überaus großzügig, und sie blieben für immer gute Freunde und Geschäftspartner. Takahanas Unternehmen blühte und mit ihm erblühte auch das Unternehmen von Kaneko.«

»Und welchen Namen hat dieses Unternehmen?«

»Man kennt es unter der Bezeichnung Uchinaga-gumi.«

Schluck! Allerdings steckte in der Katana Corporation der Wurm drin. Mehr als das. Die Firma war faul, verrottet und verdorben bis ins Mark. Sie war verheiratet mit einer der großen Yakuza-Banden. Mir wurde schwindlig, wenn ich daran dachte, was das bedeutete. Ich kannte ein paar Yakuza in Shinjuku, kleine, fantasie- und intelligenzlose Ganoven im Grunde. Aber sie waren total aufgeblasen und, wenn aufgebracht, auch äußerst unangenehm. Sie kontrollieren den Bahnhof, die Fußgängerzone, manche Spielhallen und so gut wie alle Pornoläden und Bars. Alle Restaurants, die ich kannte, führten einen bestimmten Anteil ihres Umsatzes an eine der Banden ab. Alle Geschäfte hielten sich die gierigen, schmierigen Yakuza durch besondere Abgaben vom Leib. Die wirksamste Waffe dieser Mafia sind die Penner, die Obdachlosen, die Tagelöhner, denen sie manchmal ein warmes Essen ausgeben oder einen Job besorgen. Wenn ein Restaurant oder ein Geschäft sich bockig stellt und kein Schutzgeld zahlen will, dann hetzen ihnen die Yakuza ihre sittenlose Lumpenarmee auf den Hals. Die besetzen dann alle Tische, pöbeln die Gäste an oder durchwühlen die Auslagen. Damit können die Banden innerhalb weniger Tage jedes Geschäft in den Ruin treiben. Nur müssen sie das nicht sehr häufig tun, denn es bezahlen ja alle brav ihre Abgaben. Aber das Erpressungsgeschäft war natürlich nur Arbeit fürs Fußvolk der Gangster, für kleine Feld-, Wald- und Wiesen-Yakuza. Bei Katana spielten die großen, finsteren Bosse der Unterwelt in der Oberliga mit.

»Wo immer die Katana tätig ist, ist auch die Uchinaga-gumi nicht weit weg. Sie ist wie unser Schatten«, fuhr Ikeda fort. »Sie arbeitet mit und sie verdient mit. In Deutschland war es das Konto 9922. In Brasilien ist es das Konto 4114. In Singapur ist es das Konto 2332 und so weiter. Wir überweisen jeden Monat bestimmte Beträge, das ist alles, was ich weiß. Aber das kann noch nicht alles sein. Die Einzelheiten kennt nur der Chef. Sehen Sie, ich bin nur ein kleiner Buchhalter. Ich habe ein reines Gewissen. Ich habe immer nur Zahlungen angewiesen und ...«

»Diese Erklärungen können Sie sich für den Richter aufheben!«, schnitt Susanne ihm das Wort ab.

Er lächelte dünn. »Ich glaube nicht, dass sich jemals ein Richter mit diesem Fall befassen wird, meine junge Dame. Was ich Ihnen gerade gesagt habe, wissen auf dieser Welt nur fünf Leute. Sie beide eingeschlossen. Selbst wenn Sie versuchten, es publik zu machen – wer würde Ihnen glauben?«

»Aber Mori und Kubota?«

»Sie wussten nur, dass wir einen Geschäftspartner – in diesem Fall ein japanisches Restaurant in Frankfurt – auf etwas unkonventionelle Weise bezahlten. Sie hatten keine

Ahnung, warum dies geschah und auf welche Weise wir mit dem Restaurant verbunden waren. Und sie waren klug genug, keine Fragen zu stellen. Bis zuletzt.«

Ich versuchte, diese Krake aus Big Business und Unterwelt mit der bewährten Schritt-Theorie zu fassen: »Der erste Schritt war, wie Sie sagen, dass Dr. Takahana vor der Welt seine Vergangenheit in Harbin verheimlichen wollte«, resümierte ich. »Der zweite Schritt, dass Katana und Uchinaga zusammenarbeiteten. Aber es muss noch einen Schritt vor dem ersten gegeben haben! Was hat Dr. Takahana in Harbin überhaupt gemacht? Gibt es noch einen lebenden Menschen, der uns das sagen kann?«

»Nein. Das hat er nicht einmal mir anvertraut. Dr. Takahana und alle anderen haben das Geheimnis mit ins Grab genommen.«

Susanne und ich nickten uns verschwörerisch zu. Wir wussten, wo wir es nachlesen konnten: in einem Buch, das *Watashi-no Harubin-de-no keiken* hieß – *Meine Erfahrungen in Harbin.*

»Kenji. Ich habe Angst«, gestand mir Susanne flüsternd, als wir weit nach Mitternacht wieder in unserem Hotelbett lagen. Wir hatten Ikeda mit seinem reinen Gewissen zurückgelassen und uns auf die schwierige Suche nach einem Taxifahrer begeben, der abenteuerlustig genug war, eine Ausländerin mit blauen Haaren und einen Fakir einsteigen zu lassen. Vermutlich hielt uns der Typ, der es schließlich gewagt hatte, für ausländische Popstars. Mein Herz klopfte, denn Susanne lag unmittelbar neben mir, war halb nackt und hatte mich wieder bei meinem Vornahmen genannt. Außerdem hatte auch ich Angst. Wir waren einem schlafenden Tiger auf den Schwanz getreten und er würde, einmal aufgeweckt, versuchen uns zu verschlingen. Ich drehte mich zu ihr und begann versonnen, ihren Arm zu streicheln. Sie ließ es überraschenderweise geschehen, und ich schöpfte eine verwegene Hoffnung.

»Ich musste gerade an was denken, das du heute gesagt hast«, sagte sie sanft.

»Was denn? Das mit unserem kleinen Café in Shibuya?«

»Nein. Du hast gesagt, ob es noch einen lebenden Menschen geben könnte, der sich an Dr. Takahanas Zeit in Harbin erinnert. Mir kommt da eine Idee. Alle haben immer nur nach dem Buch gesucht. Warum versuchen wir nicht, den Verfasser zu finden? Wenn er 1937, sagen wir mal, zwischen zwanzig und dreißig Jahre alt war, dann müsste er heute so um die neunzig sein. Vielleicht lebt er ja noch. Japaner haben mit die höchste Lebenserwartung auf der Welt.«

»Das gilt aber nur für Frauen. Weil die japanischen Männer immer so nett und zuvorkommend sind.« Wieder kein Erfolg.

Wenig später schlief sie ein. Da hatte ich schon längst wieder aufgehört, ihren Arm zu streicheln.

Romantic Star

Kiko schloss mich in ihre oberschenkeldicken Arme, drückte mich wie ein Kind seinen Lieblingsteddy und ließ erst los, als ich begann, mich blau zu verfärben. Ihr Gesicht, so groß und rund wie ein deutscher Schwarzwaldkuchen, strahlte. Die stets müden schwarzen Äuglein zwischen den Fettwülsten leuchteten hell wie die Weihnachtssterne der Christmas-Deko vom Parco-Warenhaus.

»Kein Wort habe ich geglaubt von dem ganzen Quatsch, den sie über dich im Fernsehen verzapft haben«, tröstete sie mich. Ihre Stimme klang wie die eines Knaben, der gerade aus dem Stimmbruch kam. Ich fragte mich, mit welchen Hormoncocktails Wild Man Yamagiwa sie wohl fütterte.

»Danke, dass du dich mit mir getroffen hast«, sagte ich.

Kiko überragte mich um zwei Haupteslängen, und wir schlenderten nebeneinander durch die grellbunte Fußgängerzone von Shibuya. Mein Büro war nur ein paar Minuten von hier entfernt, aber ich traute mich nicht hin. Shibuya hatte ich als Treffpunkt vorgeschlagen, weil wir hier kaum Aufsehen erregen würden. Hier tummelten sich schon am Vormittag die sonderbarsten Gestalten: langhaarige Lederfetischisten, Mädchen mit meterhohen Plateauschuhen, blond gefärbten Haaren und Miniröcken, die nicht breiter waren als ein Blatt Papier; Punker, Dealer, Modemiezen, die sich an einem Tag mehr Make-up in ihre pickeligen Gesichter schmierten, als man zum Anstrich der abbröckelnden Ratinger-Fassade benötigt hätte; stinkende Penner, die aussahen wie Höhlenmenschen – in Shibuya gab es alles, und deshalb würden hier eine Berufs-Catcherin mit grün gefärbten Haaren und der Statur einer Dampfwalze und ein dicker Zwerg mit weißem Kopfschmuck nicht sonderlich auffallen. Wer uns sah, mochte mich für ihren Liebhaber oder ihr Haustier halten. Susanne war auf eigene Faust losgezogen. Sie hatte einen ehemaligen deutschen Kommilitonen angerufen, der an der Tokio-Universität als Kunstlektor arbeitete, und sie hoffte, mit seiner Hilfe etwas über den mysteriösen Maler Watanabe Jun herauszubekommen. Wir waren am Morgen etwa zur gleichen Zeit nebeneinander aufgewacht und hatten den Tag begonnen wie Eheleute, die nach ewigen Jahren des Nebeneinander-Aufwachens einander überdrüssig geworden waren.

Ein flüchtiges »*Ohayoo* – guten Morgen«, mehr war nicht drin. Später hatte Susanne bei Dunkin' Donuts einen Kaffee getrunken und gemeckert, weil er so dünn war. Sie holte einen dicken Batzen Geld von der Bank, gab mir die Hälfte ab, und wir kauften eine neue Garnitur passender Klamotten für sie: schwarze Lederhosen und ein anderes Guns' N'Roses-T-Shirt mit einem Totenkopf drauf. Ich bekam eine vernünftige Hose und eine neue Jacke aus braunem Wildleder. Nachdem ich meine Einwegfilme zum Entwickeln gebracht hatte, bestiegen wir die Inokashira-Linie in Richtung Shibuya. In Kugayama, meiner Station, schloss ich betäubt vor Heimweh die Augen, um selbst den kürzesten Blick auf mein Apartmenthaus im Haziendastil zu vermeiden. Susanne stieg in Todaimae vor der Universität Tokio aus, und ich fuhr allein weiter bis Shibuya. Ich ertappte mich dabei, wie ich gedankenlos auf meine Stammtheke zusteuerte, um meine rituellen Raamen-Nudeln zu schlürfen. Zwei Schritte vor dem Ziel fiel mir ein, dass der Nudelkoch mich wiedererkennen und für einen flüchtigen Killer halten musste. Schnellen Schrittes und schweren Herzens ging ich also an seiner Küche vorbei. Der leckere Geruch kitzelte vertraut in der Nase wie ein höhnischer Gruß aus glücklichen Tagen. Ich frühstückte hastig eine Portion Grillfisch in einer Seitenstraße und wartete am vereinbarten Treffpunkt vor dem Ichi-Maru-Kyu-Warenhaus auf Kiko.

»Jemand hat mich ganz übel verladen«, erklärte ich ihr in einfachen Worten meine Situation, während wir durch das bunte Getümmel schritten. »Ich muss dem Kerl jetzt einen gewaltigen Arschtritt verpassen, sonst bin ich dran.«

»Verstehe«, sagte sie. »Kann ich dir dabei helfen?«

So ist sie eben, meine Kiko.

»Es ist aber gefährlich.«

»Gefährlicher, als mit Yamaneko »Wildkatze« Miho im Ring zu stehen?«

»Ich weiß nicht«, sinnierte ich. Yamaneko war ein übles Biest, und im Ring wäre ich persönlich dem schmächtigen Takahana tausendmal lieber begegnet als ihr. »Vielleicht nicht ...«

»Dann ist es nicht so schlimm. Yamaneko zittert nämlich, wenn sie mich nur sieht.« Kiko grinste.

Ach, wie lieblich das aussah und wie scheußlich zugleich. Sie ist so süß. Ihr ganzes Leben bestand nur darin, andere Mädchen zu verhauen. Sie hatte nichts anderes gelernt und nichts anderes begriffen. Folgerichtig teilte Kiko die Welt in solche ein, die sie geradewegs auseinander nehmen konnte, und solche, denen mit Vorsicht zu begegnen war.

»Er, mein Feind, er persönlich ist vielleicht nicht gefährlich. Aber er hat unangenehme Freunde, Yakuza.«

»Welche Gruppe?«

»Uchinagas.«

»Hm, Osaka-Leute. Hinterlistig.« Sie nickte sachverständig. Ich wusste, dass im Catcher-Business die Mafia kräftig mitmischte. Wild Man Yamagiwa hatte ich schon lange im Verdacht, dass er mit den Yakuza Geschäfte machte. Wetten und so. Abgekartete Kämpfe.

»Wenn sie zu gefährlich sind, dann vergiss alles«, bat ich Kiko. »Ich werde schon allein klarkommen!«

»Ach ja?« Jetzt hatte sie dasselbe fiese Grinsen, das Susanne immer aufsetzte, wenn ich von meinen Qualitäten als Privatdetektiv sprach. Ich vermutete, dass das typisch weiblich war.

»Zeig mal deine Hände!« Sie blieb mitten auf der Gasse stehen und nahm meine Hände in ihre. Es sah aus, als greife sich ein Bauarbeiter die rosigen Patschhändchen eines Säuglings. Kiko musterte mich sorgenvoll. »Das sind keine Hände für Yakuza«, stellte sie fest, und wie ein Sonnenstrahl stahl sich ein Anflug von Sanftheit in ihr undurchdringliches Bulldoggengesicht. »Das sind Hände, die Gedichte schreiben und Frauen streicheln.«

Ich fühlte mich geschmeichelt und beleidigt zugleich.

»Alle haben Angst vor den Uchinagas, und soweit ich weiß, gibt es nur eines, das sie wirklich fürchten«, dachte sie laut.

»Lass mich raten – dich?«

»Witzig. Nein. Aber vor ein paar Leuten, die ich zufällig kenne, haben sie mächtig die Muffe. Ich bin mir nur nicht so sicher, ob diese Leute dir helfen würden. Sie sind sehr schwierig und sie kennen dich schließlich gar nicht und sie helfen niemandem, den sie nicht kennen. Ich muss mehr wissen über diesen Fall.«

Wir waren vor einem italienischen Restaurant zum

Stehen gekommen, und so nahm ich Kiko am Arm und führte sie hinein. Ich verspeiste einen Salat, weil ich entschlossen war, mit der Diät diesmal Ernst zu machen. Sie schaufelte zwei Portionen Spaghetti Bolognese in sich hinein. Als wir fertig waren und sie zufrieden rülpste, hatte ich ihr fast alles erzählt, was ich erlebt hatte, was ich wusste und was ich vermutete.

Sie nickte freudig. »Ich glaube, die Leute, an die ich denke, werden dir sogar sehr gerne helfen«, verkündete sie feierlich. »Kann ich sonst was für dich tun? Brauchst du eine Unterkunft? Du könntest sicherlich ein Bett bei uns im ›Wild Man Catcher-Stall‹ bekommen. Du könntest bei mir schlafen.«

»Danke, nein. Wir, äh, ich meine, ich bin erst mal im ›New Century Plaza‹ untergekrochen.« Ich bereute es, sobald ich es gesagt hatte.

»Wir?«

Ich hatte ihr meine ganze Geschichte erzählt, nur von Susanne hatte ich nichts erwähnt, denn Kikos Gefühle sind sehr kompliziert und so leicht zu verletzen wie ein Gänseblümchen. »Es ist nur ... eine Freundin von früher. Eine Ausländerin, aus Deutschland. Wir haben nichts miteinander!«

»Natürlich nicht«, seufzte Kiko und sah mit einem Mal unendlich traurig aus. Ich wünschte mir in diesem Moment nichts sehnlicher, als dass sie mir glaubte, dass ich sie nicht belog.

Nachdem Kiko in etwas gedrückter Stimmung wieder in ihren Catcher-Stall abgetrabt war, erinnerte ich mich an eine alte Kriegsweisheit, die Megaman von seinem weisen, halb blinden Lehrer, Dr. Moto, gelernt hatte und die auch gut in meine Schritt-Theorie passte. Sie lautete: Sei deinem Gegner immer einen Schritt voraus. Oder: Wisse immer, was dein

Gegner tut. Oder: Handle immer, bevor dein Gegner handelt. Oder eben: Kenne jeden Schritt deines Gegners, bevor er ihn tut – oder so ähnlich. Dr. Motos halb blinde Weisheiten waren immer so allgemein gehalten, dass man sie nie ganz durchschauen, geschweige denn sich merken konnte. Ich wollte nun jedenfalls wissen, was Takahana unternahm, und vermutete, dass er wissen wollte, was ich tat. Es gab nur eine Anlaufstelle, die wir beide kannten.

»Hamada – *bakayaroo* – verdammter Wahnsinniger!«, schnaubte Nori. »Wo zum Teufel steckst du denn?«

»Wieder trocken, alter Junge?« Ich hatte keine schlechten Gefühle mehr wegen gestern. Wir waren quitt. Er hatte mich bei der Polizei verpfiffen, dafür hatte ich ihm keine Kuckucksuhr mitgebracht und ihn ins Wasser geworfen. Ich war bemüht, besonders forsch und zuversichtlich zu klingen, denn ich war mir sicher, dass Takahanas Leute Noris Leitung noch immer abhörten. Sie sollten denken, dass ich im Vorteil war. Ich beschloss spontan, meinem Feind etwas zu denken zu geben: »Ich habe Oberwasser, alter Junge. Ich habe nämlich endlich dieses geheimnisvolle Buch gefunden, nach dem ich auf der Suche war«, knurrte ich und genoss das Schweigen. »Starker Tobak. Fast so gut wie die Coca-Cola-Formel.«

»Vergiss das Buch, Hamada«, quengelte Nori. »Wieso tust du nicht endlich, was ich dir schon die ganze Zeit sage: Melde dich bei der Polizei. Vertraue mir, denn ich bin dein Freund. Es ist das Beste für dich!«

»Ja, ja.« In diesem Punkt trennen uns Welten. Das hatte wohl was mit der chinesischen Astrologie zu tun. Noris Sternbild ist das Kaninchen, meines der Tiger. Das hatte ich aber erst vor kurzem herausgefunden, weswegen mich noch manchmal Identitätskrisen befielen. Ich bin Anfang Januar 1963 geboren. 1963 aber ist das Jahr des Kaninchens. Also dachte ich immer, ich wäre ein Kaninchen und fühlte mich minderwertig und gejagt. Aber irgendwann und rein zufällig erfuhr ich von einer freundlichen Chinesin – ein Pferd übrigens, in das ich mich kurzzeitig verliebt hatte –, dass die Sternbilder nach dem chinesischen Mondkalender eingeteilt sind. Und demnach begann das Jahr des Kaninchens erst Ende Januar. Ich war also noch ein Tiger, wenn auch einer, dem schon sehr lange Ohren wuchsen. Nori dagegen hatte irgendwann im Sommer 1963 Geburtstag, und das machte ihn zu einem hundertprozentigen Kaninchen, einem echten Angsthasen.

»Es hat nicht vielleicht zufällig bei dir jemand für mich angerufen?«, fragte ich keck.

»Doch – woher weißt du das?«

Wenn Takahana mir eine Nachricht zukommen lassen wollte, wenn er wissen wollte, was ich tat, dann konnte er mich nur über die Vermisstensendung im Privatfernsehen oder über Nori erreichen. Aber das war zu kompliziert für Nori. »Also? Wer wollte mich sprechen?«

»Eine Frau. Offenbar eine Irre. Sie hat zweimal angerufen.«

»Und der Name?«

»Warte mal, ich habe ihn aufgeschrieben. Mori Michiko.«

Ich verspürte einen schmerzhaften Stich in der Herzgegend; wie wenn jemand ein stumpfes Obstmesser in meine Brust gebohrt und darin herumgedreht hätte.

»Was komisch war: Bei ihrem ersten Anruf sagte sie, sie hätte Beweise für deine Unschuld. Du solltest dich am Mittag irgendwo mit ihr treffen. Dann – das war erst vor ein paar Minuten – da rief sie noch mal an und stammelte was, dass sie dringend deine Hilfe brauche! Sie hat auch zwei verschiedene Nummern hinterlassen. Bei der zweiten Nummer sollst du nur »Kennwort Kranich« sagen – was immer das heißt. Wenn das deine neue Freundin ist, Hamada, dann herzlichen Glückwunsch. Die passt zu dir!«

Ich notierte die Nummern und bedankte mich einmal mehr bei meinem feigen, alten Kumpel. Ich versprach ihm ein Exklusivinterview für seine Zeitung, wenn das alles vorbei war. Ob mit Hamada, dem Ninja-Killer, oder mit Hamada, dem Helden – ein Knüller würde es in jedem Fall, und er konnte sich von dem Bonus zu Weihnachten eine oder mehrere Kuckucksuhren kaufen. Vorausgesetzt, dass Hamada noch Interviews geben konnte.

Takahana blieb sich also treu. Er benutzte Menschen wie Werkzeuge, und nun war die arme, hilflose Michiko dran. Er hatte sie entführt und zwang sie offenbar nun, den Lockvogel für mich zu spielen. Ich dachte an ihr süßes Gesicht, das am Flughafen so blass und kränklich ausgesehen hatte. Ich stellte mir vor, dass er sie irgendwo im Heizungskeller angekettet hatte, und ballte meine Fäuste. »Ich rette dich«, schwor ich ihr im Geiste, während ich die zweite Telefonnummer wählte. »*Moshimoshi.*«

»*Hai* ...«

»Mit wem spreche ich?«

»Mit wem spreche *ich?*«

Was war denn das für ein verrücktes Spiel? Ich versuchte es mit dem Vogelcode: »Kranich!« Es war das Zauberwort.

»Moment bitte.«

Mozarts kleine Nachtmusik klimperte im Hörer, dann meldete sich Michiko.

»Wie geht es Ihnen«, fragte ich besorgt. Vor meinem geistigen Auge sah ich Takahana mit gezückter Waffe neben ihr stehen.

»Hamada-san, Gott sei Dank, dass Sie anrufen!«

»Wo sind Sie?«

»Stellen Sie sich vor, ich bin entkommen. Takahana wollte, dass ich Sie treffe. Sicher, damit er Sie in eine Falle locken kann. Er zwang mich, bei Ihrem Freund Nori anzurufen. Aber ich habe Takahana überlisten können. Ich bin jetzt – lachen Sie bitte nicht – in einem Love-Hotel in Shibuya untergekrochen. Ich wusste sonst nicht wohin.«

»Und wo ist Yuki?«

»Keine Ahnung. Takahana hat uns getrennt. Bitte, können Sie mir helfen?«

»Natürlich. Ich bin ganz in der Nähe. In welchem Hotel sind Sie?«

»Hotel ›Love Bird‹. Es ist gleich hinter dem Tokyu-Warenhaus.«

Panik durchfuhr mich wie ein Stromstoß. Ich konnte gar nicht so schnell reden, wie ich dachte. Takahana ließ Noris Telefon überwachen. Demnach hatten seine Leute Michikos zweiten Anruf gehört und ihre Nummer im »Love Bird« ermittelt. Es würde nicht mehr lang dauern, bis sie vor der Türe stünden, um sie wieder zu entführen!

»Verschwinden Sie aus dem Hotel!«, beschwor ich sie. »Sofort! Er kann Sie dort finden. Gehen Sie zweihundert Meter die Straße hinauf. Da ist ein anderes Hotel. Hoffentlich ist es noch dort. Es heißt ›Romantic Star‹. Warten Sie dort auf mich. Kranich. Dasselbe Kennwort.«

Ich warf den Hörer auf und rannte los. Ich kannte das »Romantic Star« ziemlich gut. Es war billig, klein und verschwiegen. Es war das Hotel, in dem Susanne und ich uns oft getroffen hatten.

Ausgerechnet.

»Zimmer 311, der Herr«, säuselte die diskrete Schalterdame in Rot und blinzelte mich an, als sei ich ihr liebster Neffe. Ich kannte sie nicht. »Dort links ist die Treppe.«

»Ich weiß.«

Ein warmer, wohlriechender Wind von Erinnerungen wehte mich an, ich roch plötzlich Susanne, ich spürte sie, sie machte mir Herzklopfen, ich liebte und begehrte sie auf unsinnige, sehnsüchtige Art. Dies war unser Liebesnest gewesen, unser Geheimnis nach der Vertreibung durch meine gemeine Hauswirtin. Jetzt war ich dabei, dem Geheimnis einen neuen Inhalt zu geben, aber ich dachte nicht an Verrat. Ich dachte nur an Michiko. Als wandelte ich zurück in einen Traum, stieg ich die Treppe hinauf und ging den Korridor entlang. Sie hatten in den zehn Jahren noch nicht einmal die Tapete erneuert. Immer noch die kitschigen, roten Herzchen und dazwischen dieser dicke, lockige Liebesbengel mit dem Flitzebogen.

»Wer ist da?«, wisperte Michiko ängstlich durch die verschlossene Tür.

»Hamada«, wisperte ich zurück, und der Sesam öffnete sich.

Sie sah schrecklich anämisch und ungesund aus. Ihre Haare waren wirr, ihre Augen gerötet, ihre schmalen weißen Hände zitterten. Schluchzend fiel sie mir um den Hals, und ich streichelte ihr unbeholfen den Rücken. Ich wünschte, ich müsste sie nie wieder loslassen. »Es wird alles wieder gut«, sagte ich dumm. Sie weinte lange in meinen Armen, und ich genoss das Kitzeln ihres Haars auf meinen Lippen.

»Ich bin ja so froh, dass Sie gekommen sind«, hauchte sie dann, trennte sich von mir und senkte beschämt den Blick. »Verzeihen Sie bitte …«

»Nein, nicht doch. Keine Ursache«, stotterte ich. »Ich, ich …« liebe Sie, hätte ich beinahe gesagt. »Ich bin bloß froh, dass Sie rechtzeitig aus dem anderen Hotel verschwinden konnten. Das war verdammt knapp. Takahana hat überall seine Lauscher, müssen Sie wissen ...« Hamada, der Gangster-Schreck.

»Danke für Ihre Hilfe, Hamada-san. Ich wäre gestorben, wenn ich Takahanas Schlägertypen wieder in die Hände gefallen wäre. Bitte, setzen Sie sich doch.«

Sie kicherte nervös und keusch und deutete auf ein Sesselpaar, das verwaist in der Ecke am Fenster stand. Im Gegensatz zu dem Bett wurden die Sitzgelegenheiten vermutlich nicht so oft benutzt. Es sei denn, um hastig abgeworfene Kleidungsstücke darauf anzuhäufen. Michiko brachte mir einen Tee und ließ sich seufzend in den zweiten Sessel sinken.

»Erzählen Sie, was passiert ist«, bat ich sie. »Alles der Reihe nach. Wie hat Takahana Sie erwischt?«

»Nachdem Sie und diese andere Person« – so nannte sie Susanne – »unser Haus in Bad Homburg verlassen hatten, rief ich zuerst Herrn Nakano an. Er ist ein Mitarbeiter beim Konsulat und war mir schon bei den Formalitäten mit Mori-san sehr behilflich. Nakano sagte, ich selbst sollte die Polizei nicht benachrichtigen, sondern warten, bis er bei mir wäre. Er kam eine Stunde später. Aber er brachte noch einen anderen Mann mit; ich kannte ihn flüchtig. Es war ein Katana-Angestellter. Nakano-san erklärte mir, es wäre ein schwerer Fehler, die Polizei einzuschalten, weil sie mich höchstwahrscheinlich des Mordes verdächtigen und ins Gefängnis bringen würden. Dann wäre Yuki ganz allein. Nakano sagte, er könne den bedauerlichen Vorfall durch seine verschwiegenen, diplomatischen Kanäle lösen. Außerdem, sagte er, hätten die deutschen Behörden gerade genehmigt, dass ich nach Japan abreisen dürfe, am nächsten Tag sollte eine Katana-Maschine nach Tokio gehen. Wenn ich nun in einen weiteren Todesfall verwickelt würde, dann könnte ich ganz sicher noch nicht so schnell zurück. Ich ahnte schon, dass da etwas nicht mit rechten Dingen zuging, aber ich wollte unbedingt nach Hause, allein schon wegen Yuki, der immer furchtsamer und unruhiger wurde. Die beiden Männer blieben die ganze Nacht in meinem Haus und brachten mich dann am nächsten Morgen zum Flughafen. Nakano half mir bei den Formalitäten, und der andere Mann begleitete mich den ganzen Flug über. Erst da merkte ich, dass ich wie eine Gefangene behandelt wurde.«

»Wir saßen in derselben Maschine. Aber ich konnte nicht riskieren, dass mich Ihre Aufpasser erkannten. Was geschah nach Ihrer Ankunft? In Narita?«

»Takahana ließ Yuki und mich abholen und in sein Haus bringen. Es ist ganz hier in der Nähe. In Shoto. Er hat uns nicht wehgetan. Er sagte, ich müsse ihm jetzt noch ein wenig helfen und dann wäre ich wieder frei. Ich hätte eine Schuld gegenüber der Firma abzutragen.«

»Was für ein arroganter Affe!«, empörte ich mich, »hat wirklich nichts im Kopf außer seiner Scheiß-Firma!«

»Heute Morgen brachten sie Yuki weg. Vielleicht nach Karuizawa. Takahana hat dort ein Sommerhaus. Er versprach mir, dass dem Jungen nichts passieren würde. Dafür sollte ich ihm helfen. Ich musste Ihren Freund Nori anrufen, denn Takahana wollte durch ihn an Sie herankommen. Dann geschah etwas Sonderbares. Er bekam Besuch und ließ mich allein. Eine Minute nur waren seine Wächter abgelenkt. Ich lief, so schnell ich konnte, aus dem Haus und die Straße hinunter. Sie verfolgten mich zu dritt. Aber zum Glück kam da gerade eine ganze Schulklasse, die war mit einem Polizisten unterwegs zur Verkehrserziehung. Ich ging einfach neben dem Polizisten her und redete mit ihm. Da konnten Takahanas Leute natürlich nichts unternehmen. Ich ging mit der Klasse bis zum Tokyu-Warenhaus und rannte hinein. In dem Getümmel konnte ich sie abschütteln.«

Ich bewunderte ihren Mut und ihre Klugheit. »Welches Sternbild haben Sie?«, wollte ich wissen.

»Kleiner Drache«, antwortete sie – etwas irritiert – und setzte dann ihren Bericht fort: »Sobald ich mich in das Love-Hotel gerettet hatte, rief ich wieder bei Ihrem Freund an und hoffte, dass es noch nicht zu spät war. Ich hatte mir solche Sorgen um Sie gemacht.« Sie legte ihre Hand auf mein Knie und sah mir tief in die Augen. Damit steckte sie mich in Brand wie ein Streichholz, das in einen Strohhaufen fällt.

»Takahana ist ein sehr gefährlicher, rücksichtsloser Kerl«, sagte ich für den Fall, dass sie das selbst noch nicht bemerkt haben sollte. Die letzten beiden Worte blieben mir irgendwie in der Kehle stecken, und ich räusperte mich. »Tut Ihre Verletzung eigentlich noch weh?«, erkundigte ich mich.

»Es geht schon.«

Da tat sie es wieder! Wieder schob sie ihren Pullover hoch und entblößte ihren Bauch, ihren Nabel, der wie ein kostbares Juwel lockte. Dunkelrot leuchtete die böse Schramme. Bevor ich wusste, was ich tat, kniete ich vor Michiko nieder und küsste ihren Bauchnabel. Ihre Haut war wie reine Seide. Vorsichtig nahm sie meinen Verband ab und ließ ihre Finger durch mein Haar fließen. Mit beiden Händen fuhr ich unter ihren Pullover und schob ihn hinauf, sie reckte sich und machte mich zärtlich mit ihren Brüsten bekannt.

»Ich will mit dir schlafen«, seufzte sie, und das beflügelte mich, als hätte ein freundlicher, warmer Riese mich erfasst und in die Lüfte geschwungen. Niemals, niemals hatte ich diese schönen, köstlichen Worte aus dem Mund einer Frau gehört. Immer, immer war ich es gewesen, der gebettelt, gedrängt und gefleht hatte. Niemals, bei keiner, zu keinem Zeitpunkt und auch dann nicht, wenn sie mich schließlich und endlich zum Zuge kommen ließen, hatte ich mich wirklich willkommen gefühlt. Immer nur geduldet, immer nur ertragen. Michiko änderte mit einem einzigen Satz mein ganzes Leben. Ich schloss sie in die Arme, meine Erquickung, meine Erlösung, und trug sie hinüber zum Bett, um unterwegs in ihren Triangel-Augen wie im Meer zu versinken. Ich tauchte mit ihr in einen weichen, süßen Pudding aus Zärtlichkeit.

»Kenji«, sagte sie, als wir verglüht waren wie ferne Sternschnuppen, unsere köstlichen, schweißnassen Körper noch immer fest umschlungen. »Warum tut Takahana Menschen so etwas an?«

»Er ist mächtig und er ist gemein. Und er hat vor irgendetwas Angst. Das macht ihn zu einem gefährlichen Mann«, analysierte ich gescheit.

»Vor was fürchtet er sich?«

»Ich bin dabei, das herauszufinden.«

»Hat es etwas mit diesem Buch zu tun, nach dem du mich gefragt hast?«

»Hm. Dein Mann kannte dieses Buch, und deswegen musste er sterben. Kubota Seiji ließ es suchen, und auch er wurde umgebracht. Der Buchhändler, der es dann fand, ebenso. Ja. Ich glaube schon, dass es was damit zu tun hat. Irgendwas steht da drin, das keiner erfahren soll.«

»Bitte, nenn Mori-san nicht meinen Mann. Ich habe ihn nur geheiratet, damit Yuki ein schöneres Leben hat. Ich wollte noch mal neu anfangen, und Mori hat mir dabei geholfen. Aber ich habe ihn nicht geliebt.« Sie tupfte einen sanften Kuss wie ein kostbares Geschenk auf meine Brust. »Ich liebe dich!«

Ich konnte mich nicht erinnern, wann ich je so verliebt und erfüllt gewesen war. Aber trotzdem: Eines wollte ich noch geklärt wissen, bevor ich mich willenlos in diesen Strudel des Glücks stürzte. »Du wolltest neu anfangen. Warum hat Takahana dir dabei geholfen?«

Sie kicherte. »Er musste!«

Ich brannte darauf zu fragen, ob tatsächlich Takahana Yukis leiblicher Vater war. Aber ich fürchtete, sie zu verletzen. Das war nur gemeiner Bürotratsch und nichts, das man in der glücklichsten Stunde seines Lebens unbedingt wieder aufs Tapet bringen sollte.

»Und? Hast du das Buch?«, wechselte sie das Thema.

»Noch nicht.«

»Weißt du, wie du es kriegen kannst?«

»Nicht wirklich.«

»Hast du einen Verdacht oder eine Ahnung, was drinsteht und warum Takahana es unbedingt haben will?«

»Nicht direkt. Ich weiß nur, dass es irgendetwas mit einem Mückenvertilgungsmittel zu tun hat. Schau mich nicht so ungläubig an – ich weiß auch nicht, warum er es unbedingt haben will. Vielleicht ist er oft gestochen worden.«

»Aber wie willst du es dann mit Takahana aufnehmen? Du hast ja nichts in der Hand!«

Frauen waren tatsächlich alle gleich. Ob sie verliebt waren oder feindselig, Japanerinnen oder Deutsche, dick oder dünn, schön oder hässlich – sie konnten einfach nicht anders, ihre verdammte weibliche Logik ließ ihnen keine Wahl: Sobald man die geringste Schwäche, das kleinste Zögern zeigte, fielen sie gnadenlos wie die Aasgeier über einen her. Das muss etwas mit dem Verstand zu tun haben. Frauen sind allesamt zu verstandgesteuert. Immer müssen sie alles methodisch planen und systematisch durchführen. Ich kann das nicht und habe es noch nie gekonnt. Deswegen bin ich ja Privatdetektiv geworden. Ich habe bisher alle meine Fälle gelöst, ohne sie vorher am Reißbrett zu planen. Irgendwas fiel mir schließlich immer ein, irgendwas ergab sich immer – verdammt noch mal.

»Mir wird schon was einfallen.«

»Bestimmt. Wo wohnst du denn eigentlich jetzt?«

»In einem Hotel in Kichijoji.« Ich schrieb ihr den Namen und die Telefonnummer auf. »Hier, für den Notfall.« Aber das war es nicht, was sie interessierte.

»Zusammen mit … dieser Person?«

»Sie ist meine einzige Verbündete – außer dir natürlich.« Ich wollte nicht zulassen, dass auch Michiko noch eifersüchtig auf Susanne wurde. »Wir sind Partner, weil wir einen gemeinsamen Feind haben. Das ist alles.«

»Du bist ihr Traumprinz, nicht wahr?«

»Wie kommst du denn darauf?«

»Ach, sie hatte mal so was gesagt. Dass sie ihren Traumprinzen in Japan kennen gelernt habe und dann heiraten wollte. Aber der Prinz hat sie dann doch vergessen.«

»Mir hat sie nie gesagt, dass ich ein Traumprinz bin«, verteidigte ich mich. Was übrigens stimmte.

»Ach, ist ja nicht so wichtig. Aber es gibt etwas, das du über diese Person wissen solltest.«

Das klang ziemlich ernst. So als hätte sie eine schwere Krankheit. Ich setzte mich auf. »So?«

»Susanne ist sehr ehrgeizig. Sie lebt einzig und allein für ihren Beruf. Sie tut alles, um in der Firma weiterzukommen. Deswegen hat sie mit meinem Mann geschlafen.«

Ich war zu taktvoll, um sie darauf hinzuweisen, dass sie es nicht mochte, wenn Mori-san als ihr Mann bezeichnet wurde. Außerdem war ich auch taktvoll genug, um so zu tun, als überrasche mich die Nachricht: »Wirklich?«

»Natürlich. Es machte mir aber nichts aus. Mori war dreißig Jahre älter als ich. Er hatte einen bestimmten Platz in meinem Leben, und darüber hinaus erhob ich keinen Besitzanspruch. Mori war ein anständiger Mensch. Ehrlich. Jetzt zweifele ich daran, ob man das auch von Susanne sagen kann. Weißt du, sie hatte gar kein Privatleben. Sie lebte einzig und allein für ihre Karriere.«

Ich nickte und dachte an ihre seltsam anonyme Wohnung, die so unbenutzt und steril aussah wie die Schaufensterdekoration eines hochklassigen Möbelhauses. Jetzt wusste ich, was der Wohnung fehlte: Es war die Seele. Und wenn man Michiko glauben wollte, war es das auch, was Susanne fehlte.

»Hast du die beiden Kalligrafien an ihrer Wand gesehen?«, fragte sie.

»*Giri* und *ninjo* – Pflicht und Gefühl?«

»Genau. Pflicht und Gefühl. Weißt du, wer ihr die geschenkt hat? Takahana Tomotake. Hideyoshis Bruder. Er ist ihr Bewunderer. Er hat diese kunstvollen Zeichen persönlich für sie geschrieben.«

»Soll das etwa heißen, dass sie ...?«

Susanne wurde mir immer unsympathischer. Was war sie denn bloß für ein Flittchen geworden, dass sie mit jedem bumsen musste, der sie eine Sprosse höher heben konnte auf der Karriereleiter. Wie viele ihrer Lover hatte ich denn nun inzwischen schon kennen gelernt? Mori. Den Kerl beim Zoll. Captain Dingsda aus dem Flugzeug. Am Ende hatte sie auch noch was mit dem aufgedunsenen Ferdinand Ratinger angefangen, von dem sie selbst sagte, dass er sie kennen und vielleicht in sein Spukschloss einlassen würde. Und nun auch noch Tomotake, den stillen Teilhaber und dichtenden Karpfenzüchter. In Tomotakes Fall dürften es allerdings gleich mehrere Sprossen auf der Karriereleiter gewesen sein.

»Das ist aber noch nicht das Schlimmste«, fuhr Michiko fort. »Ich habe dir doch erzählt, dass Takahana heute Vormittag in seinem Haus Besuch bekam. Der Besuch – das war sie, Susanne.«

Oh, Scheiße. »Mir hat sie gesagt, sie ginge einen alten Freund besuchen!«

»Da hat sie wohl nicht einmal gelogen, Kenji. Ich glaube, Takahana hat sie von Anfang an auf dich angesetzt!«

Schritt für Schritt für Schritt entfaltete sich vor meinem geistigen Auge das Drehbuch ihres Verrats. Ich war entsetzt, als hätte ich es nicht schon früher geahnt. In einem entfernten Winkel meines aufgewühlten Gehirns schwor ich mir, nie wieder einen spontan aufbegehrenden Impuls aus Vernunftgründen beiseite zu schieben. Als sie mir mit den geklauten Pässen gekommen war, da hatte ich sie einen Moment unter Verdacht. Aber den hatte ich dann weggewischt wie einen Klecks Vogelscheiße auf dem Autodach. Ich Idiot!

»So wusste Takahana immer genau, was du weißt und was du planst.«

Dr. Motos halb blinde Weisheit. Ich war ihr Opfer geworden. Plötzlich wurde mir manches klar. Takahana wollte Mori erledigen, und Susanne, erfüllt von *giri* und womöglich auch einem guten Schuss *ninjo,* hatte ihrem Boss dabei geholfen. Vielleicht hatte sie es getan, weil der Posten des Regional Manager dann neu zu besetzen wäre und sie sich nicht länger mit dem Assistant-Titel zufrieden geben musste. Vielleicht, weil sie in Wirklichkeit Takahana liebte, ihm verfallen war und seine Frau werden wollte. Die Schlampe des Shogun? Vielleicht war sie nur deswegen mit dem ahnungslosen Mori ins Bett gegangen, um ihn auszuhorchen, was er über das Konto 9922 und *Meine Erfahrungen in Harbin* wusste. Mir war schlecht vor Zorn.

»Es tut mir Leid«, flüsterte Michiko, »aber du musstest es erfahren.«

»Schon gut. Späte Rache an einem treulosen Traumprinzen.« Wie hatte Susanne doch so treffend bemerkt? Ich musste noch viel über Frauen lernen. Das hier war jedenfalls eine wirklich gute Lektion.

»Du darfst ihr nicht böse sein«, setzte sich Michiko edelmütig für ihre Feindin ein. »Sie tut das nicht, weil sie dich nicht mag. Ich glaube, sie hat gar keine Gefühle. Nicht für dich und nicht für irgendjemanden sonst. Sie denkt einfach immer nur an ihre Karriere und ihren Beruf.«

Dass sie nichts für mich empfand, das konnte ich bestätigen. Das hatte sie selbst gesagt. Wenigstens in diesem einen Punkt hatte sie mich nicht belogen.

»Was willst du jetzt tun?«

Schon wieder diese lästige Frauenfrage. »Was denn schon? Ich bin wieder am Anfang. Schlimmer als das.«

»Du solltest das nicht nur negativ sehen.« Michiko streichelte liebevoll meinen Arm. Natürlich hatte sie Recht. Das Wichtigste, was ein Mann in meiner verfahrenen Lage brauchte, war eine Prise positives Denken. »Solange wir uns haben, kann nichts passieren. Wenn das alles vorbei ist, dann gehen wir zusammen irgendwohin und fangen ein neues Leben an. Es wird wunderbar, Kenji. Nur du, Yuki und ich. Eine richtige Familie! Vergiss diese Person! Warst du schon mal auf Hawaii?«

Da war ich noch nie, und leider konnte ich auch Susanne nicht so einfach vergessen, denn ich war noch mit ihr verabredet und wollte nicht, dass sie Verdacht schöpfte. Vielleicht konnte ich sie irgendwie gegen Takahana benutzen, ohne dass sie es merkte.

Ich fischte meine Armbanduhr aus dem Stapel abgeworfener Kleidung. Viertel nach zwei. Um sechs wollte ich mich mit der Verräterin treffen. Im Yoyogi-Park. Das war meine Idee gewesen. Um der alten Zeiten willen.

Scheiße.

»Geh noch nicht weg, bitte.« Sanft drückte sie mich zurück in mein Kissen, setzte sich dann rittlings auf meinen Bauch und beugte sich zu einem langen Kuss herunter. Ihr schwarzes Haar floss wie ein samtener Schleier zu mir herab. »Schlaf mit mir. Ich werde dich trösten.«

Ich rang das Verlangen nieder, sie aus vollem Halse anzuschreien und zu verprügeln. Ich bin kein Frauenschläger. Aber was sie mir hier antat, das ging entschieden zu weit. Und dann noch diese Unschuldsmiene und ihr Tadel, als ich mich wortlos zu ihr auf die Bank setzte!

»Wieso hast du den Verband abgenommen? Willst du unbedingt, dass dich jemand erkennt? Jeder zweite Polizist in Tokio ist auf der Suche nach dir!«

»Woher denn plötzlich deine Sorge um mich?«, schnappte ich und biss mir gleich auf die Zunge. Sie durfte nicht merken, dass ich alles wusste.

»Darf ich fragen, was mit dir los ist?«

»Nichts, nichts, überhaupt nichts!«

Sie zündete sich eine Zigarette auf die beleidigte Art an und qualmte heftig schmollend, die schwarzen Lederbeine übereinander geschlagen. Es war ein schöner Tag gewesen, der jetzt in einen milden Abend überging. Die jungen Liebespaare tummelten sich auf dem Rasen, eine Gruppe von Teenagern spielte lärmend Frisbee. Mütter führten ihre Kinder spazieren, Hundehalter ihre Hunde. Große schwarze Krähen hüpften um die Mülleimer herum und suchten nach den krümeligen Resten irgendeines Picknicks. Unter der Brücke bearbeitete ein Saxofonvirtuose, dem die Vermieterin das Üben daheim untersagt hatte, sein Instrument. Alle viereinhalb Minuten schaltete sich der Springbrunnen im See automatisch ein, und ein Dutzend Wasserfontänen schossen erschreckt auf, um sinnlos wieder herniederzuplätschern.

»Der Springbrunnen war früher nicht da«, bemerkte die Verräterin.

»Wie war's denn bei deinem Studienfreund?« Mal sehen, wie gut sie log, wenn man wusste, dass sie log.

»Er kannte Watanabe nicht. Aber er will für uns recherchieren.«

»Wäre ja auch zu schön gewesen, was?«, sagte ich unleidlich. Sie konnte raffiniertem Psycho-Druck noch nie lange standhalten.

»Was ist los mit dir? Hast du den Mumm verloren? Hast du keine Lust mehr? Dann stell dich doch der Polizei«, fuhr sie mich an.

»Das könnte dir so passen, was?«, konnte ich mir nicht verkneifen zu fauchen. Ich war offenbar doch kein Meister der Verstellung. Ich hatte mir fest vorgenommen, die schleimige Freundlichkeit in Person zu sein und mir nichts anmerken zu lassen. Aber jetzt war ich innerlich so aufgewühlt, dass ich mir im Geiste ständig auf die Füße treten musste, um mich nicht zu verraten. Ich musste sehr, sehr vorsichtig sein. Vor allem durfte ich sie nicht an den jüngsten Früchten meines detektivischen Spürsinns teilhaben lassen. Ich, Hamada Ken, Meister der Spürnasen, hatte nämlich Watanabe Jun gefunden. Es war gar nicht so schwer gewesen. Eigentlich hatte mich Michiko darauf gebracht. Wenn Watanabe Jun ein so talentierter Porträtmaler war, meinte sie, dann hätte die Agentur »Paint My Face« bestimmt seine Adresse. Ihr früherer Arbeitgeber habe mal einen Porträtmaler gesucht und über diese Agentur auch gefunden. Ich wiederum fand die Agentur über die gelben Seiten. Das Büro war in Shinagawa, zwei Bahnstationen von Shibuya, und ich fuhr sofort hin. Sie hatten einen Katalog mit den Namen und

Adressen von ungefähr siebenhundert Malern in ganz Japan. Auch von Watanabe Jun. Er wohnte draußen in Tateyama, Präfektur Chiba. Ein Badeort an der Tokyo Bay. Telefon hatte der Meister Watanabe nicht, man musste ihn schon persönlich aufsuchen. Ich zahlte 20 000 Yen für die Information und fühlte mich zum ersten Mal seit langem wieder wie ein Gewinner. Obwohl mich die Neugier schier umbrachte, hatte ich beschlossen, erst morgen hinauszufahren, weil ich es heute vor dem späten Abend nicht mehr schaffen würde. Und morgen würde ich Michiko mitnehmen. In Tateyama wäre sie sicherer aufgehoben als in diesem Love-Hotel unmittelbar vor Takahanas Nase.

»Was ist los, Hamada? Willst du nicht mehr?«, bohrte Susanne weiter. Ich hatte schweigend vor mich hingestarrt, wie einer, der ein sehr ernsthaftes Problem mit sich herumschleppt. Deshalb hatte sie ihren Ton wohl etwas entgiftet. Ich bemerkte, dass sie tatsächlich bemüht war, sich verständnisvoll und nett zu geben. »Hast du gar nichts erreicht?«

Aha – da versuchte Takahanas Geheimwaffe doch schon wieder, mich auszuhorchen.

»Doch. Ich habe das Buch gefunden und ich beabsichtige, von Takahana dafür eine ganze Stange Geld zu kassieren.«

Sie sah mich skeptisch an. »Das Buch gefunden?«, echote sie.

»Ja. War gar nicht so schwer.«

»Du hast das Buch gefunden?« Sie deutete mit dem Finger auf mich und hatte schon wieder diesen nervenden, überheblichen Gesichtsausdruck. »Und was steht denn drin in dem Buch?«

»Sage ich nicht. Zu deinem eigenen Schutz. Je weniger du weißt, desto besser.« Es war schwer, überzeugend zu lügen, wenn einem jeder Gedanke ins Gesicht geschrieben stand.

»Warum tust du das?«, wollte sie wissen; ich konnte nur die Achseln zucken. Sie zog trotzig an ihrer Zigarette.

Am liebsten wäre ich sofort zu Michiko zurückgekehrt. Aber das konnte ich nicht, ohne sie in Gefahr zu bringen. Ich war überzeugt, dass Susannes Freund uns hier beobachten ließ und genau darauf wartete. Wenn ich jetzt statt ins »New Century Plaza« als Kranich ins »Romantic Star« flatterte, dann würde ich die Gangster direkt zu ihr führen. Ich bin ja vielleicht manchmal etwas langsam, aber blöde bin ich nicht.

»Lass uns gehen.« Ich erhob mich und schlenderte voraus. Susanne folgte gedankenschwer und grollend im Abstand von einigen Schritten.

Slork

Wir drängten uns in den wartenden Zug der Inokashira-Linie und ergatterten tatsächlich noch zwei Sitzplätze. Ich blickte hinaus auf ein unsäglich albernes Reklameplakat für Katanas neuen Videorecorder. Ein muskelbepackter amerikanischer Kinoheld, dessen Name mir entfallen war, lief mit nichts als einem Baströckchen bekleidet durch den Dschungel, verfolgt von einer mörderischen Horde fliegender Brathähnchen. Japans Werbestrategen halten solchen bizarren Quatsch für originell: Hauptsache Ausländer, am liebsten bekannte Amerikaner, und Hauptsache, sie machen sich gehörig zum Narren. Während der Schaffner seinen immer gleichen Abfahrtsspruch näselte, beschloss ich, Susannes Verstellungskünste noch ein wenig auf die Probe zu stellen. »Was ist eigentlich Takahana für ein Mensch?«, erkundigte ich mich listig.

»Ein Herrschertyp. Einer, der sofort Respekt einflößt. Und Furcht.«

»So was soll auf Frauen sehr anziehend wirken«, stichelte ich fröhlich weiter. »Jedenfalls auf manche Frauen.«

»Bakayaroo«, zischte sie und war für den Rest der halbstündigen Fahrt eingeschnappt.

»Kugayama, nächste Station Kugayama. Der Ausgang befindet sich auf der rechten Seite. Achten Sie darauf, keine

Gepäckstücke zurückzulassen«, näselte homosexuell der Schaffner, als der Zug in meine Station einrollte.

Am liebsten wäre ich hier, an meiner Heimatstation, ausgestiegen und hätte die ganze letzte Woche einfach vergessen. Alles Negative jedenfalls: Takahana, Furankufuruto und auch Susanne. Michiko wollte und konnte ich niemals vergessen. Wie ein Verstorbener, der noch einen letzten Blick auf sein vergangenes Leben werfen darf, bevor die bösen Geister ihn ins Jenseits zerren, wollte ich nichts von dem, was ich sah, je wieder aus den Augen verlieren. Das mit braunen Holzbalken auf Haziendastil getrimmte Fenster meiner Wohnung konnte ich sehen und die gemütliche, enge Gasse, die vom Bahnhofstor wegführte: den Gemüsemann an der Ecke, den Fischhändler, den Coffeeshop mit dem leckeren, aber kleinen Kuchen, meine Stammkneipe »Little Box«, in der außer dem dicken Wirt Tamura nur fünf Gäste Platz hatten. In meiner Kehle bildete sich ein trockener Knoten aus Heimweh, Verzweiflung und Wut auf Takahana, der mein Leben zerknüllte wie eine Papierserviette, nachdem er sich seinen soßenverschmierten Mund damit abgewischt hatte. Alles nur wegen eines verdammten Mückensprays und damit er noch mehr Geld verdienen und noch mehr Reklameposter aufhängen konnte, auf denen nackte Ausländer von Brathähnchen verfolgt wurden. In Kichijoji, der Endstation, aßen wir zu Abend in einem unterirdischen Tempura-Restaurant. Ich vergaß meine eben begonnene Diät. Michiko liebte mich so, wie ich war.

»Was ist denn mit Takahana Tomotake, dem kalligrafisch begabten Feingeist?«, nahm ich schmatzend mein Verhör wieder auf. »Könnte der uns nicht behilflich sein? Er scheint doch einiges *Gefühl für Pflicht* zu haben …« Bemerkenswert, wie nonchalant ich ihre vom großen Meister persönlich gewidmete Wohnzimmerkalligrafie hier einfließen ließ. Die Frage, was ich noch alles über ihre Vergangenheit wusste und wer mich informiert hatte, stand in jeder Zornesfalte geschrieben, als Susanne das Tablett von sich wegschob und mich ansah, als sei ich ein haariges Insekt, das gerade aus ihrem frittierten Tempura-Gemüse gekrochen kam. Ihre Selbstbeherrschung war jedenfalls bewundernswert. Sie brachte tatsächlich nach wenigen Sekunden etwas zu Stande, das einem Lächeln nicht unähnlich war. Dann zündete sie sich einen Glimmstängel an und paffte mir den Rauch ins Gesicht.

»Tomotake ist ein Gelehrter, weltfremd und vornehm. Er kümmert sich nicht um Hideyoshis Geschäfte. Aber er würde nie etwas tun, das seinem Bruder oder der Firma seines Vaters schaden könnte.«

»Du scheinst ihn zu mögen.« Es machte mir Spaß, mit ihr genauso zu spielen wie ihr mächtiger Freund mit mir. Wie eine Katze mit ihrer zum Untergang verurteilten Maus.

»Fängst du schon wieder damit an?«

»Nun sag schon ... mag er dich?«

»Damit du endlich Ruhe gibst und mich mit deinen plumpen Andeutungen verschonst: Ich habe Tomotake heute um Hilfe gebeten.«

»*Soo-desu-ka* ...« Hamada, der Beichtvater.

»Er riet mir, mich von dir zu trennen. Er will dafür sorgen, dass mein Name reingewaschen wird und aus den Schlagzeilen verschwindet. Ja – offenbar mag er mich genug, um mir helfen zu wollen. Ich habe übrigens abgelehnt.«

»Ach ja? Warum denn? Das wäre doch deine Chance gewesen?«

»Worauf willst du hinaus?«

»Auf nichts. Ich versuche nur, dein Verhältnis zu deinem Arbeitgeber besser zu verstehen.«

»Das geht dich aber gar nichts an!«

»Es interessiert mich aber trotzdem, wie du es so schnell geschafft hast, Assistant Regional Manager zu werden.«

Deutlicher musste ich nicht mehr werden. Ihr Gesicht zeigte keine Regung, aber ihre Augen verrieten, dass ich soeben etwas zwischen uns unheilbar zertrümmert hatte. Es bedeutete mir nichts. Unser Wortwechsel war mit jedem Satz lauter geworden. Die letzte Beleidigung hatte ich ihr direkt ins Gesicht geschrien. Umso unheimlicher war ihre Reaktion.

»Mach's gut, Hamada!«, sagte sie leise, raffte ihre Tasche und stand hastig auf. So schnell es ging, ohne aber wie eine Flüchtende zu wirken, strebte sie dem Ausgang zu. Ich blieb allein am Tisch zurück und fühlte mich rechtschaffen und erleichtert. »Ja, geh nur!«, brüllte ich ihr hinterher. Die anderen Gäste duckten sich tiefer über ihr Abendessen, um zu sehen, ob das Gemüse auch ordentlich frittiert war. »Hau ruhig ab! Geh zurück zu deinem beschissenen Freund!«

Sie drehte sich nicht um. Wahrscheinlich rannte sie zum nächsten Telefon, um sich bei Takahana auszuheulen und ihm zu sagen, dass er sich eine andere Dumme suchen soll, die diesen unfreundlichen Arsch von einem Privatdetektiv ausspionieren soll.

Was soll's?, dachte ich. Ich brauche sie nicht. Ich hatte Watanabe Jun und würde schon morgen sein Geheimnis kennen. Und dann konnte ich Takahana aus seinen Echsenlederschuhen pusten. Er würde auffliegen und untergehen mitsamt der Katana und der Uchinaga-gumi, dem Konto 9922, den Leichen im Keller.

Irgendwie hatte ich doch damit gerechnet, Susanne mit verweinten Augen und um Verzeihung bittend im Hotelzimmer zu finden. Sie war aber nicht nur nicht da, sie war noch nicht einmal hier gewesen, um ihre Sachen zusammenzusammeln. Die Reisetasche stand noch neben dem Bett. Ich war nach dem Tempura-Essen noch ein wenig durch die überdachten Einkaufsgässchen von Kichijoji gebummelt und hatte mir eine Schirmmütze gekauft, die ich nun statt dieses lästigen Kopfverbands als Tarnung trug. Meine Filme hatte ich abgeholt und mir die Aufnahmen der Skyline von Furankufuruto bei Sonnenuntergang angesehen. Alles kam mir fremd, fern und unbedeutend vor, als wäre ich nie wirklich dort gewesen. Die restlichen Bilder zeigten Ratingers Akten – jedenfalls so viel davon, wie ich ablichten konnte. Auch sie bedeuteten mir jetzt, wo ich doch bald dem leibhaftigen Watanabe, dem Hüter aller dunklen Geheimnisse, gegenüberstehen sollte, nichts mehr. Auf dem Weg zum Hotel war mir eingefallen, dass mich ja nach Susannes Abgang nichts mehr daran hinderte, zu Michiko zu eilen, um die Nacht bei ihr zu verbringen. Mein Magen kugelte sich bei diesem Einfall wie ein übermütiges Frühlingskaninchen.

Sobald ich im Zimmer war, nahm ich den Hörer ab und rief meine Liebste an. »Soll ich zu dir kommen?«, fragte ich sie verführerisch, »jetzt sofort?«

»Aber was wird aus dieser Person? Wird sie da nicht misstrauisch werden?«

Meine kluge, vorsichtige Michiko. Ich versuchte unbeteiligt zu klingen: »Diese Person hat es offenbar aufgegeben, mich auszuhorchen. Ich habe ihr tüchtig die Meinung gesagt, und nun ist sie weg.«

»Die Ärmste!«, seufzte Michiko.

»Mitleid ist hier ganz fehl am Platz. Sie ist eine Schlampe und arbeitet mit unserem Todfeind zusammen«, sagte ich grimmig.

»Aber nachdem sie dich verloren hat, wird Takahana sie gewiss fürchterlich bestrafen. Er ist kein Mann, der Niederlagen einfach so wegsteckt. Ach, sie tut mir Leid. Sie hat schon heute Morgen in Takahanas Haus so traurig und mitgenommen ausgesehen. Und dabei ist sie doch so schön mit ihren blonden Haaren.«

Es war mir, als hätten zwei Posaunisten links und rechts neben mir Stellung bezogen und stießen aus Leibeskräften in ihre Instrumente. Eine Armee von ätzenden Ameisen brauste durch meine Adern, und vor meinen Augen zog sich ein Vorhang aus schwarzen Punkten zusammen.

»Bist du noch da, Liebster?«

Ich war unfähig zu antworten. Unfähig, auch nur zu denken. Mein Atem ging mir plötzlich wie nach einem Hundertmeterlauf. Ich dachte an Nori und seine Theorie, dass ich der dümmste Trottel sei, den sie auf dieser Welt frei herumlaufen lassen. Nori hatte ja so Recht. Wie immer Susanne aussah und wo immer sie auch heute Morgen war: Ihre Haare waren blau und nicht blond. Und Michiko war nicht die Liebe meines Lebens, sondern Takahanas Spionin.

»Was glaubst du – wo könnte sie wohl hingegangen sein? Wer würde ihr jetzt noch helfen?«, flötete Michiko mit dem Sternzeichen »kleiner Drache« – das heißt: Schlange.

Sie war es, die mich hier aushorchte. Und sie war verdammt gut darin. Sie wusste alles. Sie wusste auch – jetzt wurde mir erst richtig schwarz vor Augen – sie wusste auch von Watanabe Jun! Ich Idiot hatte es gleich nach meinem Besuch bei »Paint My Face« heraustrompetet, damit sie einen Grund hatte, mich zu bewundern.

»Ich kann jetzt nicht, ich rufe wieder an!«, brachte ich hervor und schmetterte den Hörer auf die Gabel.

Ich sprang auf, rannte zur Tür; rannte zurück, weil ich keine Schuhe anhatte. Ich konnte die Schnürsenkel nicht binden, weil mir die Hände zu sehr zitterten. »Schnell, schnell, schnell«, keuchte ich mir selbst zu. Ich musste hinaus nach Tateyama. Jetzt sofort. Vielleicht hatten sie den Maler noch nicht gefunden. Ich hatte seine Adresse Michiko gegenüber nicht erwähnt. Ich packte alles, was ich besaß, in eine Plastiktüte und wollte Susanne schnell noch einen Zettel schreiben, falls sie doch zurückkommen sollte. Ich wollte *Gomennassai* schreiben oder etwas vergleichbar Unsinniges. Ich wollte sie warnen, schnellstmöglich aus diesem Hotel zu verschwinden, weil Takahana durch Michiko wusste, wo wir wohnten. Da hämmerte es an der Tür. Zuerst dachte ich, es sei die Polizei. Aber dieses Hämmern hörte sich nicht nach Polizei an. Japanische Polizisten legen zuerst weiße Handschuhe an, bevor sie schüchtern und leise an eine Tür klopfen. Und sie schlagen grundsätzlich keine Türen ein. Ein, zwei kräftige Hiebe – und das morsche Holz gab nach. Die Tür flog auf. Die beiden Kerle füllten den Türrahmen vollständig aus. Ich hatte sie noch nie gesehen und wollte sie auch nicht wieder sehen. Selbst Freddy Krüger, der Gruselkiller aus dem Horrorfilm, wäre mir in meinen Albträumen noch lieber gewesen als diese beiden. Sie trugen Sonnenbrillen, Yakuza-Dauerwellen und Anzüge, die sie drei Nummern zu klein gekauft hatten, damit sie auch ja prall und mächtig aussahen. Der eine war fett und hatte einen schwarzen Vollbart, der andere war so drall gebaut wie der grausame Slork, Megamans hundsgemeiner Erzfeind. Die Muskeln zuckten unter seinem Anzug wie die Maschinenteile eines hochgezüchteten Motors.

»Das war's jetzt, Schnüffler«, sagte der Vollbart, dessen Stimme so kratzig und tief klang, als käme sie geradewegs aus der Gegensprechanlage der Hölle. Ich hatte es in meinem Leben fast immer mit Typen zu tun gehabt, die stärker waren als ich. Schon auf der Schule hatten sie es immer auf mich abgesehen. Es musste was mit meinem Scheitel oder meiner Statur oder meinem Wesen zu tun haben.

Irgendetwas hatte ich an mir, das alle brutalen Schläger dieser Welt einlud: »Hey, du Arschloch, verdrisch doch mich!«

Ich hatte die Erfahrung gemacht, dass es in solchen Fällen nur eine Rettung gab: beherzte, präventive Verteidigung. Psychologisch klug schrie ich wild auf, senkte meinen Kopf, rannte auf den Muskelmann zu, um ihm meinen Schädel als Faust Gottes in den Magen zu donnern. Hamada, die menschliche Kanonenkugel. Leider traf ich auf eine außerordentlich gut durchtrainierte Bauchdecke, sodass ich mir fast das Genick brach. Immerhin konnte ich meinen Widersacher aber bis an die gegenüberliegende Wand wuchten, bevor der andere Dickwanst seine Verwunderung überwand, mich am Kragen packte und kräftig durchschüttelte. Seine Armbeuge war wie der Würgegriff einer Python, eine Todesfalle aus Muskel- und Fettgewebe. Slork hatte sich von meiner Verzweiflungsattacke schnell erholt und pumpte mir dreimal seine eisenharte Faust in den Magen. Ich griff ihn zur Strafe mit meiner halbverdauten Portion Tempura, Reis, Weißkraut und Miso-Suppe an, die ich unter diesen Umständen nicht bei mir behalten konnte.

Er holte angewidert sein Klappmesser aus der Hosentasche. »Mal sehen, was du sonst noch so da drinnen hast«, sagte er mit fiesem Grinsen und führte die blitzende Klinge an meinen Bauch, während sein Genosse mir von hinten weiter die Luft abdrückte.

»Bitte ... nicht«, flehte ich, nach Luft japsend, und fühlte mich bereits tot und elend bei dem Gedanken, dass in zwei Sekunden der gesamte Inhalt meines Bauches auf den schmutzig grauen Teppichboden des »New Century Plaza« herunterkleckern würde. Ich dachte voller Mitleid an den Pechvogel, der meine Leiche finden würde. »Ich sage Takahana alles, was ich weiß!«

»Sehr freundlich. Aber er weiß schon alles, was du weißt.«

Ich schloss die Augen und bereitete mich im Schnellgang wie ein Samurai auf den *seppuku* vor, nur dass ich mir eben nicht selbst den Bauch aufschlitzen wollte.

Da ließ der Druck der Fettwülste um meine Kehle plötzlich nach, und ich sackte kraftlos zu Boden. Der Dicke schnappte nach Luft und hatte einen Ausdruck unendlicher Ratlosigkeit im Gesicht. Slork ging rückwärts und hatte Angst. Ich hatte so etwas noch nie gesehen. Seine Augen waren aufgerissen, als hätte ihn jemand aufgeblasen. Seine Kinnlade zitterte, er stotterte irgendwas. Ich nahm nur einen Schatten wahr. Einen flinken, tödlichen Schatten, der über Slork kam wie eine dunkle Wolke. Ein Ninja-Killer, dachte ich, dann wurde ich glücklicherweise ohnmächtig.

Ich konnte nicht sehr lange weggetreten sein, denn als ich wieder zu mir kam, wurde noch immer von einem sterbenden Herzen das Blut aus Slorks aufgeschlitztem Hals gepumpt. Der Muskelmann lehnte manövrierunfähig an der Wand wie eine Spielzeugpuppe, die ein Kind achtlos weggelegt hatte. Sein Blick war leer und müde, sein Mund schnappte, aber es kamen nur Blutbläschen heraus. Ich hatte nichts mehr in mir zum Auskotzen – so verkrampfte sich mir nur der Magen vor Angst und Ekel. Der Fettwanst hatte ein Messer im Rücken, von dem nur noch der Schaft herausragte, und war quer über meine Beine geplumpst. Ich arbeitete mich frei, kroch weg zu meiner Tüte, die ich an mich riss. An die Wand gedrückt kam ich auf die Beine und torkelte den Flur hinunter zum Treppenhaus. Der Opa unten in der Lobby schaute gar nicht von seinem Fernseher auf, als ich wie ferngesteuert an ihm vorbei ins Freie strebte.

In einem fremden Hauseingang kauerte ich wie ein verfolgtes Tier und versuchte, meine Gedanken zu ordnen.

Wenn die beiden Schläger von Takahana kamen – wer hatte dann *sie* umgebracht? In was, um alles in der Welt, war ich da bloß hineingeraten? Und wie kam ich heil wieder heraus? Watanabe! Was immer hier vorging, Watanabe und sein Buch, die *Erfahrungen in Harbin,* waren der Schlüssel dazu. Und Takahana wusste durch Michiko, diese Schlange, wo der Maler war, und auch, dass ich es wusste. Startsignal zum großen Wettrennen: Hamada gegen Takahana. Zielort: Tateyama, das Haus des Malers.

Ich trat an den Fahrdamm, fuchtelte mir ein Taxi herbei und ließ mich auf den Rücksitz fallen. »Nach Tateyama!«, bellte ich.

»Was?« Der Fahrer glotzte mich blöde an. »Tateyama in Chiba? Um diese Uhrzeit? Ich habe bald Feierabend! So weite Touren mache ich da nicht mehr: *Gomennassai!*«

»*Chikusho* – Schweinescheiße!«, fluchte ich und stieg wieder aus. Ich irrte an der Straße entlang. Auch der zweite und der dritte Taxifahrer ließen mich abblitzen. Schon war ich auf dem besten Weg, den Verstand zu verlieren. Mir fiel auf, dass ich sinnloses Zeug vor mich hin brabbelte. Da öffnete sich direkt vor mir eine Tür, und ein junger Kerl trat verfolgt von wummernden Bassschlägen aus einem verräucherten Club hinaus in die Nacht. Er strebte auf ein Motorrad zu, das neben dem Eingang abgestellt war.

Ich bin kein unfairer Mensch, denn ich gab ihm eine echte Chance, sich kooperativ zu verhalten: »Fahr mich raus nach Tateyama!«, befahl ich.

»Was?«, grunzte er.

»Ich muss nach Tateyama! Schnell!«

»Und ich muss nach Hause. Auch schnell!« Er setzte sich den Helm auf, schwang sich in den Sattel und ließ die Maschine an.

»Ich brauche das Motorrad!«, insistierte ich und zerrte

ihn vom Sattel. Endlich mal einer, der schwächer war als ich. Ich schubste ihn weg, und bevor er wieder auf den Beinen war, brauste ich schon mit heulendem Motor die Gasse hinunter. Ich fuhr wie ein Kamikaze-Pilot und hoffte nur, dass sie mich nicht wegen Geschwindigkeitsübertretung oder halsbrecherischen Schwachsinns verhaften würden. An jeder Mautstelle auf der Schnellstraße hinaus nach Chiba bewarf ich die erstaunten Kassierer mit Tausend-Yen-Scheinen, damit sie mich flott durchließen. Ich donnerte durch Chiba wie ein Marschflugkörper, verfehlte in Kisarazu nur um wenige Millimeter einen Betonmischer und warf mich auf der hügeligen Strecke hinunter nach Tateyama in die Kurven.

Es war nach Mitternacht, als ich ankam. Die Stadt war so tot wie Slork und sein Fettwanst. Gelblich und verlassen flimmerten die Straßenlaternen in menschenleeren Straßen. Nur in wenigen Fenstern brannte noch Licht, und irgendwo bellte ein Hund. Wie soll ich in dieser Einöde die Adresse finden?, fragte ich mich gerade verzagt, als ich am nächtlichen Horizont ein paar Hundert Meter außerhalb der Ortschaft etwas sah, das mir den Weg wies. Ich brauchte keine Landkarte, um zu wissen, dass ich das Haus des Malers gefunden hatte. Es brannte lichterloh. Zwei Feuerwehrwagen standen da, ihre roten Lichter zuckten hektisch. Die schattenhaften Figuren der Feuerwehrleute bewegten sich erschreckend langsam und feierlich im Schein der Flammen. Hier gab es offensichtlich nichts mehr zu retten. Ich ließ das Motorrad einfach fallen und stolperte durch die Büsche zur Auffahrt, die vom Feuer erleuchtet war. Ein Grüppchen Schaulustiger und Nachbarn stand betroffen herum. Ein Funkgerät quäkte. Das brennende Holz der Dachbalken ploppte wie ein romantisches Lagerfeuer. Zwei Feuerwehrleute in silbrig glänzenden Aluminium-Monturen trugen auf einer zur Bahre umfunktionierten Tür einen bis zur Unkenntlichkeit verkohlten Leichnam heraus.

»Der Maler«, sagte einer der Umstehenden.

»Watanabe-san«, nickte ein anderer. »Er kam wohl nicht mehr rechtzeitig heraus mit seinem Rollstuhl.«

»Und was ist mit den anderen?«, mischte sich eine ältere Frau ein.

»Alle tot: seine Tochter, die Enkelin und der Junge.«

Bravo, Hamada, dachte ich. Vier Tote, weil du so blöd bist.

Ich kurvte eine Weile ziellos durch die Nacht, bis der Tank beinahe leer war. Dann fuhr ich hinunter zum Strand, stellte die Mühle irgendwo ab und lief am Saum der Wellen entlang bis zum Ende der Bucht, wo die Hafenbefestigung anfing. Von dort lief ich wieder zurück. Irgendwo auf halber Strecke ließ ich mich in den Sand fallen. Die Nacht war lang, und ich dachte über vieles nach. Dumpf, wie in Watte gepackt, betäubt von Reue und wütend über meine himmelschreiende Unfähigkeit wartete ich ab.

Zhou

Der erste Zug in Richtung Tokio sollte den traurigen, kleinen Bahnhof von Tateyama um Viertel nach fünf verlassen. Punkt fünf stand ich vor dem Telefon am Eingang und wählte die Nummer, die Michiko, die Schlange, sicher an Nori durchgegeben hatte, bevor sie dann angeblich getürmt war. Es war keine Tokioter Nummer. 03 ist die Vorwahl von Tokio. Aber diese Vorwahl war 0557. Vielleicht Karuizawa, Takahanas Sommerhaus. Es klingelte zwanzigmal, bevor abgenommen wurde.

»Ich will Takahana sprechen«, grunzte ich feindselig.

Keine Reaktion.

»Ich will Takahana sprechen.« Ich war bereit, das so oft zu wiederholen, bis ich ihn an der Strippe hatte. »Ich will Takahana sprechen!«

»Sie sprechen mit ihm.«

Ich konnte mir zu der arroganten Stimme leicht sein arrogantes Gesicht vorstellen. Den Kopf, den er selbst beim Telefonieren immer ein wenig höher hielt als normal, um auf sein Gegenüber herabblicken zu können.

»Detektiv Hamada«, erriet er mühelos.

»Ich hoffe, ich habe Sie nicht geweckt.«

»Nein. Ich arbeite gern zu so früher Stunde.«

Irgendwo hatte ich mal gelesen, dass auch Hitler und

Stalin gern vor Tagesanbruch am Schreibtisch saßen. Da befand sich dieses Raubtier dann ja in bester Gesellschaft.

»Was wünschen Sie, Herr Detektiv?«

»Ich wünsche, dass Sie zur Hölle fahren. Das wäre schon mal etwas.«

Er lachte trocken. »Wissen Sie, Herr Detektiv, Sie haben mich eine Weile amüsiert. Wirklich. Aber jetzt muss der Spaß langsam aufhören.«

Ich wusste noch nicht genau, wie ihm beizukommen war. Drohungen waren in meiner Situation eher unglaubwürdig, mit freundlicher Bitte ließe sich auch nichts ausrichten. Vielleicht konnte ich ihn ja bei der Ganovenehre packen. »Was beschäftigen Sie denn eigentlich für Amateure, Takahana-san? Diese beiden Clowns gestern Abend im Hotel – nein wirklich. Ich hätte anderes von Ihnen erwartet!«

»Ich bitte um Vergebung. So etwas wird nicht wieder vorkommen. Sie haben mein Wort.«

Brrr. Lag es an der Morgenkälte, oder bekam ich eine Gänsehaut vom Klang seiner Stimme? Keine Nerven zeigen, Hamada, ermahnte ich mich. Der Bluff war meine letzte Chance. Takahana wollte – aus welchem Grund auch immer – Ratingers Firmenarchiv in seinen Besitz bringen oder aus der Welt schaffen. Und er musste bemerkt haben, dass ich etwas aus den Dokumentenkisten entwendet hatte. Natürlich hatte er keine Ahnung, dass es nur nichts sagende Notizen und Firmenakten waren.

»Ich möchte Ihnen gern ein Geschäft vorschlagen«, log ich mit einem dicken Kloß im Hals. »Ich habe auf dem langen Flug von Furankufuruto nach Tokio einige hochinteressante Briefe aus Ihren Kisten geklaut.«

»Das wurde mir bereits berichtet.«

»Sicher möchten Sie die Dokumente wiederhaben.«

Er schwieg betreten. Ich spürte, wie er an meiner Angel hing, und beschloss, ihn noch ein wenig zappeln zu lassen.

Dann sagte er kurz und knapp: »Sie sind ein Idiot.«

Ich überging das, als hätte ich nichts gehört. »Ich melde mich später noch mal, wenn ich festgelegt habe, wie viel Sie dafür hinblättern müssen«, nuschelte ich wie Marlon Brando als *Der Pate* und hängte den Hörer ein. Das sollte ihm erst mal zu denken geben.

Und es gab auch mir zu denken.

Wieso musste ich eigentlich so unbeschreiblich blöde sein? Wieso? Gab es eine Erklärung dafür? Ich suchte in meiner Plastiktüte, die ich in die Jackentasche gestopft hatte, und wusste schon, es war vergebens. In der Tüte waren eine zerfledderte *Megaman*-Ausgabe, die verwackelten Fotos meiner Einwegkamera, die zahnmedizinisch getesteten Kaugummis, die Rasierklingen, die ich schon seit einer Woche unbenutzt herumschleppte, zwei frische Mullverbände und meine Schirmmütze. Nur nicht die Akten aus dem Flugzeug. Die Akten aus dem Flugzeug waren nämlich in Susannes Reisetasche, und Susannes Reisetasche hatte jetzt wahrscheinlich die Polizei und bald auch Takahana selbst.

Ich fühlte mich wie einer, der auf dem Podium vor Publikum eine feierliche Ansprache hält, während sein Hosenstall offen steht. Ich war ein kompletter Versager. Vielleicht war es ja doch noch nicht zu spät, es endlich gut sein zu lassen mit dem Detektivleben und einen anständigen Beruf zu ergreifen. Bei der Bank etwa. Ich könnte vor der Zweigstelle die Fahrräder der Kundschaft bewachen und aufpassen, dass sie immer schön in einer Reihe standen. Außerdem suchten sie immer Leute, die in der Schalterhalle warteten, um die Kunden mit einem fröhlichen *»Irasshaimase«* und der dazugehörigen Verbeugung zu empfangen. Oder vielleicht konnte ich es bei einer Baufirma versuchen. Die brauchten schließlich immer begabte junge Leute, die aufpassten, dass keine Passanten in die Baugrube stürzten. Da bekam man eine nette Uniform mit Helm und weiße Handschuhe und für die Nachtschicht einen total coolen Leuchtstab, der aussah wie so ein Lichtschwert in *Krieg der Sterne;* damit konnte man nach Herzenslust herumwinken und sich wichtig fühlen. Als Privatdetektiv jedenfalls war ich ein Witz. Der Zug rollte träge in den Bahnhof ein, und ich setzte mich irgendwohin und glotzte dumm aus dem Fenster. Wieso machte ich mir eigentlich Gedanken um meine Zukunft? Takahana würde schon dafür sorgen, dass ich den Rest meines Lebens in der Todeszelle auf die Vollstreckung meines Urteils warten müsste. Oder er würde die Sache selbst in die Hand nehmen – so wie bei Watanabe Jun. Hamada, die menschliche Fackel. Ich dachte an Watanabe als einen tatterigen alten Mann, der in Ruhe und Frieden im Kreise seiner Familie seinen Lebensabend im schönen Tateyama verbrachte. Ab und zu griff er noch zum Pinsel, aber die Augen wollten nicht mehr so recht mitspielen, und da ließ er es sein. Manchmal nur dachte er zurück an seine Erfahrungen in Harbin, aber nie sehr lange. Das war vorbei, das war Geschichte, das wollte niemand mehr hören, was immer es auch war. Und eines Tages zünden sie ihm das Haus über dem Kopf an, und er verbrennt in seinem Rollstuhl, nur weil ein dusseliger Privatdetektiv sich verliebt hat.

In Chiba erwischte ich den direkten Schnellzug nach Shinjuku. Es war erst kurz nach acht, als ich an der Tür zum »Wild Man Catcher-Stall« klingelte. Es öffnete mir eine hundertjährige Omi in einem weißen Kittel, die offenbar den Großteil ihres Lebens auf dem Reisfeld gearbeitet hatte und deswegen im rechten Winkel vornübergebeugt war. »Wen wünschen Sie zu sprechen?«, krächzte die Runzelige und blickte aus einem schiefen Winkel zu mir auf.

»Kiko.«

»Gibt's hier nicht.« Sie wollte die Tür wieder schließen.

»Animal Ayukawa.«

»Was wollen Sie denn von der?«

»Hamada!« Hinter der Hexe erschien wie der aufgehende Vollmond Kikos rundes Gesicht. »Komm rein. Ich habe mir schon Sorgen um dich gemacht!«

Wild Man Yamagiwas Catcher-Zentrum sah wirklich aus wie ein Stall. Von der Decke hingen Seile, an denen Sandsäcke wie Exekutierte baumelten. Überall waren Kämpferinnen damit beschäftigt, sich zu lockern oder zu strecken oder gegenseitig zu Boden zu werfen. Ihre Schreie hallten gespenstisch von den Wänden zurück. In der Mitte des ehemaligen Busdepots war ein Ring aufgebaut, in dem sich gerade zwei Amazonen mit den Maßen von Kleiderschränken gegenseitig bearbeiteten. Der Kampf der Giganten. Die mit den langen Haaren in dem eng sitzenden Gymnastikdress ließ sich soeben in die Seile fallen, um Schwung für die Attacke auf ihre Gegnerin zu holen, die ein deutsches Dirndl trug und der Angreiferin den Ellenbogen in die Kehle rammte, sodass diese rücklings auf die Matte ging.

»Höllen-Heidi probiert gerade ihr neues Kostüm aus«, erklärte Kiko.

»Höllen-Heidi?«

»Das ist Sachiko. Früher hieß sie Boom-Boom Banzai Betty. Jetzt baut sie sich ein neues Image auf.«

Ihr Dirndl behinderte sie beim Aufstehen, und Wild Man Yamagiwa, der neben dem Ring stand, schimpfte: »Ich habe doch gleich gesagt, das muss kürzer sein!«, brüllte er. »Da gehen gut und gern noch mal zehn Zentimeter weg!«

»Aber dann ist es kein richtiges Dirndl mehr!«, murrte Höllen-Heidi.

Es freute mich zu sehen, wie die deutsche Kultur einmal mehr die japanische bereicherte und befruchtete. Wild Man Yamagiwa sah mich und winkte mir gleichgültig zu, wobei er die Überreste einer Ginseng-Wurzel ausspuckte, auf denen er unablässig herumgekaut hatte. Ich hatte immer mal wieder als sein unauffälliger Detektiv das Training und die Kämpfe der Konkurrenz besucht, um Informationen über die neuesten Tricks der anderen Ställe zu besorgen. Ich verstand deswegen ein bisschen was vom Damen-Catchen – so wie von allem.

Kiko brachte mich in ein Büro, dessen Wände mit allen Trophäen dekoriert waren, die es in der japanischen Catcher-Welt zu erringen gab. Blickfang der Sammlung waren die drei goldenen Godzilla-Gürtel, die Kiko selbst gewonnen hatte.

»Ich habe bereits gehört, dass es Ärger gab gestern Abend«, sagte Kiko, nachdem sie mich in einen Ledersessel gedrückt und mir eine Tasse grünen Tee vorgesetzt hatte. Sie lehnte mit verschränkten Armen am Schreibtisch. Ihr Bizeps bewegte sich ununterbrochen, als führte er ein Eigenleben.

»Waren das deine Freunde, die mich gerettet haben? Danke!« Ich verbeugte mich tief. »Wer sind sie?«

»Du darfst nicht schlecht von mir denken. Es sind eigentlich nicht meine Freunde. Aber ich habe ihnen mal einen Gefallen getan, und dann haben sie mir einen Gefallen getan und dann wieder ich ihnen – so funktioniert das bei denen.«

Ich wollte lieber gar nicht wissen, was das genau für Gefallen waren. »Ich bin ihnen jedenfalls sehr verbunden, dass sie nun mir einen Gefallen getan haben.«

»Ich weiß gar nicht, ob sie das wirklich für dich getan haben oder ob nicht doch du was für sie getan hast.«

»Wieso? Der einzige Dienst, den ich den Leuten hätte erweisen können, wäre, ihnen ein scharfes Messer zu verkaufen. Den ganzen Rest ihrer Aufgabe – das Ranschleichen und vor allem das Stechen und Schneiden – schienen sie selbst voll im Griff zu haben.«

»Als ich meinem Bekannten deine Geschichte erzählte, da leuchteten seine Augen ganz komisch, und er brannte darauf, dir zu helfen. Er stellte gleich zwei Männer zu deinem Schutz ab, die dein Hotel bewachten.«

»Sag's mir doch, Kiko – was sind das für Leute? Du hast gesagt, dass die Uchinagas vor ihnen Angst haben. Gehören sie zur Yamaguchi-gumi oder zur Takeda-gumi, oder was?«

»Nein. Auch die Yamaguchis und die Takedas haben Angst vor ihnen. Es sind überhaupt keine Yakuza. Es sind, um die Wahrheit zu sagen, gar keine Japaner, sondern Chinesen. Du hast vielleicht nicht so ganz den Überblick, aber hier in Skinjuku haben die Chinesen längst die besten Geschäfte übernommen. Und anderswo sind sie gerade dabei.«

Ich erinnerte mich, dass ich mal so was gelesen hatte. Triaden, chinesische Geheimbünde aus Shanghai und Fujian in Südchina, brachten die japanische Unterwelt mordsmäßig durcheinander. Mit den Yakuza hatte Japans Polizei leben gelernt. Einer respektierte die Interessen des anderen und mischte sich nicht unnötig ein. Aber die Chinesen waren echte Spielverderber. Sie wollten sich an diese ungeschriebenen Ganovengesetze einfach nicht halten und funkten rücksichtslos überall rein. Außerdem waren sie so blutrünstig und brutal, dass die Yakuza sich gegen sie wie freundliche Versicherungsvertreter ausnahmen. Yakuza schnitten sich gelegentlich mal ein Fingerchen ab und ärgerten die Geschäftsleute. Und natürlich legten sie ab und zu auch mal jemanden um, der so dumm war, ihnen in die Quere zu kommen. Aber wer die Chinesen störte, der sah noch am selben

Tag seine Hoden in einem Wasserglas neben seinem Bett, und zwar mit Augen, die im selben Wasser schwammen. Es wollte mir einerseits gar nicht gefallen, dass Kiko diese unangenehmen Zeitgenossen näher zu kennen schien. Andererseits hatten sie mir gestern Abend das Leben gerettet, und ich konnte mir einfach nicht helfen: Irgendwie machte sie mir das sehr sympathisch.

»Da ist ein Mann, der dir vielleicht ein paar Hinweise geben kann. Er heißt Zhou Feng Wen, und er möchte dich gerne kennen lernen.«

»Ist er der Boss der Gang?«

»Stell bitte keine Fragen, wenn wir jetzt zu ihm gehen, okay? Keine Fragen. Setz dich ganz einfach ganz still hin und höre zu. Du darfst und du musst auch nichts über ihn wissen. Nur eines: Er kommt aus Harbin.«

Kikos säulenhafte Beine stampften von der belebten Geschäftsstraße in eine enge Gasse nur zehn Minuten vom Catcher-Stall entfernt. Die Wände hielten ein dämmriges Licht gefangen, obwohl draußen die helle Sommersonne über Shinjuku stand. Vorbei an einem China-Restaurant und einer Reinigung drangen wir tiefer in die Gasse ein. Die Mauern schienen immer näher zusammenzurücken, sodass wir kaum noch nebeneinander gehen konnten. Schon ein Fahrrad, das vor einer Tür abgestellt war, wurde zu einem ernsthaften Hindernis für meine Freundin, die ihren Körper ächzend daran vorbeizwängen musste. Über uns hing Wäsche zum Trocknen vor Milchglasfenstern, von irgendwoher erklang fremde Musik. Eine Katze machte uns widerwillig fauchend den Weg frei. Ich sah zwar keinen Menschen, hatte aber doch das beklemmende Gefühl, dass tausend Augen uns beobachteten. Das Haus, vor dem Kiko stehen blieb, wirkte bescheiden, geradezu ärmlich.

»Ist es hier?«, fragte ich und erntete einen fürchterlichen Blick. Kiko kann sehr böse dreinschauen.

Die Flügel ihrer plattgedrückten Nase blähten sich auf, und ihre Augen schleuderten Blitze: »Keine Fragen!«

Sie klopfte nicht und sie klingelte nicht, und trotzdem öffnete sich die Tür. Dahinter erschien ein dürrer, junger Kerl mit einem Gesicht, als habe er gerade eine Hungersnot überlebt. Wortlos nahm er uns in Empfang und ging voraus, ein Holztreppchen hinauf. Am Ende der Treppe öffnete er eine weitere Tür. Wir betraten einen Raum, der das dürftige Äußere dieser Bruchbude Lügen strafte. Gold blitzte in Überfülle von Statuetten, Kannen, Wandschmuck, Schalen und aus dem Mund eines alten Mannes, der auf einem Seidenkissen in einem mit Schnitzereien verzierten Stuhl aus Edelholz thronte. Kiko verbeugte sich tief, und ich tat es ihr gleich.

»Bitte, treten Sie ein!«, sagte der Greis in steifem, altertümlichem Japanisch mit schwerem Akzent. Er hatte einen Arm auf sein Knie gestützt. Mit dem anderen griff er eine hauchdünne Porzellantasse und schlürfte Tee. Nachdem er das kostbare Gefäß abgestellt hatte, winkte er einem Diener, der uns unsere Plätze anwies – ausladende chinesische Stühle – und auch uns Tee einschenkte. Herr Zhou hatte sein dünnes, schwarz gefärbtes Haar in fettigen Strähnen nach hinten gekämmt. Er trug ein billiges weißes Seidenhemd, das über seinem knochigen Brustkasten halb geöffnet war. Seine skeletthaften Beine steckten in schlackernden Baumwollhosen, an den Füßen trug er abgelatschte Schlappen. Wäre ich ihm auf der Straße begegnet, dann hätte ich ihn für einen pensionierten chinesischen Nudelkoch gehalten, für den Hausmeister in einem chinesischen Nachtclub oder einen harmlosen alten Opi. Wenn die Paten der Triaden alle so aussahen wie dieses Männlein hier, dann wunderte es mich nicht, dass niemand es mit ihnen aufnehmen konnte. Sie waren schlichtweg unsichtbar. Nur seine Augen mochten ihn verraten, wenn man genau hinsah: Seine Augen waren kalt und wachsam wie die eines Reptils.

»Bitte, trinken Sie doch eine Tasse Tee«, forderte uns der Alte auf. Simultan griffen Kiko und ich nach unseren Tassen. »Es ist sehr ungewöhnlich, dass ich Fremde in mein unwürdiges Heim bemühe«, sagte Herr Zhou nach einigen ungemütlichen Minuten des Schweigens. »Aber ich bin schon sehr alt und gebrechlich und gehe nicht mehr oft aus. Deswegen habe ich Sie zu mir gebeten.«

Seine Sprache war förmlich und bescheiden. Aber gerade deswegen strahlte sie auf unheimliche Weise Macht aus. Ich bezweifelte nicht, dass dieser Mann mit einer Bewegung seines kleinen Fingers über Leben und Tod entschied. Ich wollte nicht in der Nähe sein, wenn er zornig wurde.

»Fräulein Ayukawa hat mir zur Kenntnis gebracht, dass Sie mit einem Fall beschäftigt sind, der seine Wurzeln in meiner Heimatstadt hat. Ich denke gern an Harbin zurück. Es ist eine sehr schöne Stadt, müssen Sie wissen. Sehr kalt im Winter. Sibirien ist nicht fern. Die Russen haben unsere Stadt schon immer sehr gemocht und viele Häuser dort gebaut. Wir hatten nichts dagegen, denn sie waren ja friedliche Kaufleute. Aber dann kamen die Japaner, und sie waren Eroberer. Sie hatten nur ein Ziel: uns zu unterwerfen und unser Land zu plündern.«

Herr Zhou nippte an seinem Tee, und sofort eilte der Diener herbei, um ihm nachzugießen.

»Ich war damals noch sehr jung und gerade dabei, mein eigenes Geschäft aufzubauen. Dazu brauchte ich natürlich japanische Unterstützung, denn ohne ihre Stempel bekam man keine Genehmigungen, und wie Sie sich denken können, benötigten wir Chinesen damals für alles eine Genehmigung – mit Ausnahme vielleicht des Atmens.«

Sein spitzes Kichern wies keine Spur von Heiterkeit auf.

»Ich lud damals eine schwere Schuld auf mich, an der ich bis heute trage. Viele meiner Freunde schlossen sich dem Widerstand an und traten den Kommunistischen Zellen bei, die im Untergrund gegen die Japaner kämpften. Ich hielt das für sinnlos. Ich hatte ganz andere Ziele. Ich wollte reich werden und mein Geschäft zum Erblühen bringen. Anstatt die Japaner zu bekämpfen, lernte ich ihre Sprache und knüpfte viele nützliche Kontakte. Auf diese Art und Weise bekam ich alle Genehmigungen und Vergünstigungen. Ich belieferte ihre Kasernen mit Kaviar vom Schwarzen Meer, den sie besonders schätzten, und mit Cognac aus Frankreich. Dafür ließen sie mich in Ruhe.

1936, fünf Jahre nachdem sie bei uns einmarschiert waren, beschlagnahmten die Japaner ein Landstück draußen in Pingfang. Sie walzten die Dörfer nieder und verjagten die Bauern. Dann errichteten sie Mauern. Durch meine Verbindungsleute erfuhr ich, dass dort ein neues Gefängnis gebaut werden sollte. Es kam mir von Anfang an komisch vor. Das Gefängnis wurde geleitet von der Wasserversorgungs- und Hygienebehörde. Wozu brauchte die denn ein Gefängnis? Zur Eröffnung kamen wichtige Leute aus Tokio. Ich war bei der Feier dabei, denn ich lieferte die Speisen und Getränke für das Bankett. Ehrengast war ein Mann namens Kajitsuka Ryuji, der die Gesundheitsabteilung im Kriegsministerium leitete. Er brachte auch Generalleutnant Ishii nach Harbin, mit dem ich später viele Geschäfte abwickelte und dem ich es zu verdanken habe, dass ich heute hier in Japan bin.

Nicht lange nachdem das neue Gefängnis fertig gestellt war, begannen Geschichten die Runde zu machen. Es wurde gemunkelt, dass hinter den streng bewachten Mauern grausame Dinge vor sich gingen. Niemand wusste etwas Genaues. Aber manchmal berichteten Bauern, sie hätten schreckliche Schreie gehört. Ich dachte mir nichts dabei, denn es war mir klar, dass ein japanisches Gefängnis kein Sanatorium war. Viele meiner Landsleute verschwanden im Gefängnis von Pingfang. Einige kannte ich von früher. Sie waren als kommunistische Agenten geschnappt worden. Aber auch Mongolen und Koreaner landeten in dem Gefängnis, und Russen. Und keiner kam je wieder lebend heraus. Frauen und Kinder, sogar kleine Babys, wurden in das Gefängnis von Pingfang gebracht. Irgendwann erhielt die Wasserversorgungs- und Hygienebehörde dann einen neuen Namen. Sie hieß jetzt Einheit 731.«

Ich hatte diesen Begriff schon einmal gehört. In letzter Zeit hatte es eine Menge Berichte in den Zeitungen und im Fernsehen über diese Einheit gegeben; sie war, wenn auch nur die Hälfte stimmte, einer der übelsten Schandflecken in Japans Geschichte. Vermutlich deshalb scheuten sich die meisten, darüber zu sprechen oder auch nur nachzudenken. Angehörige dieser Sondereinheit hatten im Krieg gegen China medizinische Versuche an Menschen vorgenommen. Wenn ich öfter mal meine Nase in eine Zeitung stecken würde, dann wüsste ich jetzt wahrscheinlich mehr über die Einheit 731 als nur das. Aber es war lange her und längst vorbei und hatte mich deswegen nie so richtig interessiert. Bis jetzt.

»Wei Zhun war seit Kindertagen mein bester Freund«, fuhr Herr Zhou fort. »Schon unsere Väter waren befreundet gewesen. Als die Japaner kamen, ging Wei als Patriot sofort in den Untergrund. Das Nächste, was ich von ihm sah, war sein Foto auf den Fahndungsplakaten der Besatzungsarmee. Wei aber war klug und geschickt: Er legte Hinterhalte, sprengte Bahnlinien und spionierte die Nachschubwege der Japaner aus. Eines Abends, es war im Januar und bitterkalt, stand er plötzlich vor meiner Tür und flehte mich um Hilfe an. Die Japaner hatten ihn bei einer Straßenkontrolle erkannt, und jetzt war er auf der Flucht. Was sollte ich tun? Ich verstieß gegen mein heiligstes Geschäftsprinzip, mich niemals in politische Dinge einzumischen, und ließ meinen Freund in mein Haus. Aber nur für eine Nacht. Er musste mir versprechen, am nächsten Tag zu verschwinden. Aber das nützte nichts. Zehn Minuten nach ihm kamen die Japaner. Sie waren ihm gefolgt, und nun fanden sie ihn in meinem Keller. Nun kamen wir beide ins Gefängnis von Pingfang. Zuerst zogen sie uns nackt aus und spritzten uns mit eiskaltem Wasser ab. Dann brachten sie Wei zum Verhör. Auch ich wurde vernommen, aber ich hatte Glück: Es war Hauptmann Ishigaki, dem ich ein paar Wochen zuvor ein Grammofon besorgt hatte, damit er sich die Schallplatten seiner Lieblingssängerin Namura Sakura anhören konnte. Das rettete mir das Leben. Er schlug mich zwar und er trat mich und brach mir auch zwei Rippen. Aber er brachte mich nicht um. Am Ende lachte er und befahl, ich solle ihm alle Schallplatten von Namura Sakura beschaffen, dann wolle er sehen, was er für mich tun könne. Ich versprach es ihm. Wei hatte nicht so viel Glück. Als ich ihn am nächsten Tag im Hof sah, konnte er nicht mehr aufrecht gehen. Sein Gesicht war angeschwollen und verfärbt, dass ich ihn kaum noch erkannte. Generalleutnant Ishii hatte ihn persönlich verhört. Und Ishii war es auch, der anordnete, dass mir eine Lektion erteilt werden sollte, die ich nie vergessen würde. Das hat er mir später selbst gesagt.

Der nächste Tag war so ein typischer sonnenklarer Januartag in Harbin. Minus dreißig Grad. Wei und ich wurden nebeneinander im Hof an der Gefängniswand angekettet. Ich bekam zu meiner Kleidung noch einen japanischen Armeemantel, Filzstiefel und eine Pelzkappe. Nur mein rechter Arm war frei. Wei aber war nackt. Völlig nackt. Nach wenigen Minuten schon war er blau gefroren und zitterte, als stünde er unter Starkstrom. Ich konnte ihm nicht helfen. Sie hatten ihm an verschiedenen Stellen seines Körpers Thermometer ins Fleisch gebohrt. Ich erinnere mich noch genau an die Farbe des gefrorenen Blutes auf seiner blauweißen Haut. Alle paar Minuten kam ein Japaner im weißen Kittel und las die Temperatur ab. Auch in meinem Arm steckte ein Thermometer. Es schien dem Arzt nicht zu gefallen, was er bei mir ablas, und so befahl er einem Koreaner, der die Drecksarbeit erledigte, mir Wasser über den Arm zu gießen, das sofort gefror. Es wurde heiß wie Feuer. So ist das, wenn einem der Arm abfriert. Das habe ich damals erfahren. Immer wenn ich dachte, ich würde ohnmächtig vor Schmerz, und wenn ich begann, mich selbst zu bemitleiden, dann blickte ich hinüber zu Wei. Mein Freund hatte den Verstand verloren. Irgendwann schrie er etwas, aber ich konnte ihn nicht verstehen, weil sein Unterkiefer bereits am Knochen festgefroren war. Es dauerte sehr lange, bis Wei nichts mehr spürte. Sehr lange. Mein Arm war so steif wie ein Brett. Als sie mich endlich losketteten, sackte ich zusammen, weil das Gewicht meines gefrorenen Armes mich nach unten riss. Der japanische Arzt klopfte mit einem Stock darauf, und es hörte sich an, als klopfe er auf ein Stück Holz. Sie brauchten drei Leute, um Wei wegzutragen. Mich führten sie in einen Laborraum, und bevor ich noch wusste, wie mir geschah, hatten sie mich auf dem Bauch liegend an einer Bank festgebunden und tauchten meinen toten Arm in einen Bottich mit siedendem Wasser.

Zwei Ärzte standen daneben und schauten zu. ›Ich bezweifele, dass die Heißwassermethode noch wirkt‹, sagte der erste Arzt. ›Der Arm war zu lange exponiert. Die Thermorezeptoren sind abgestorben und auch das Gewebe.‹

›Ich wette meine letzte Flasche Reisschnaps dagegen‹, sagte der zweite Arzt. ›Das Gewebe wird sich wieder erholen, wenn wir das Wasser nicht über hundertzwanzig Grad erhitzen. Vielleicht bleibt eine Lähmung zurück.‹

›Ausgeschlossen‹, sagte der erste Arzt. ›Denken Sie mal an die Frau von neulich!‹

›Aber Frauen sind generell schwächer gebaut als Männer.‹

Da lag ich also hilflos auf dieser Bank, der heiße Dampf verbrühte mein Gesicht und mein blauer Arm steckte in kochendem Wasser. Und daneben standen zwei Ärzte und schlossen eine Wette über meinen Arm ab. Es dauerte nicht sehr lange, dann erwachte der Schmerz. Wie ein wildes Tier. Es war, als ob mein Arm und meine Schulter von Ratten zerfleischt würden. Genau so. Diesmal wurde ich ohnmächtig. Zum Glück, denn so merkte ich nichts davon, dass sie mir den Arm absägten. Der erste Arzt hatte seine Wette gewonnen, mein Arm war zu lange der Kälte ausgesetzt gewesen und abgestorben. Doch als ich erwachte, hatten die Ratten meinen Arm noch immer nicht losgelassen. Die nächsten zwei Jahre bissen sie immer weiter mit ihren spitzen Zähnen zu. Und auch danach gaben sie lange Zeit keine Ruhe. Wenn ich Schnee nur sah, bissen sie schon, wenn ich heißes Wasser sah und wenn ich Japaner sah.«

Ich starrte auf seinen Arm, der immer noch reglos auf seinem Knie ruhte. Erst jetzt fiel mir auf, dass es eine Prothese sein musste.

»Generalleutnant Ishii ließ mich zwei Tage später zu sich rufen und sagte, er hoffe, dass mir diese kleine Lektion gut bekommen sei und dass ich nicht noch einmal Ungelegenheiten machen würde. Sonst sehe er sich gezwungen, mich ernstlich zu verwarnen. Er verlangte zwei Kisten Cognac und Zigarren dafür, dass er mein Leben so großmütig geschont hatte. Er bekam sie. Auch Hauptmann Ishigaki bekam seine Schallplatten, und ich bekam meine Freiheit wieder. Ich durfte sogar noch einen Blick auf meinen Arm werfen: Sie hatten ihn eingelegt wie eine Rübe in ein großes Glas mit gelblicher Flüssigkeit. Daneben standen in einem Regal noch andere Körperteile von anderen Leuten. Oder auch die ganzen Leute: ein Russe, ein Franzose, ein Amerikaner, ein Koreaner, ein Chinese und ein Mongole. Bleich und mit aufgeschlitztem Bauch in riesigen Glasgefäßen. Aufgeschnitten, zerlegt und beschriftet. Hände, Beine, innere Organe, Geschlechtsteile, Köpfe. Von Männern und von Frauen und sogar von Kindern. Das war sehr grausig. Aber komischerweise hat mich nichts von alldem so erschreckt wie der Anblick meines eigenen Armes, das kann ich Ihnen sagen. Mein Ring steckte noch am Finger. Sie schickten den Arm später mit den ganzen anderen Sachen hierher nach Tokio. Ich glaube, mein Arm ist noch vor mir hier angekommen.«

Kiko ahnte, dass auf meinen Lippen eine Frage brannte und warf mir einen warnenden Seitenblick zu.

»Ich ging damals zurück in mein Geschäft und sagte keinem Menschen, was mit meinem Arm wirklich geschehen war. Aber es fragte auch keiner, denn ich war nicht sonderlich beliebt in Harbin. Ich führte weiter mein Geschäft, bis der Krieg seinem Ende zuging. Die Russen näherten sich der Stadt. In dem letzten Sonderzug des japanischen Militärs, der Harbin verließ, saßen Generalleutnant Ishii, seine engsten Mitarbeiter und dazu ein paar ausgewählte Chinesen. Ich auch. Ishii hatte mich mitgenommen, weil ihm sein chinesischer Dienstbote davongelaufen war, und er wollte sich gewiss auch für die vielen Kisten Cognac und Zigarren erkenntlich zeigen, die ich ihm in all den Jahren hatte zukommen lassen. Er sagte, er habe eine Schwäche für mich. Außerdem hoffte er sicherlich, dass ich zu seinen

Gunsten aussagen würde, sollte er gefangen genommen werden. Aber das war idiotisch, denn niemand hätte mir geglaubt, und auch ich musste mein Land verlassen. Wenn ich, der Kollaborateur, in meiner Heimat geblieben wäre, dann hätten mich die Kommunisten mit Sicherheit erschlagen.

Als wir in Tokio ankamen, waren die Amerikaner schon da. Ich dachte, sie würden Ishii und seine Mitarbeiter gleich verhaften, denn sie waren schließlich Verbrecher. Aber nichts geschah. Es war mir unbegreiflich. Ishii schien hohes Ansehen bei allen Behörden zu genießen und verschaffte mir sogar einen japanischen Pass, damit ich in diesem Land bleiben konnte. Als ich in seinem Hause Dienstbote war, da kam sogar einmal der General MacArthur vorbei, stellen Sie sich das mal vor! Er kam nicht, um ihn festzunehmen, sondern um bei einer Tasse Tee mit ihm zu plaudern. Der Oberbefehlshaber der Besatzungsarmee erweist einem solchen Mörder und Menschenschinder die Ehre seines Besuchs! Auch die anderen Ärzte und Offiziere der Einheit 731, die sich oft bei Ishii zu gemütlichen Kameradschaftsabenden einfanden, bekamen sofort wieder Arbeit. Manche gingen sogar nach Amerika. Andere blieben hier ganz in der Nähe, in Shinjuku. Dort war die Medizinschule der kaiserlichen Armee. Dahin hatten sie aus Harbin auch meinen Arm geschickt. Keiner der Mörder hat jemals für sein Verbrechen bezahlt. Keiner ist vor Gericht gekommen, keinem haben sie unangenehme Fragen gestellt, niemand interessierte sich für das, was sie uns angetan haben.«

Zhou lächelte wie ein Krokodil, das sich auf seine Beute freut. Er seufzte.

»Das war's, was ich Ihnen erzählen wollte. Ich bin ein alter Mann und ich habe in meinem Leben einige Fehler begangen. Ich wurde reich, während meine Freunde und

Landsleute starben. Aber jetzt – indem ich Ihnen gefällig bin – kann ich auf meine Art ein wenig Rache üben für alles, was sie uns angetan haben. Das tut mir gut. Deswegen wollte ich Ihnen danken für die Gelegenheit, Ihnen behilflich sein zu können.«

Zhou senkte den Kopf – wir waren entlassen.

Ich konnte nichts dafür. Die Frage musste einfach heraus, sonst wäre ich daran erstickt. Kiko sah es kommen und fiel mir ins Wort: »Vielen Dank, Zhou-sensei, für Ihre Zeit!« Ich sagte gleichzeitig: »War in der Einheit 731 ein Arzt namens Takahana?«

Der Alte schien von unserem Duett befremdet.

Kiko funkelte mich wütend an. Hoffentlich würde sie mich hinterher nicht verhauen. »Wir müssen jetzt gehen«, befahl sie und stand auf, mich hinter sich herziehend.

Ich warf Zhou einen verzweifelten Blick zu. »*Gomennassai!*«, sagte ich.

Seine Antwort kam, als wir unter Verbeugungen die Tür schon erreicht hatten. »Der die Wette gewonnen hatte, das war Takahana. Aber er nannte sich Dr. Takeo.«

Kiko schob mich vor sich her die Treppe hinunter und auf die Gasse hinaus.

»Tut mir Leid, Kiko, dass ich was gefragt habe. Aber ich hatte das Gefühl, er wollte es sowieso sagen. Er hatte es nur vergessen.«

»Schon gut. Ich dachte, du würdest noch mehr fragen. Herr Zhou ist nicht sehr nett zu Leuten, die zu viel von ihm wissen wollen.«

»Zum Beispiel womit er sein Geld verdient?«

»Zum Beispiel.«

»Oder warum er mir hilft?«

»Auch. Obwohl das ziemlich klar ist. Er hat mir gegenüber ein altes Sprichwort zitiert. Das hat er in diesem Film gehört, wo Sean Connery einen Polizisten spielt, der japanisch spricht. Zhou mag amerikanische Filme.«

»*Nippon Connection?*«

»Ja, genau. Dieses Sprichwort heißt: Der weise Mann setzt sich an den Fluss und wartet, bis die Leichen seiner Feinde vorübertreiben. Ich glaube, Kenji, du bist für diesen alten Mann so was wie der Fluss.«

Wir hatten wieder die Geschäftsstraße erreicht mit ihren bunten Schaufenstern und den Tausenden von Reklametafeln, den Restaurants, den Bars und den Boutiquen. Ich blieb stehen und sah mir meine Landsleute genauer an: junge Frauen, kichernd; Kinder in Schuluniformen mit gelben Kappen und roten Schulranzen; Angestellte mit Schlips, die wegen der Hitze ihr Jackett über den Arm gelegt hatten. Ein Polizist mit weißen Handschuhen, sein Funksprechgerät ans Revers geklemmt, regelte trillerpfeifend den Verkehr. Überall nette Gesichter. Manche vielleicht ein bisschen vom Ehrgeiz verknorpelt, manche ein wenig arrogant und andere ein wenig blöde. Ob das noch dieselben Japaner waren wie damals? Ob es auch unter denen solche gab, die andere Menschen erfrieren ließen, zerhackten, aufschlitzten und in eine gelbliche Flüssigkeit einlegten?

»Komm schon, Kenji, das bringt doch nichts. Das ist vorbei«, sagte Kiko.

»Eben nicht. Für Zhou ist es nicht vorbei und für mich auch nicht.«

Fast wäre ich gegen ein öffentliches Telefon gelaufen, weil ich so meinen Gedanken nachhing. Ich fand, dass es Zeit war, meinen Feind noch ein wenig zu erschrecken. Auf seine Leiche konnte ich jedenfalls am Fluss warten, bis ich schwarz würde. Ich musste handeln.

Wieder wurde lediglich der Hörer abgenommen, ohne dass sich jemand meldete.

»Ich bin's wieder, Ihr freundlicher Privatdetektiv«, sagte ich keck.

»Was wollen Sie jetzt?«

Takahana klang noch unmenschlicher als am Morgen. Wahrscheinlich musste er sich warm laufen wie eine Maschine und hatte erst gegen Mittag das nötige Maß an Boshaftigkeit erreicht.

»Weiter über unseren Handel sprechen.«

»Sie sind dumm, Detektiv Hamada, sehr dumm. Es gibt keinen Handel. Die Dokumente, von denen Sie sprachen, sind natürlich längst in meinem Besitz.«

»Nein, nein, das ist doch Schnee von gestern. Sie sind nicht auf dem neusten Stand. Wen interessieren denn die verstaubten Akten? Ich habe was viel Besseres: Dr. Takeo. Einheit 731 – Pingfang, Harbin. Mir ist gerade aufgegangen, wie der kluge Dr. Takahana zu seinem Rezept für ›Dr. Takahanas ausgezeichnete Brandsalbe‹ gekommen ist. Er hat Menschen dafür verbrannt. Ihre ganze Scheiß-Firma ist auf einem miesen Kriegsverbrechen aufgebaut.« Ich hörte ihn atmen und interpretierte das als gutes Zeichen. »Und wenn das noch nicht reicht, wie wäre es dann damit: Killer Kaneko und die Uchinaga-gumi. Der japanische Leonardo als Auftraggeber eines Yakuza-Mörders. Junge, Junge, Takahana. Sie stecken in Schwierigkeiten.«

»Ich weiß nicht, wovon Sie sprechen.«

Er wusste es. Ich spürte es. »Ich sage Ihnen jetzt mal was Poetisches, Meister. Mal sehen, ob Sie es kapieren. Also: Ich bin ein Fluss, okay? Und Sie persönlich und dazu Ihre ganze Scheiß-Firma schwimmen in mir herum – als Leichen. Denken Sie mal drüber nach.« Ich hängte ein.

»Du willst ihn erpressen?«

»Ach, was! Ich will ihn nur ein bisschen nervös machen. Er soll Angst haben, sein Geld und seine Macht zu verlieren.

Das ist die einzige Angst, die diese Leute kennen. Und Takahana macht jetzt gerade damit Bekanntschaft.«

»Du bist ein Genie, Kenji!«

Ich stellte mich auf die Zehenspitzen und drückte ihr einen dicken Kuss auf die pickelige Wange. Kiko errötete hold. »Danke. Das hat mir schon lange keiner mehr gesagt.«

Atami

Wieder im Wild Man Yamagiwas Catcher-Stall, wo sich die bösen Mädchen weiter mit Gebrüll rauften, bissen und einander an den Haaren zogen, konnte ich an nichts anderes mehr denken als an Susanne. Ich hatte sie ziemlich schäbig behandelt. Was ging es eigentlich mich an, wie sie ihre Karriere vorantrieb? Wer war denn ich, ihr moralische Vorhaltungen zu machen? Ich wollte mich dringend bei ihr entschuldigen, nur musste ich sie dazu erst einmal finden. Aber wo?

Die Antwort stand in der Zeitung, gleich neben dem Foto von ihr. Susanne hatte sich gestern Abend noch und offenbar direkt nach unserer Abschiedsszene bei der Polizei gemeldet. Sie sei von dem Privatdetektiv und mutmaßlichen Ninja-Killer Hamada angeschmiert und ausgenutzt worden, stand in dem Artikel. Sie habe bis zu einem bestimmten Punkt, der nicht näher definiert war, fest geglaubt, sie handle im Interesse der Firma. Damit kann man in Japan fast alles entschuldigen. Prima, sagte ich mir. Ihr Name war tatsächlich reingewaschen worden, und ich wusste sogar, wer ihr Meister Propper war. Aber wie konnte ich den finden?

Wozu hat man Freunde?

»Hamada? Ich kenne keinen Hamada! Lass mich endlich zufrieden, du …!«

»Sag jetzt nichts, was du später bereuen könntest, Kumpel. Nur diesen einen Gefallen noch, Nori! Es geht lediglich um eine winzige Auskunft. Ich will nur wissen, wo Takahana Tomotake wohnt!«

»Er hat ein Haus auf der Izu-Halbinsel. In der Nähe von Atami.«

»Das war's schon, danke!«

»Nein, das war's noch nicht. Ich weiß auch nicht warum, aber ich habe in deiner Angelegenheit mit einem von unseren Spürhunden in unserer Wirtschaftsredaktion gesprochen.«

»Nori! Das ist ja klasse! Du benimmst dich ja zum ersten Mal, seit wir uns kennen, wie ein wahrer Freund!« Ich war ehrlich gerührt.

»Es gibt etwas, das du über die Takahanas wissen solltest. Offenbar sind Hideyoshi und Tomotake verfeindet und tragen hinter den Kulissen eine Art Bruderkrieg aus. Es gibt keine Beweise, nur Gerüchte. Aber eines besagt, dass der ehrgeizige Hideyoshi über Strohmänner Tomotakes Anteile aufkaufen lässt, um die Firma allein und ohne den stillen Teilhaber zu führen, der ihm mit seiner vornehmen Bedächtigkeit bloß ins Handwerk pfuscht.«

Oh, oh. Gefahr im Verzug. Jetzt, wo er unvorsichtigerweise den Takahana-Brüdern hinterherschnüffelte, hatte auch das Kaninchen Nori seinen Kopf in der Schlinge. Ich wünschte, er wäre weniger hilfsbereit gewesen. »Nori, ich danke dir von ganzem Herzen für diese wichtige Information. Jetzt gebe ich dir noch einen Tipp: Nimm Akiko und deinen Wellensittich und verschwinde aus deiner Wohnung und deinem Büro und kehre nicht dorthin zurück, bis ich es dir sage, verstanden! Kriecht irgendwo unter.«

»Warum?«

»Takahana lässt dein Telefon anzapfen. Ich wollte es dir schon die ganze Zeit sagen, habe es aber immer wieder vergessen. Hau ab! Jetzt sofort!«

»*Bakayaro*«, fluchte er, und ich ahnte, dass er sich in diesem Moment schwor, mir nie, nie wieder auch nur die Uhrzeit zu sagen.

Kiko, die gute, treue Seele, bestand darauf, mich als Beschützerin nach Atami zu begleiten, doch ich wollte sie nicht weiter in Gefahr bringen und mich selbst auch nicht. Denn ich musste nach Atami vor allem, um Susanne zurückzugewinnen. »Ich bin bald wieder da und kaufe dir zum Dank so ein riesiges Steak!« Ich breitete beide Arme aus, und sie drückte mich, dass ich mein Rückgrat splittern hörte.

Die Fahrt zur Izu-Halbinsel dauerte mit dem Bummelzug drei Stunden. Ich war einmal zuvor in Atami gewesen, ausgerechnet mit Nori. Dieser postpubertäre Schlingel hatte mich in ein geschmackloses Sex-Museum oben auf dem Berg gelotst. Atami war ein dekadentes Touristennest mit teuren Hotels, Reisegruppen verheirateter Männer und *onsen*, heißen Quellen, die in der Hochsaison so voll waren, dass man nicht mal die große Zehe ins Wasser tauchen konnte, wenn man zu spät zum Bad erschien.

Der Sonnenuntergang ließ nicht mehr lange auf sich warten, als ich aus dem Bahnhofsgebäude trat. Ich orientierte mich kurz auf einem Stadtplan, der da herumhing. Takahanas Haus war dort jedenfalls nicht verzeichnet. Auch im Telefonbuch, das ich mir an einer Souvenirbude lieh, war kein Takahana zu finden. Ich hatte Hunger. Mein Magen knurrte so laut, dass sich bereits die Touristen nach mir umdrehten. Ich lenkte meine Schritte in ein viel versprechendes Sushi-Restaurant, wo ich zünftig mit einem donnernden »*irasshaimasse*« willkommen geheißen wurde, und ließ mich an der

Theke nieder, die der Sushi-Koch sofort sauber wischte, bevor er mir einen grünen Tee vorsetzte. Ich nahm die Sonnenbrille und die Schirmmütze ab; sie war mir eine so vertraute Gefährtin geworden, dass ich mich ohne sie direkt nackt fühlte. Ich war auf dem Weg, das Verhältnis zu meinem Scheitel neu zu definieren.

»Sushi moriawase – deluxe«, bestellte ich nach einem flüchtigen Blick auf die Speisekarte. Der Laden war gut besucht. Neben mir an der Theke saßen zwei Männer und hatten den Fernseher im Blick, der an der Wand hinter mir hing. Es gab Werbung.

Das Wasser lief mir im Munde zusammen, als ich den Sushi-Koch und seine beiden Assistenten beobachtete, wie sie die Fischhälften, die saftigen Filets und Garnelen herumwirbelten und sie mit ihren scharfen Messern fachmännisch zerlegten. Flinke Hände formten Reisbällchen, *wasabi* wurde getupft und schließlich der Fisch darauf gebettet.

»Sind Sie zum ersten Mal in Atami?«, ließ sich der Chefkoch vernehmen.

»Nein. Ich war schon mal kurz hier, aber das ist lange her.«

»Sie kommen mir nämlich irgendwie bekannt vor.«

Er musste gesehen haben, wie ich zusammenfuhr. Verdammt, das fehlte mir jetzt gerade noch. Ich hatte völlig verdrängt, dass mein Gesicht fast jeden Tag in der Zeitung zu sehen und an jeder Polizeiwache angeklebt war.

»Ja, ich dachte auch gerade, dass ich Sie schon mal irgendwo gesehen habe«, versuchte ich, die Situation zu retten. »Warten Sie mal ... gleich habe ich's ... Minami Shoko, richtig? Natürlich, Shoko. Sie kommen aus Nagano. Wir haben mal zusammen Golf gespielt ... wo war das noch?«

Er glotzte mich aus dummen Fischaugen fragend an. »Ich spiele nicht Golf.«

Ich wurde ihm wohl unheimlich, denn er wandte sich wieder seinem Geschäft zu. Ich musste raus hier. »Nicht Minami Shoko?«

»Ich weiß nicht, wovon Sie reden. Aber ich kenne Sie irgendwoher. Waren Sie schon mal im Fernsehen?«

Shokos Gehirnzellen waren kurz davor, die Schallmauer zu durchbrechen. Wieso hatte ich nur immer so ein Pech mit Sushi-Köchen?

»Sie haben damals gewonnen.« So unauffällig wie möglich packte ich Mütze und Sonnenbrille. »Aber Sie haben mich gelinkt, Minami-san. Und zwar am Loch 13. Ich weiß es noch genau.«

Die beiden Männer nebenan stierten erst ihn dann mich an.

»Ich heiße nicht Minami. Ich heiße Tsuda!«

»Wie immer Sie heißen, ich habe Ihnen nicht verziehen. Ich kann hier nicht länger bleiben. *Sayonara!*« Ich drehte mich um und sah – Hamada, den Ninja-Killer. Im Fernsehen liefen die Nachrichten, »noch immer untergetaucht« hörte ich den Sprecher gerade sagen und war mit einem Satz an der Tür.

»Ich wusste es doch gleich! Das ist der Kerl!«, krähte der Koch.

Ich hörte Geschirr klirren, Stühle umfallen und rannte hinaus in die überdachte Ladengasse. Zwei Sekunden später wurde die Tür aufgerissen, und die beiden Männer von der Theke stürzten hinter mir her. Ich sprintete los, zwischen den erschreckten Sommerfrischlern hindurch. Mütter beugten sich schützend über ihre Kinder. Väter suchten Deckung hinter den Auslagen der Geschäfte. Ich rannte um mein Leben, angespornt von den Schritten meiner Verfolger. Es waren jetzt nicht mehr nur die beiden aus dem Lokal. Drei oder vier andere Helden hatten sich angeschlossen. Das würde Streit geben, wenn sie sich die zwanzig Millionen Yen Belohnung teilen mussten, die auf meinen Kopf ausgesetzt waren.

»Platz da!«, bellte ich eine Gruppe von Rentnern mit lächerlichen weißen Hütchen an.

»Haltet ihn!«, schrien die Kopfgeldjäger.

Jemand, der so dicht hinter mir war, dass ich schon seinen Atem im Nacken spürte, bekam den Zipfel meiner Wildlederjacke zu fassen. Ich schlug im Rennen seine Hand weg und holte das Allerletzte aus meinen Beinen und meiner Lunge heraus. Schon näherte ich mich dem Ende der Einkaufsgalerie und wich mit größter Not einem Touristenbus aus, der langsam und majestätisch um die Ecke gebogen kam. Meine Verfolger hatten weniger Glück. Ich hörte Geschrei und das unverkennbare Geräusch, das entsteht, wenn Hände, Köpfe und Brustkörbe gegen eine Metallflanke prallen. Mein Vorsprung vergrößerte sich auf dem Weg hinunter zum Meer. Die abschüssigen Gassen hinter mir füllten sich mit Kriegsgeheul und Fußgetrappel. Ein *sento* war meine Rettung, ein öffentliches Badehaus. Ich tauchte unter dem Vorhang hindurch, der das Zeichen *heißes Wasser* zeigte und drückte mich japsend an die Innenseite der Wand. Draußen hörte ich eine Büffelherde vorbeitoben. Wieder zu Atem gekommen, betrat ich das Badehaus durch die Tür für Männer. Eine strickende Omi saß hinter dem Schalter und kassierte tausend Yen Eintritt und noch mal fünfhundert für Handtuch und Seife.

Ich entledigte mich meiner Kleidung, hockte mich unter die Sitzdusche und seifte mich ab. Außer mir und der Omi war kein Mensch im Männerbad. Von nebenan, hinter dem Wandschirm, hörte ich das Lachen der Frauen. Noch immer zitterten mir die Hände und Knie. Polizeisirenen tönten von der Straße am Strand. Langsam versenkte ich erst die Beine, dann den Bauch im heißen Bottich, wo ich so lange lag, bis meine Haut schrumpelig wurde. Durch Wolken wabernden Wasserdampfs blickte ich entspannt hinauf zu dem unvermeidlichen Wandgemälde, das den Berg Fuji zeigte.

Bevor ich das *sento* verließ, bat ich die nette Kassenomi noch um eine Auskunft. »Hier in Atami soll doch dieser bedeutende Industrielle ein Haus haben. Wie heißt er doch gleich?«

»Takahana. Der wohnt auf der anderen Seite des Berges. Gehen Sie hier vor an der Seilbahn vorbei und um die Klippen herum, dann können Sie es schon sehen. Es liegt oben im Wald. Ein wunderschönes Anwesen.«

Mit wunderschönen Alarmanlagen. Am Tor und in den Bäumen ringsum waren Überwachungskameras angebracht, deren rote Lichter wie Raubtieraugen in der Dunkelheit glühten. Das ganze Gelände war dezent, aber hermetisch abgeschlossen. Von Tomotakes beachtlichem Haus war hinter den Hecken und der Mauer nur das niedrige Dach zu sehen. Ich kauerte eine geschlagene Stunde in den Büschen gegenüber und überlegte, wie ich da nur hineinkommen könnte, als ein Wagen die Serpentinenstraße heraufgekurvt kam und vor dem Stahltor stehen blieb. Automatisch reagierten die Sensoren und tauchten den Rolls-Royce in drastisches Licht. Brummend schob sich das Tor auf. Als die Karosse zur Hälfte verschwunden war, erloschen die Flutlichter wieder. Ich rannte los und war drin, bevor das Tor wieder verriegelt war. Die Reifen des Rolls malmten die Steinchen auf dem Kieselweg, dann kam der Wagen vor dem Eingang des flachen Hauptgebäudes schließlich zum Stehen. Die Beifahrertür ging auf, das war Susanne – leicht zu erkennen an ihren blauen Haaren. Offenbar hatte sie Gefallen an der Farbe gefunden. Ein japanischer Herr entstieg der Fahrerseite. Ein

Dienstbote mit der Statur und dem Gesichtsausdruck Tarzans öffnete ihnen die Haustür, und sie verschwanden.

Ich sah mich ein wenig um in Tomotakes luxuriösem Refugium. Der Garten war geschickt und fein ausgeleuchtet. Steinlaternen, Felsimitationen, malerische Krüppelkiefern, ein kleiner Fischteich, ebenfalls beleuchtet. Darin schwammen Karpfen. Ich verstehe auch ein bisschen was von Karpfen, weil ich nämlich mal von einem steinreichen Herrn als unbekannter Mitbieter für eine Karpfenauktion engagiert worden war. Der Krösus wollte vor den anderen Fischfanatikern verheimlichen, dass er sich heiß für ein bestimmtes Exemplar interessierte. Er fürchtete nämlich, das würde den Preis in die Höhe treiben. Ich bot für den Fisch den Gegenwert meines Jahresgehalts und bekam den Zuschlag. Mein Auftraggeber meinte hinterher, das wäre aber wirklich günstig gewesen. Der Fisch, der da direkt vor mir dämlich in Takahanas Teich dümpelte, kostete bestimmt mehr als der Rolls-Royce vor der Tür. Ich schnappte ihn mir.

»Wie sind Sie hier reingekommen?«, schnappte Tarzan, und in meiner Hand schnappte der Karpfen nach Luft.

»Keine Mätzchen, sonst mache ich den Fisch tot«, drohte ich. »Ich will deinen Boss sehen. Sofort.« Ich drückte den Karpfen auf den Bauch, dass ihm die Augen hervorquollen. Ich bin kein Tierquäler, aber ich weiß meine Prioritäten zu setzen. Hinter Tarzan erschien die Gestalt von Takahana Tomotake. Er hatte sich in einen seidenen *yukata*, ein traditionelles Hausgewand, geworfen. Er war etwas größer und sah erheblich menschlicher aus als sein tollwütiger Bruder. Er blickte mit steifer Arroganz – sie musste wohl in der Familie liegen – auf mich herab, wie der bekannte Dichter Fukuzawa Yukichi auf dem Zehntausend-Yen-Schein. Wenn ich seinen Blick richtig deutete, mochte er mich auf Anhieb nicht besonders leiden.

»Lassen Sie meinen Fisch in Frieden und treten Sie ein.«

Ich schmiss den Karpfen in hohem Bogen zurück in seinen natürlichen Lebensraum und betrat die Diele. Tarzan wollte gerade zulangen, aber Tomotake legte ein gutes Wort für mich ein: »Lassen Sie das, Miki. Er ist nicht gefährlich.«

Etwas an der Art, wie er das sagte, passte mir überhaupt nicht.

Sein Wohnsalon war erstaunlicherweise im westlichen Stil eingerichtet. Im Kamin brannte ein Feuer, davor standen bequeme, große Sessel. In einem der Sessel saß Susanne und wandte sich sofort ab, als sie mich im Türrahmen erblickte. Sie sah lieber in die Flammen als auf mich. Auch gut.

»Sie sind in mein Haus eingedrungen«, bemerkte Tomotake vorwurfsvoll. »Warum?«

»Ich habe da eine ziemlich unangenehme Auseinandersetzung mit Ihrem werten Herrn Bruder, die ich gerne beenden möchte. Vielleicht könnten Sie mir dabei behilflich sein. Außerdem wollte ich Susanne gern wiedersehen.« Sie löste ihren Blick nicht von dem Schauspiel im Kamin, aber ich war mir ganz sicher, eine Bewegung in ihrem versteinerten Gesicht wahrgenommen zu haben. Aber ich konnte mich natürlich auch täuschen.

»Ich kann ihnen nicht helfen«, sagte Tomotake und setzte sich auf seine Couch, ohne mir einen Platz anzubieten. »Was Sie mit meinem Bruder auszutragen haben, geht mich nichts an. Ich kümmere mich nicht um die Geschäfte.«

»Und ob es Sie etwas angeht! Ihnen gehört die Firma ebenso wie ihm. Wenn Sie weiterhin zulassen, dass Hideyoshi Amok läuft, dann sind Sie genauso schuldig wie er.«

»Schuldig?« Das hatte gesessen. »Sie wissen nichts, Hamada.« Er spuckte die Worte voller Verachtung aus. »Diese Firma ist unser Leben. Und nicht nur das. Tausende, Zehntausende Arbeitsplätze hängen daran. Verstehen Sie das?

Menschen. Existenzen. Familien. Renten. Haben Sie überhaupt eine Ahnung, wovon Sie reden?«

Ich ging langsam auf ihn zu. Meine Stimme war ruhig, die Worte kalt und spitz wie Eiszapfen. Ich war nämlich wirklich böse. »Oh ja. Ich rede von ›Dr. Takahanas ausgezeichneter Brandsalbe‹.« Er wich meinem Blick aus. »Ich rede von Harbin und der Einheit 731. Und dann wieder von ›Dr. Takahanas ausgezeichneter Brandsalbe‹, die nämlich so ausgezeichnet war, weil Dr. Takahana dafür Menschen verbrannt hat, um dann damit reich zu werden. Und? Weiß ich nun, wovon ich rede?«

Die ganze Sache blieb nicht ohne Wirkung auf Susanne. Sie sah mich jetzt an und dann Tomotake. »Ist das wahr?«

Nun war er derjenige, der ins Feuer stierte. Das Knistern des brennenden Holzes war minutenlang das einzige Geräusch im Raum. Dann erhob sich Tomotake und holte ein Buch aus dem Regal. Es war schlecht gebunden, und manche Seiten waren schon lose. Ich erhaschte einen Blick auf den Titel: *Watashi-no Harubin-de-no keiken.*

»Ja, es ist wahr«, erwiderte Tomotake. »Aber das alles ist lange her, und es ist jetzt nicht mehr wichtig. Mein Vater war ein junger Arzt, als Japan in den Krieg zog. Er ließ sich begeistern und zog mit. Er kam mit Kajitsuka Ryuji und Ishii Shiro zusammen. Sie boten ihm einen Posten in Harbin an. Er arbeitete dort einige Zeit als Arzt.«

»Arzt?«, wunderte ich mich. »Ein Arzt, der Menschen erfrieren lässt? Schöne Art von Arzt.«

»Erfrierungen waren ein ernstes Problem für unsere Soldaten in Mandschukuo. In der Einheit 731 wurden fortschrittliche Methoden entwickelt, wie man solche Verletzungen behandeln kann.«

»Oh ja. Ich weiß. Wenn das Wasser nicht heißer als hundertzwanzig Grad ist, dann besteht eine Chance.«

»Auch wenn Ihnen das nichts bedeutet: Diese Entdeckungen haben vielen Menschen das Leben gerettet.«

»Und mindestens ebenso viele sind dafür verreckt.« Tomotake biss sich auf die Lippen. Ich erriet seinen Einwand: »Aber das waren ja nur Chinesen und Koreaner, nicht wahr? Das war es doch, was Sie gerade sagen wollten!«

»Was war mit den biologischen Experimenten der Einheit 731? War Ihr Vater auch daran beteiligt?«, fragte Susanne.

»Aber natürlich! Es war ja Krieg. Die kaiserliche Armee rechnete jeden Tag mit dem Befehl, Russland anzugreifen. Ein großer Feldzug in China war geplant. Eine Ampulle mit Pest- oder Milzbrandbakterien war wirkungsvoller als tausend Panzer. Das hört sich schlimm an, ich weiß. Aber so viele Menschenleben eine Epidemie auch gefordert hätte – ebenso viele Menschenleben wären doch am Ende verschont geblieben, weil es keine Schlachten, keine Luftangriffe, kein Gemetzel gegeben hätte. Man muss das alles in seinen Relationen sehen.«

»Sie sind wirklich ein wahrer Menschenfreund!« Ich riss Tomotake das Buch aus der Hand und begann an irgendeiner Stelle zu lesen:

> »Wir infizierten einen Chinesen und sperrten ihn zu den anderen in die Zelle. Sie befanden sich unter ständiger Überwachung. Wir beobachteten genau, wann die ersten Reaktionen bei den Gesunden eintraten, notierten alles. Sobald alle angesteckt waren, holten wir sie der Reihe nach zur Untersuchung heraus. Streng nach Liste und nach dem Grad der Symptome. Wir schnitten sie immer bei lebendigem Leibe auf. Erstens waren Betäubungsmittel knapp und teuer und wurden für unsere eigenen Leute gebraucht, und zweitens bestand die Gefahr, dass die Mittel die Reaktionen verfäl-

schen könnten. Wir aber wollten genau wissen, was im Körper eines Pestkranken wirklich vor sich ging. Ich erinnere mich noch gut an die Angst in den Augen der Patienten, wenn sie uns in unseren weißen Kitteln kommen sahen. Und die Hoffnung zugleich. Manche dachten, sie hätten sich zufällig mit irgendwas angesteckt. Sie konnten nicht wissen, dass alles bis ins Kleinste vorbereitet und geplant war. Manche verstanden es erst, als wir ihnen die Haut vom Leibe zogen. Ach, wie sie schrien! Nie werde ich ihre Schreie vergessen. Wir ritzten sie immer von oben, vom Brustkorb, nach unten hin auf, es folgte ein Schmetterlingsschnitt im Leistenbereich. Ich weiß nicht, in wie viele frisch geöffnete Mägen, Lungen und Därme ich geblickt habe, aber ich fand immer nur eines: die Schande, die über Japan gekommen ist.«

»Das Buch erschien 1946«, erklärte Takahana trocken. »Watanabe Jun war einer der Soldaten, die verwirrt und ernüchtert aus dem Krieg in die Heimat zurückkehrten und auf diese Weise ihre Kriegserlebnisse bewältigten. Nichts weiter als Seelenhygiene, die schnell in Vergessenheit geriet, denn niemand wollte diese Geschichten hören. Watanabe selbst war auch ein junger Arzt, aber nach seinen Erfahrungen in Harbin widmete er sich nur noch seinem Hobby, der Malerei.«

»Und Watanabe Jun hat in Harbin Ihren Vater getroffen«, folgerte ich. Mit säuerlicher Miene schlug Tomotake eine Seite auf und reichte mir wieder das Buch. Ich las:

»Es kam ein Herr aus Deutschland nach Pingfang. Die Gefängnisleitung empfing ihn mit allen Ehren. Herr Ratinger, so wurde gesagt, sei ein wichtiger Mann, den unsere Freunde und Verbündeten von der deutschen Armee empfohlen hatten. Er ließ sich unsere Anlagen zeigen. Dann wurden Dr. Takeo, Dr. Nishimaru und ich ins Büro von Generalleutnant Ishii gebeten. Ishii erklärte, dass Dr. Ratinger an einem wichtigen Projekt arbeite, das auch für uns nicht uninteressant sei. Es ging, kurz gesagt, um die Wirkung pyrethroider Wirkstoffe auf den menschlichen Organismus. Diese Stoffe wurden aus der Chrysantheme gewonnen, der Wappenblume des Kaiserhauses. Und Ishii erklärte, dass diesen Blumen eine mystische Kraft innewohne und dass wir diese erforschen müssten, um den Krieg zu gewinnen. Hauptsächlich war es Dr. Takeo, der mit Dr. Ratinger zusammenarbeitete. Manchmal saßen sie bis tief in die Nacht im Labor und brüteten über ihren Formeln. Ich konnte mangels Fachwissen nicht sehr viel zu ihren Forschungen beitragen. Doch beauftragte mich Dr. Takeo, mein malerisches Talent einzubringen, und so malte ich Porträts von ihm und von Dr. Ratinger. Jeden Tag, einen Monat lang, nahmen sich beide eine Stunde pro Tag Zeit, um mir Modell zu stehen. Während dieses Monats bemerkte ich, dass beide Männer immer fröhlicher und gelassener wurden. Sie berichteten, dass sie große Fortschritte bei ihrer Arbeit machten. Sie entdeckten eine Dosierung, die für den Menschen unschädlich, für niedrige Organismen aber tödlich war. Nach etwas mehr als einem Monat hatte Dr. Ratinger seine Forschungen abgeschlossen und verabschiedete sich mit einem großen Bankett. Er sagte, dass PetRa ein großer Erfolg werden würde und dass er unsere Arbeit hier sehr bewundere. In Deutschland sei, was wir hier täten, leider noch nicht möglich. Aber er hoffe sehr, sich irgendwann revanchieren zu können. Er hatte offensichtlich schon etwas zu viel getrunken. Denn er versprach sich. Er sagte, dass er ganz besonders Dr. Takahana Kunio dankbar sei für die hervorragende Zusammenarbeit. Dann räusperte er sich und korrigierte: Er meine natürlich Dr. Takeo. Ich beobachtete Dr. Takeo dabei genau. Er versuchte zu lachen, aber es wollte ihm nicht gelingen. Für den Rest des Abends wechselte er kein Wort mehr mit Dr. Ratinger. Auch war er nicht bei der Delegation, die den Deutschen am nächsten Morgen zum Bahnhof brachte.«

»Das war also alles: der Versprecher eines betrunkenen deutschen Wissenschaftlers«, sagte ich.

»Mein Vater hatte dafür gesorgt, dass alle Beweise für seine Tätigkeit bei der Einheit 731 beseitigt wurden«, erklärte Tomotake, als habe er allen Grund, stolz auf fünf oder sechs Auftragsmorde zu sein. »Bis auf diesen einen.«

»Oh ja. Und er war klug. Klüger als die anderen. Damals schon. Er wusste genau, dass das, was er tat, ein Verbrechen war. Deswegen nannte er sich Dr. Takeo.«

»Mein Vater wollte den Menschen helfen. Er hatte keine Freude an dieser Arbeit.«

»Aber die Gewinne aus ›Dr. Takahanas ausgezeichneter Brandsalbe‹, die werden ihm wohl schon ein bisschen Freude gemacht haben, oder?«

»Ach ja?«, zürnte Takahana und riss mir das Buch aus der Hand. »Und was meinen Sie, wie viel Freude die amerikanische Raumfahrtindustrie an den Druckexperimenten der Einheit 731 gehabt hat? Meinen Sie, die Amerikaner hätten jemals auf den Mond fliegen können, wenn nicht mein Vater erforscht hätte, bei welchem Druck dem Menschen die Augen aus den Höhlen spritzen?«

»Na, dann herzlichen Glückwunsch«, meldete sich Susanne wütend.

»Und das Mückenspray, das dieser Dr. Ratinger in Harbin mit Hilfe meines Vaters entwickelte? Wo ist es gelandet? In Amerika! Ein amerikanischer Industrieller hat Ratinger in Deutschland das Patent abgenommen, und heute noch benutzen Menschen auf der ganzen Welt die Formel aus Harbin, um sich das Viehzeug vom Leibe zu halten, und irgendjemand wird reich damit. Das sind die Realitäten der Geschäftswelt, Sie Träumer. Was meinen Sie, warum ich mich davon fern halte?«

Hideyoshi erschien im Raum wie der böse Geist eines meuchlings Ermordeten im No-Drama. Hinter ihm tauchten noch zwei andere böse Geister auf: Seine Leibwächter und Freunde von der Uchinaga-gumi fielen sofort über mich her, brieten mir eins über und verknoteten mir die Arme auf dem Rücken, dass ich den Schmerz bis in die Spitzen der Scheitelhaare spürte. Auch Susanne fassten die Kerle nicht eben zart fühlend an. Sie legten uns nebeneinander auf den Fußoden wie zur Strecke gebrachtes Wild.

»Was geht hier vor?«, kreischte Tomotake.

Hideyoshi tat überrascht und verzog seine maßlos überheblichen Züge zu einer Grimasse des Erstaunens. »Das fragst du noch? Bedanken solltest du dich bei mir. Du liest offenbar noch immer keine Zeitung, was? Das ist der gesuchte Serienkiller Hamada und das ist seine Mörderbraut!«

Sein Näseln klang vertraut. Wenn unsere Lage nicht so unendlich humorlos gewesen wäre, hätte ich ihn gefragt, ob er manchmal in seiner Freizeit als Schaffner auf der Inokashira-Linie arbeitete.

»Sie haben Mori und Kubota auf dem Kerbholz. Ich habe dich vor ihnen gerettet, sonst wärst du ihr nächstes Opfer geworden.« Er schaute auf uns herab wie eine Gottheit, die wieder einmal Anlass hat, über die Menschenkinder enttäuscht zu sein. »Ich habe Ihnen vertraut, Hamada. Sie sollten sich schämen. Und Sie, Helfrich-san. Ich bin entsetzt, Sie in dieser Gesellschaft zu finden!«

Ich wurde beinahe ohnmächtig vor Zorn. Ich war so wütend über seine Arroganz und Scheinheiligkeit, dass mir lediglich die Unterlippe zitterte und ich kein Wort herausbrachte. Das war vermutlich auch gesünder so, denn der Leibwächter hatte sein Knie in mein Kreuz gedrückt und wartete nur auf einen Vorwand, um mich zu zerquetschen.

»Was hast du mit ihm vor?«, fragte Tomotake, der offenbar gewohnt war, vor seinem kriminell veranlagten Bruder zu kuschen.

»Ich werde ihn der Polizei übergeben!«, grinste Takahana falsch wie eine Rolex aus Hongkong.

»Und was wird aus ihr? Was willst du mit Helfrich-san machen?« Hideyoshi zog die Mundwinkel zu einem dämlichen Grinsen in die Höhe. »Sieh sie dir doch mal an, Tomo. Sie ist wahrlich kein Mitglied unserer Firmenfamilie mehr.«

»Sie wird wieder eines. Dafür stehe ich gerade!«

»Ja, ja. Du bist ihr immer gern behilflich, nicht wahr, Tomo? Ganz der Gentleman. Hast eine Schwäche für sie, stimmt's? Weißt du noch, damals, als sie mich hereingelegt hat? Da warst du auch auf ihrer Seite.«

»Ich wusste eben, dass du lügst. Ich kenne dich und ich kenne sie. Ich habe ihr Schutz versprochen und ich gedenke, mein Versprechen zu halten. Ich habe dich noch nie um etwas gebeten. Ich bitte dich jetzt: Lass diese Frau bei mir. Bitte.«

Wieder lächelte Hideyoshi sein unechtes Lächeln, diesmal in der Rolle des unverbesserlichen wie sentimentalen Menschenfreunds. Dann gab er Susannes Gorilla einen Wink, und er hievte sie hoch, stellte sie auf ihre Füße und zog sich zurück. Susanne zupfte sich ihre Kleidung zurecht und ließ Hideyoshi nicht aus den Augen, der lässig, mit leicht gespreizten Beinen vor ihr stehen blieb, den Kopf ein wenig in den Nacken legte, das Kinn vorschob und sie musterte.

»Tomo!«, sagte er mitleidig, ohne den Blick von ihr zu wenden. »Sie ist eine *gaijin*-Frau. Bumst du denn wirklich so gerne *gaijin*-Frauen? Wegen der großen Brüste, nicht wahr? Aber das kannst du alles sehr viel einfacher haben. Shinjuku ist voll mit russischen Huren. Die sind billiger, haben keine blauen Haare und sehen auch sonst besser aus.«

Ich wusste, dass Susanne ganz früher mal einige Kurse in Karate belegt hatte und dass sie mit sehr großem Eifer eine spezielle Übung trainiert hatte, die ihr besonders wichtig erschienen war. Es war eine Technik, die es einem ermöglichte, durch eine geschickte Halbdrehung aus dem Stand alle Kraft und allen Schwung des gesamten Körpers in eine rasche Aufwärtsbewegung des rechten Beines zu legen. Sie hatte es in dieser Disziplin meines Wissens zwar nie zu wirklicher Meisterschaft gebracht – Meister konnten mit ihrem bloßen Fuß dicke Bretter und sogar massives Gestein zertrümmern. Aber der Tritt, den sie Hideyoshi zwischen seine lässig gespreizten Beine verpasste, reichte aus, um ihn mehr als zwanzig Zentimeter in die Luft zu heben. Wenn ihm nicht schon einmal bei vollem Bewusstsein der Blinddarm herausgenommen, ohne Betäubung alle Zähne abgeschliffen oder sämtliche Fingernägel einzeln herausgerupft worden waren, dann erlebte Hideyoshi an diesem Abend den schlimmsten Schmerz seines Lebens. Er konnte nicht schreien, nicht fluchen, für lange Zeit nicht einmal mehr atmen, als er in gekrümmter Haltung auf den Fußboden sank und sich erbrach. Ich verspürte fast so etwas wie solidarisches Mitleid mit ihm.

»Ich kündige«, schrie Susanne, bevor sie der Leibwächter

grob zu Boden warf und ohrfeigte, um Bonuspunkte bei Hideyoshi zu sammeln, der, da hatte ich keinen Zweifel, gerade kastriert worden war. Tomotake senkte beschämt den Blick und wandte sich ohne ein weiteres Wort ab, um majestätisch nach draußen in seinen gepflegten Garten zu entschweben.

Plötzlich entstand in Tomotakes Wohnzimmer ein Gedränge. Ein Arzt huschte herein und kümmerte sich mit kummervoller Miene um den Verletzten. Vier oder fünf weitere Schlägertypen erschienen, offenbar höheren Ranges, denn sie drängten die beiden ersten beiseite, und die Griffe, mit denen sie uns packten, waren wie Eisenklammern. Sie stopften uns Handtücher als Knebel in den Mund. Wir zappelten, aber sie trugen uns ohne Mühe davon. Auf dem Weg hinaus erhaschte ich einen Blick auf Tomotakes Arbeitszimmer, wo er gerade ein neues Werk im alten Stil zu Papier gebracht hatte. Seine Kalligrafie war wirklich von bemerkenswerter Kunstfertigkeit. Das Gedicht lautete: »Der Fluss strömt ruhig und machtvoll dahin. Verspielt kräuseln sich die Wellen. Die Leichen treiben am Grund.«

Ein schönes Gedicht. Er war eben ein echter Poet, dieser Tomotake.

Die Unholde warfen uns unsanft auf die Ladefläche eines amerikanischen Kleintransporters. Wir wurden hin- und hergeschleudert, als der Wagen die kurvenreiche Straße Richtung Meer hinabfuhr. Nur manchmal, wenn das Licht einer vorüberfliegenden Straßenlaterne kurz hereinfiel, konnte ich Susannes Gesicht sehen. Ich versuchte, mit den Augen zu sprechen. Ob mir das gelang, weiß ich nicht. Ich versuchte, dankbar und liebevoll auszusehen. Ich hätte ihr gerne gesagt, dass ich mich tatsächlich schämte für all die hässlichen Sachen, die ich ihr an den Kopf geworfen hatte.

Es war ein Missverständnis. Ich wollte sie um Verzeihung bitten. Sie hielt ihre Augen geschlossen. Vielleicht betete sie. Unsere letzte Reise war viel zu schnell zu Ende. Der Lieferwagen bremste scharf, und die Tür wurde aufgerissen. Sie zogen uns wie zusammengerollte Teppiche heraus, wodurch meine gerade verheilte Wunde am Ohr wieder aufriss. Dann schleppten sie uns zum Ende eines Holzpiers. Im Meer spiegelte sich der Vollmond. Sie hatten auch zwei Betonklötze mitgebracht, an denen sich praktischerweise Metallschlaufen befanden. Daran banden sie mit Stricken unsere Füße. Sie waren auch keine Unmenschen: Sie befreiten uns von unseren Knebeln, damit wir schnell unsere Lungen voll Wasser saugen konnten. Dann würde es nicht so lange dauern.

»Es tut mir so Leid, Susanne«, keuchte ich, sobald mein Mund frei war.

»Halt den Mund, Hamada. Das ist alles Michikos Schuld. Sie hat dich reingelegt. Ich habe es die ganze Zeit gewusst.«

»Wie denn?«

»Ich habe ihr Parfüm an dir gerochen.«

Frauen. Sie waren nicht nur die besseren Menschen, sondern auch die besseren Detektive. Vielleicht würde ich im nächsten Leben als Frau wiederkommen können.

Die Grobiane zogen uns zum äußersten Ende des Stegs. Ich fragte mich, ob wir irgendwann dick aufgedunsen wieder auftauchen und die Badegäste in Atami erschrecken würden. Und ich fragte mich, ob ich Susanne in dieser Nacht im Bett nicht vielleicht doch rumgekriegt hätte, wenn ich es geschickter angestellt hätte.

Das war also das Ende des Lebens. Anstatt etwas Erhabenes und Würdiges zu denken, anstatt sich zu sammeln und alles noch einmal kritisch Revue passieren zu lassen, stellte man sich dumme Fragen im Konjunktiv.

»Du hast noch nie viel von Frauen verstanden!« Susanne

weinte. Ich weinte auch. Was sollten wir sonst auch tun? Es war so weit.

»*Mata-nee,* Kenji«, sagte sie zum zweiten und letzten Mal in meinem Leben.

Es ging so schnell, dass ich es gar nicht mitbekam. Wieder waren es nur zwei Schatten, die lautlos über Takahanas Leute kamen. Ich hörte das gurgelnde Geräusch durchtrennter Hälse, dann fielen die vier Männer an uns vorbei. Unten platschte das Wasser. Scharfe, bluttriefende Messer durchtrennten die Stricke, mit denen wir an Händen und Füßen gefesselt waren. Hastige Schritte entfernten sich auf dem Pier.

»Was war das?«, wimmerte Susanne.

»Chinesen«, japste ich. »Auch keine netten Menschen, aber sie haben mir schon zum zweiten Mal das Leben gerettet. Ich mag sie irgendwie. Bitte, halt mich fest!«

Wir umarmten uns wie zwei ängstliche Kinder, die sich im Wald verlaufen und endlich den Weg nach Hause wieder gefunden hatten. Die Mondnacht löste sich in einem Meer von salzigen Tränen auf.

Irgendwann sagte Susanne: »Du blutest wieder am Ohr.«

Die Gangster hatten tatsächlich einen Erste-Hilfe-Kasten im Auto.

Yoshino

Es war wie im Urlaub. Zum zweiten Mal hintereinander erlebte ich den Sonnenaufgang am Meer. Nur, dass ich diesmal nicht allein war. Wir saßen dicht beieinander am Kieselstrand in der Nähe von Shizuoka, wohin wir den Gangsterbus gesteuert hatten, und blickten hinüber auf die bergigen Umrisse der Halbinsel Izu, die sich in silbernen Morgendunst gehüllt hatte. Irgendwo da oben, weit weg, verborgen im dichten Grün der steilen Hänge, stand Takahanas Haus. Wir versuchten, jeder für sich, zu beschließen, was wir mit unserem geschenkten Leben nun anfangen wollten. Irgendwann fiel mir eine Sache ein, die ich gestern nicht so richtig verstanden hatte: »Was hat Hideyoshi eigentlich gemeint, als er sagte, du hättest ihn hereingelegt?«

Sie schwieg.

»Möchtest du nicht darüber reden?«

Diese schwachsinnige Frage brachte sie zum Weinen. Ungeschickt wanderte meine tröstende Hand auf ihren Schultern hin und her. Die Zeiten, wo ich Spaß daran hatte, sie zu verletzen, waren vorbei.

»Es war vor drei Jahren. Ich war noch Marketing-Referentin und auf einem Lehrgang in Japan. Er sorgte dafür, dass ich bis spät am Abend im Büro zu tun hatte. Als alle anderen schon gegangen waren, kam er.«

Hätte ich doch bloß nicht gefragt! Sie zerbiss sich ihre Lippen, so sehr litt sie.

»Am nächsten Morgen erschien Mori-san als Erster im Büro. Ich sah wohl schlimm aus – er wusste sofort, was passiert war. Er brachte mich zu Tomotake; der war außer sich. Er zitierte seinen jüngeren Bruder herbei und brachte ihn dazu, dass er sich entschuldigte. Ich glaube, es war das erste und einzige Mal in seinem Leben, dass Hideyoshi den Kopf senkte und um Verzeihung bat. Als ich ein paar Tage später wieder nach Deutschland kam, wartete schon ein neues Büro auf mich. Tomotake reiste persönlich an und ernannte mich vor allen Angestellten zum Assistant Regional Manager. Er gab sich alle Mühe, es nicht wie eine Wiedergutmachung aussehen zu lassen. Aber natürlich war es genau das, aber das wussten ja nur er und ich und natürlich Mori-san. Ich hätte damals schon die Firma verlassen und mir einen neuen Job suchen sollen. Ich hätte Hideyoshi anzeigen sollen. Aber ich tat es nicht. Ich schluckte meinen Schmerz und meinen Stolz und meine Würde und alles hinunter. Ja, du hattest ganz Recht mit deiner Vermutung: Es hat meiner Karriere genutzt.«

Ich hätte am liebsten meinen Kopf im Kieselstrand vergraben vor Scham. »*Gomennassai!*«, bat ich zum tausendsten Mal und drückte sie an mich, so fest ich nur konnte.

»Hast du mal ein Bonbon?«, fragte sie mit verstopfter Nase, weinend, kichernd. »Mein Mund ist ganz trocken.«

Ich angelte aus meiner Innentasche die zerknüllte Plastiktüte und suchte nach den zahnmedizinisch getesteten Kaugummis. Dabei fielen die bunt gedruckten Kuverts des Fotoladens heraus.

»Was ist das?«

»Die Bilder von den Ratinger-Dokumenten, die ich im Flugzeug gemacht habe. Einfach so, ohne Plan.«

»Also wie immer.«

»Und von Furankufuruto ...«

Ob sie Heimweh hatte? Sie nahm die Aufnahmen und sah sie sich an. Das lenkte sie glücklicherweise etwas von ihrem Schmerz ab.

»Das sind Versicherungspapiere«, schniefte sie. »Es geht um den Unfall im Ratinger-Werk, im Februar 1937. Tote durch ein Giftgas. Die Versicherung zahlt nichts, steht hier, weil die Sicherheitsvorschriften nicht eingehalten wurden.«

Sie kniff die Augen zusammen und studierte die nächsten Fotos. »Bankauszüge. Bilanzen. 1937 war ein ziemlich lausiges Jahr für Ratinger. Schulden. Prozesse nach dem Unfall. Die Banken mahnten ihn. Und, warte mal, hier ist was: Hier steht *Untersuchungsunterlagen. PetRa-Forschung*.

»Das Wunderspray?«

Sie überflog den Text, fingerte, ohne hinzusehen, eine Zigarette aus ihrer Tasche, zündete sie aber gar nicht an. Dann las sie vor:

»09.06. Harbin
Objekte: vier
Rasse: chinesisch
Geschlecht: zwei männlich, zwei weiblich
Alter: 22, 46, 53, 12
Reaktion auf Dosis 1: Husten, Übelkeit, Gleichgewichtsstörungen, Reizung der Schleimhäute nach dreißig Sekunden; junges Objekt reagiert schneller und intensiver
Reaktion auf Dosis 5: Erbrechen, krampfartige Zuckungen, Verdrehen der Augen

Reaktion auf Dosis 6: ex nach vier Minuten, Symptome wie bei Dosis 5.«

Sie nahm das nächste Foto.

»12.06. Harbin
Objekte: drei
Rasse: chinesisch, mongolisch, koreanisch
Geschlecht: zwei weiblich, eines männlich
Alter: 60, 27, 40
Reaktion auf Dosis 4.3: Krampfhusten, Erbrechen
Reaktion auf Dosis 5.3: starkes Tränen der Augen (Schleimhäute verätzt), Erstickungserscheinungen
Reaktion auf Dosis 6.4: ex nach sieben Stunden.«

»Ex nach sieben Stunden? Heißt das, was ich denke, dass es heißt ...? Es rieselte mir wie Eiswasser den Rücken hinunter.

»Hier sind noch mehr Protokolle. Alle unterzeichnet von Dr. Peter Ratinger und Dr. Takeo.«

»Ich kann keines mehr hören, bitte.«

»Aber das hier, das musst du noch hören: *Allgemeine Geschäftsaufwendungen.* Das ist es, Hamada. Eine Rechnung der Firma Zeiss, 2500 Reichsmark für ein Mikroskop. Und hier der handschriftliche Vermerk: ›*Verschickt am 11.08.1937 an Dr. Takeo alias Dr. Takahana, Harbin.*‹«

Ein lautes Knattern ließ uns in Panik herumfahren. Auf der anderen Straßenseite zog der Besitzer eines Strandcafés die Rollläden hoch. Jetzt zündete Susanne ihre Zigarette an. Auf die grimmig entschlossene Art.

»Das ist der Beweis, dass Dr. Takeo in Wirklichkeit Dr. Takahana war. Weißt du, wie viele Menschen für diese kleine, pingelige Notiz ›alias Dr. Takahana‹ gestorben sind?

Und für eine Zeile in einem längst vergriffenen Buch? Das ist die Lüge, auf der die ganze verdammte Katana Corporation aufgebaut ist!«

Ich kam mir vor wie eine Maus, die gerade den Fuji erklommen hat. Ich stand ganz oben, reckte meine Mäusehände in den Himmel und schrie: »Geschafft!« – und vergaß für einen Moment, dass ich immer noch eine Maus war. Wir saßen noch eine Weile da und starrten hinaus auf das Meer, das ruhig war wie ein graues Tuch. Wir dachten an die Menschen, die diese beiden Doktoren des Todes schlicht als »Objekte« bezeichnet hatten, die sie gequält und vergiftet hatten, für nichts weiter als ein beschissenes Mückenspray. Und die anderen »Objekte«, die Takahana verbrannt hatte für eine Brandsalbe, und die »Objekte«, die erfroren und an der Pest und an Milzbrand gestorben waren.

Irgendwann standen wir auf und gingen zu dem Café, setzten uns an einen Tisch unter der Attrappe eines blauen Schwertfischs und bestellten uns einen Kaffee. Während Susanne auf dem Klo verschwand, hatte ich Muße, diesen Fall noch einmal gründlich nach der Schritt-Theorie zu analysieren. Es wollte mir nicht gelingen. Ich konnte den ersten Schritt noch nicht mal benennen! War es Dr. Takahanas Verwicklung in Menschenversuche oder die getürkte Entführung des kleinen Yuki? Und der zweite Schritt? Dr. Takahanas Yakuza-Connection oder Hideyoshis Besuch in meinem Büro? Und der dritte? Der Kauf des Ratinger-Archivs oder der Mord an Kubota, Mori und dem Buchhändler? Als Susanne zurückkam, fand sie mich in gedrückter Stimmung.

»Es stimmt was nicht!« Es dauerte fast eine Stunde, bis ich ihr meine Theorie anhand dieses Beispiels verständlich gemacht hatte, und sie zündete sich eine Zigarette nach der anderen auf die ratlose Art an. Als ich endlich fertig war, dachte ich, sie hätte mir gar nicht zugehört, denn sie fing von etwas ganz anderem an.

»Ich habe eben einen Anruf gemacht«, sagte sie.

»Nett, dass du mir das sagst. Aber ich habe mich gerade gefragt, wieso Michiko, die doch auf Hideyoshis Seite stand, den Sushi-Koch erschossen hat, der ja auch auf Hideyoshis Seite stand. Das passt nicht zusammen.«

»Er stand nicht auf Hideyoshis Seite!«, brummte ein sonorer Bass von irgendwoher, und ich dachte, es sei der liebe Gott, der zu mir sprach. Es war aber der füllige Kahlkopf mit dem Buddha-Gesicht vom Karpfenteich. Der Ninja-Killer-Experte. Susanne hatte die Polizei gerufen! Wenn ich hätte sprechen können, wäre sicher nichts übermäßig Charmantes dabei herausgekommen.

Buddha setzte sich neben mich, und seine erdrückende Anwesenheit erstickte jeden Fluchtgedanken. »Sakamoto war einer unserer besten Agenten, und er hatte den Auftrag, die junge Frau, die wir als Zeugin brauchten, zu beschützen. Gestatten Sie, dass ich mich vorstelle: Kommissar Yoshino. Ich leite die Abteilung ›Organisiertes Verbrechen‹ im Innenministerium.« Er ließ den Satz verklingen wie Donnerhall und rieb sich das Buddha-Gesicht mit einem feuchten Tuch ab, das der Kellner ihm hingelegt hatte. »Frau Helfrich war so klug, sich uns zu stellen. Sie, Hamada-san, hielten es ja für sinnvoller, sich weiterhin zu verstecken. Obwohl wir Ihnen durch Ihren Freund Nori immer wieder sagen ließen, dass Ihnen nichts passieren würde.«

»Ich hielt das für Geschwätz. Nori ist ein Kaninchen. Was sagen Sie da? Der Sushi-Koch war einer von Ihnen?«

»Einer unserer wichtigsten V-Männer. Es hat viele Jahre gedauert, bis wir ihn in die Uchinaga-gumi eingeschleust hatten.«

»Und warum hat er mir das nicht gesagt, als ich ihn vor mir hatte? Er hätte sich dadurch jede Menge Ärger und körperliche Schmerzen ersparen können!«

»Die Operation Takahana lief unter absoluter Geheimhaltung. Es gehört nicht zu den Gepflogenheiten meiner verdeckten Ermittler, ihre Identität jedem neugierigen Privatdetektiv preiszugeben.«

Da hatte er es mir aber gegeben!

»Operation Takahana?«

»Wir haben vor Jahren schon Hinweise darauf bekommen, dass die Katana Corporation eng mit der Uchinagagumi verzahnt ist. Nach dem Tod ihres alten Paten Kaneko gab es Führungskämpfe in der Gruppe. Ein neuer Anführer setzte sich gegen seine Rivalen durch. Einige Abtrünnige gaben uns Informationen, und wir konnten Sakamoto einschleusen. Vor zwei Wochen meldete er, dass in Deutschland, wohin sie ihn versetzt hatten, ein Gewaltverbrechen geplant war. Die Hintergründe kannte er nicht, die kannte nur ein einziger Mann: der neue Boss. Wir wussten bisher noch nicht einmal, wer das war. Sakamoto hatte in Erfahrung gebracht, dass eine sehr wichtige Person aus der Uchinaga-Führung nach Frankfurt kommen würde. Aber sein letzter Bericht erreichte uns zu spät. Zwei Morde waren begangen worden, und der einzige Verdächtige, den wir hatten, waren Sie.« Er sagte das so abschätzend, dass ich eigentlich beleidigt hätte sein müssen. »Übrigens haben Sie allen Grund, Sakamoto dankbar zu sein: Er hatte den Auftrag, Sie zu vergiften.«

»Das hat er auch getan, und ich bin ihm durchaus nicht dankbar. Ich habe mir nämlich die Seele aus dem Leib gekotzt.«

»Sie verstehen nicht: Er sollte Sie umbringen, Ihre Leiche sollte neben der von Mori gefunden werden: Herzschlag.

Man hätte Ihnen posthum noch Kubota angehängt, und die Akten wären geschlossen worden. Dass sie da am Waldrand in Deutschland überhaupt wieder aufgewacht sind, das haben Sie allein unserem Mann zu verdanken. Wie dem auch sei: Wir checkten die Passagierlisten aller Flüge von Tokio nach Frankfurt im fraglichen Zeitraum. Nichts. Kein Name, den wir kannten. Wir untersuchten sämtliche Flüge in alle anderen europäischen Städte. Auch nichts. Dann kam einer meiner Mitarbeiter auf die Idee, einen Namen einzugeben, und siehe da: Der Mann war drei Tage vor dem Mord mit der ANA nach Hawaii und mit United Airlines weiter nach Chicago geflogen, von dort mit British Airways nach London und mit der Lufthansa nach Frankfurt. Er kehrte dann über Bangkok und Hongkong nach Tokio zurück. Heute Morgen kam die Bestätigung von Thai Airways. Die Spur war gut verwischt. Wir hätten ihn nie gefunden, wenn wir nicht seinen Namen gekannt hätten: Takahana.«

Unsere Polizei. Jederzeit war Verlass auf sie. Immer hilfsbereit und freundlich. Immer gründlich. Leider total vertrottelt.

»Es dürfte Sie vielleicht interessieren«, bemerkte ich feinsinnig und entschlossen, meinen angekratzten Ruf als ›neugieriger Privatdetektiv‹, der nicht mal als Mordverdächtiger taugte, wiederherzustellen, »dass Herr Takahana eben an dem Tag, als er nach Ihren Berechnungen in Chicago war und auf seinen Anschlussflug wartete, bei mir in meinem Büro stand, um mir einen Auftrag zu erteilen.«

»Der Mann in Ihrem Büro war Takahana Hideyoshi. Der Mann in Chicago, der weiterflog und zwei Morde beging, war Takahana Tomotake.«

»Tomotake – ein Mörder?« In Susanne brach so etwas wie eine Welt zusammen.

»Nicht nur das. Takahana Tomotake ist nach allem, was wir jetzt wissen, der Boss der Uchinaga-gumi.«

»Na prächtig«, reizte ich ihn in seinem Polizistenstolz. »Warum gehen Sie denn dann nicht auf der Stelle rüber nach Atami und legen ihn in Ketten?«

»Weil wir nichts gegen ihn in der Hand haben. Die Flugdaten taugen nicht als Mordbeweise. Katana hat Niederlassungen in allen angeflogenen Städten, und er wird sagen, er sei auf Inspektionsreise gewesen. Damit bekomme ich nicht mal einen Termin beim Haftrichter.«

»Sie wissen noch nicht, was wir hier haben!« Ich gab ihm eine Zusammenfassung unserer Recherchen über Harbin, die ihn zwar sichtlich betroffen machte, aber nicht weiter beeindruckte.

»Und wenn er abstreitet, davon gewusst zu haben?«

»Aber er hat Ratingers Archiv ausfliegen lassen.«

»Er hat die Firma gekauft und kann mit dem Archiv machen, was er will. Die Dokumente, die seinen Vater belasten, sind gewiss längst vernichtet.«

»Aber wir haben die Fotos davon!«

»Jeder mittelklassige Anwalt würde Ihnen diese Fotos um die Ohren hauen. In Japan wird noch nicht einmal über die Eröffnung eines Verfahrens nachgedacht, bevor nicht lupenreine, bombensichere Beweise auf dem Tisch liegen, meine Herrschaften. In diesem Fall kommt dazu, dass es um eine der prominentesten Persönlichkeiten aus dem Wirtschaftsleben geht. Takahana verfügt nicht nur über unbegrenzte Geldmittel, sondern auch über wichtige Beziehungen zur Bürokratie, zur Politik, zur Justiz und zur Polizei. Ich kann Ihnen versichern, dass es viele in meinem Ministerium gibt, einige Staatssekretäre eingeschlossen, die meine Ermittlungen sofort stoppen würden, wenn ich dumm genug wäre, ihnen darüber zu berichten.«

»Und wenn wir diese Fotos und unsere Geschichte an die Presse geben?«

»Wissen Sie eigentlich, wie viele Anteile die Katana an den großen Zeitungen hält? Können Sie mir einen Herausgeber nennen, der einen Takahana angreifen würde, weil ihm – bei allem Respekt – ein dubioser Privatdetektiv mit Kopfverband, der noch dazu wegen Mordes gesucht wird, und eine Ausländerin mit blauen Haaren ein paar verwackelte Fotos vorlegen?«

Ich wusste, dass er Recht hatte. Aber Susanne wollte nicht lockerlassen. »Dann versuchen wir es eben bei einer ausländischen Zeitung. Ich kenne den Japankorrespondenten der *New York Times*!«

»Versuchen Sie Ihr Glück!« Yoshino hielt unschuldig beide Hände in die Höhe. »Aber ich weiß schon jetzt, was Sie bekommen: einen Zweispalter in einer Zeitung, die in Japan kein Mensch liest. Es erscheinen im besten Fall ein paar Anschlussberichte, die Börse kriegt einen kleinen Schluckauf, Katana gibt ein müdes Dementi – vielleicht noch nicht einmal das – und Sie sind am Ende. Und das hier« – er pochte auf die Fotos der Ratinger-Akten – »das verschwindet und hat nie existiert.«

»Also gut«, resignierte ich. »Dann sagen Sie uns doch, was zu tun ist. Wie bringt man denn diese Teflonmänner hinter Gitter?«

»Das können wir nicht. Ich könnte ihnen noch nicht mal einen Strafzettel für Falschparken verpassen. Irgendwie hatte ich gehofft, Sie hätten mehr in der Hand als wir. Aber das ist leider nicht der Fall. Wir können nichts tun, nur warten, hoffen, dass wir lange genug am Leben bleiben, um zu sehen, wie sich die Takahana-Brüder selbst ein Bein stellen.«

»Weiser Entschluss. Wir setzen uns an den Fluss und warten, bis die Leichen unserer Feinde vorbeitreiben.«

Es kam wie eine kalte Dusche. Kaum hatte ich das alte Sprichwort zitiert, da hielt ich plötzlich den Schlüssel zum Paradies in den Händen. Der Maus auf dem Berg Fuji wuchsen Schwingen, und sie erhob sich in die Lüfte wie ein Adler.

»Kenji? Was hast du?«

Ich lächelte selig. Sie hatte mich wieder bei meinem Vornamen genannt.

Tomotake

Ich steuerte den Kleinbus von Takahanas Häschern mit Vollgas und quietschenden Reifen die Serpentinenstraße zu seinem Anwesen hinauf und geradewegs auf das schwere Eisentor zu. Irgendwie hoffte ich, es würde sich wie durch ein Wunder von selbst öffnen und mir den Aufprall ersparen, aber da krachte schon die Motorhaube in das Metall. Das Tor knirschte und barst, das Glas der Windschutzscheibe zersprengte und brach als Hagelschauer über mich herein. Zum Glück hatte der besorgte Yoshino darauf bestanden, dass ich einen Sturzhelm bei diesem Stunt trug, sonst wäre ich meinen lästigen Verband in hundert Jahren nicht losgeworden. Ich bremste scharf auf dem Kies, walzte ein mit viel Fachkenntnis und Liebe angelegtes Blumenbeet platt und kam einen Meter vor dem Karpfenteich zum Stillstand, nicht ohne eine der antiken Steinlaternen umgemäht zu haben. Ich zog mir den Helm vom Kopf, griff die halb leere Wodka-Flasche und holte mir als Erstes wieder meinen Freund, den Karpfen, aus dem Teich. Gerade noch rechtzeitig, bevor der Tarzan-Dienstbote, Miki, die Haustür aufriss. Er sah sehr ungehalten aus.

»Bring misch ssuu deim Boss!«, lallte ich und fuchtelte mit dem Fisch herum, als hinter ihm Tomotake aus dem Haus trat. Wieder in einem edlen *yukata,* er machte sich wohl nichts aus westlicher Kleidung. Miki beschloss, seinem Brötchengeber eine kleine Vorstellung zu geben, und zog eine Pistole aus seinem Gürtel.

Aber wieder intervenierte Takahana zu meinen Gunsten. »Lassen Sie das, Miki. Ich werde schon allein mit ihm fertig!«

»Aber er hat ...«

»Tun Sie, was ich Ihnen befehle, und sorgen Sie dafür, dass das Tor repariert wird«, herrschte Tomotake ihn an.

Ich hielt mich mühsam auf den Beinen, schwankte hin und her. Ein unglücklicher, verwirrter Privatdetektiv im Griff des Alkohols. Ein Wrack.

»Isch will ein Handel«, rülpste ich und nahm einen kräftigen Schluck aus der Flasche.

»Dieser Karpfen hat mich sehr viel Geld gekostet«, erklärte Tomotake mit geduldiger Stimme. »Ich wäre überaus erleichtert, wenn Sie ihn wieder in den Teich setzten.«

Ich warf den Fisch blindlings über die Schulter. Er landete auf dem säuberlich geharkten Kieselfeld im Landschaftsgarten. Sofort hechtete Miki zu dem Karpfen.

»Miki Maus!«, blaffte ich ihn an.

»Ich bin sehr betrübt über das, was gestern Abend in meinem Haus geschehen ist, Hamada-san. Ich wusste nicht, dass Hideyoshi ein so rücksichtsloser Mensch ist. Es freut mich zu sehen, dass Sie noch am Leben sind. Ich denke, er wollte Ihnen nicht wehtun, sondern Sie nur ein wenig erschrecken.«

»Dassim gelunng.«

»Nun haben Sie mein Tor und meinen Garten zerstört und auch mich ein bisschen erschreckt. Jetzt sind wir quitt. Ich werde die Polizei nicht einschalten.«

»Isch will ein Handel!«, wiederholte ich. Ich langte in

meine Jackentasche und spürte, noch bevor ich die Hand herausgezogen hatte, die kalte Mündung von Mikis Revolver hinter meinem Ohr.

»Keine Dummheiten, du Laus!«

Langsam zog ich die Fotos von den Dokumenten hervor und warf sie Takahana vor die Füße. Miki ließ brav die Waffe sinken und hob die Fotos auf, um sie seinem Herrn zu reichen.

»Was ist das?«, fragte Takahana. Mit gelangweilter Miene betrachtete er die Fotos.

»Beweise! Isch habe die Negative.«

»Was, um Himmels willen, wollen Sie denn damit beweisen, Hamada-san? Dass Sie ein sehr ungeschickter Fotograf sind? Aber kommen Sie doch herein und machen Sie sich zuerst mal etwas frisch.«

Wieder saßen wir in seinem Kaminzimmer. Takahana trank Tee, auch mir hatte er einen vorsetzen lassen. Ich hatte meinen Kopf unters kalte Wasser gehalten und bot, wie ich da im Sessel hing, das Bild eines verzweifelten, zerrupften Mannes am Ende seiner Kräfte – und seiner ohnehin nicht sehr großen Weisheit. Das Hemd hing mir aus der Hose, mein Verband war verrutscht, meine Fingernägel waren schwarz. Hamada, der Meister der Verstellung.

»Wie geht es Helfrich-san?«, fragte Takahana milde.

»Erwähnen Sie den Namen dieser Hure nicht!«, fuhr ich ihn erregt an. »Abgehauen ist sie!«

»Oh«, er lüpfte bedauernd die Augenbrauen. »Das überrascht mich eigentlich nicht. Aber seien Sie froh, Hamada-san. Diese Frau ist wirklich kein Umgang für Sie. Sie ist eine eiskalte Verräterin.«

»Ich weiß. Glauben Sie bloß nicht, dass Sie der Einzige sind, den sie verraten hat.«

»Sie erwähnten etwas von einem Handel?«

»Ich habe die Negative von diesen Fotos. Die können Sie haben. Ich vergesse alles, was ich über die Einheit 731 und Ihren Vater weiß. Ich kann das. Alle haben es vergessen, also vergesse ich es eben auch wieder.«

»Einmal angenommen nur, diese Fotos, von denen ich nicht weiß, was sie darstellen, geschweige denn was sie beweisen sollen, wären wirklich von Interesse für mich. Was würden Sie dafür verlangen?«

»Dass Sie meinen guten Namen reinwaschen, so wie Sie es bei Susanne getan haben. Dass ich wieder meinem Beruf nachgehen kann und dass Ihr Bruder mich endlich in Ruhe lässt. Außerdem will ich wissen, wo Michiko und Yuki sind. Mehr verlange ich nicht.«

»Mori Michiko haben wir, wie Sie wissen, zurück nach Japan gebracht, wo sie sich an einem geheim gehaltenen Ort von dem schrecklichen Vorfall erholt. Die Presse wollte der armen Frau keine Ruhe lassen. Und was das andere betrifft, Hamada-san. Kommt Ihre Reue denn nicht ein bisschen spät? Wenn mich nicht alles täuscht, sind Sie ein gefährlicher mehrfacher Mörder.«

»Das hat mir alles Ihr Herr Bruder aufgehalst. Ich bin nur ein kleiner Privatdetektiv.«

Nachdenklich wiegte er sein würdiges Haupt. »Wenn Sie tatsächlich die Wahrheit sagen, dann wäre Ihnen von der Hand meines Bruders großes Unrecht widerfahren. Dann wäre ich gewissermaßen ja sogar moralisch verpflichtet, Ihnen zu helfen.«

Ja, das war der edle Tomotake, wie ihn alle kannten und schätzten: Der gute Geist der Katana. Der ehrenhafte, erzjapanische Gentleman, Beschützer der Entrechteten und Vergewaltigten, Wohltäter der Witwen und Waisen. Die geschickt und über viele Jahre hinweg aufgebaute Tarnung eines gefährlichen Yakuza-Bosses, der dabei war, die ganze

Macht an sich zu reißen, um zum unangefochtenen Shogun der Unterwelt und auch der Geschäftswelt aufzusteigen. Bisher gehörte Tomotake nur die Hälfte der Katana-Aktien mit abnehmender Tendenz, wie ich von Nori erfahren hatte. Hideyoshi, der Fuchs, ließ heimlich Tomotakes Anteile kaufen. Eines Morgens sollte der vergeistigte Karpfenzüchter aufwachen und sich aus der Firma ausgebootet finden, auf dem Trockenen. Am Tisch im Strandcafé, als mir das alte Sprichwort in den Sinn kam, da traf es mich wie ein greller Lichtstrahl: Tomotakes neuestes Gedicht, das von dem Fluss, der dahinströmt, während die Leichen auf dem Grund treiben, brachte auch in mir einiges zum Strömen. Ich dachte, ich hätte Hideyoshi am Telefon gehabt, als ich diesen Satz zu bedenken gab. Tatsächlich aber hatte ich mit Tomotake gesprochen. Die Nummer, die Michiko an Nori durchgab, bevor sie mir ihre Flucht vorgaukelte, war Tomotakes Nummer in Atami gewesen. Alles, wohinter ich bisher Hideyoshi vermutete, war in Wahrheit Tomotakes Werk; und ich war bereit, meine ganze *Megaman*-Sammlung darauf zu verwetten, dass Hideyoshi keinen blassen Schimmer hatte, welches infame Netz sein feiner Bruder im Begriff war um ihn zu legen. Wenn man das einmal verdaut hatte, passte plötzlich alles zusammen, und die Schritt-Theorie konnte greifen. Erster Schritt: Tomotake verkuppelt Michiko an Mori und fingiert mit Hilfe von Mori und Kubota, die beide Hideyoshi nicht ausstehen können und sich freuen würden, wenn der nette Tomotake endlich den Laden übernähme, eine Entführung in Frankfurt, die in Wirklichkeit nur dazu dient, zehn Millionen US-Dollar aus Tomotakes privater Portokasse auf illegalem Wege nach Deutschland zu bringen, um das Ratinger-Archiv mitsamt seinen verräterischen Dokumenten in die Hände zu bekommen. Zweiter Schritt: Tomotake erklärt Hideyoshi, dass der Detektiv Hamada der richtige Mann sei, um das Geld zu überbringen. Die Mitwisser Mori und Kubota beseitigt er, das Archiv gehört ihm, er bringt den Buchhändler, Watanabe samt Familie, vielleicht noch Susanne und mich um und legt eine lückenlose Indizienkette gegen seinen Bruder. Dritter Schritt: Er führt Hideyoshi vor als Irren, der, um die dunkle Vergangenheit seines Vaters zu vertuschen, einen Mord nach dem anderen begeht. Hideyoshi wandert unschuldig ins Gefängnis, und Tomotake setzt sich auf den Thron. Der weltfremde Feingeist, der eigentlich nie ins Business wollte, entsagt seinem beschaulichen Lebenswandel, um Arbeitsplätze und Renten zu sichern und die Firma zu retten und einen Batzen Geld für ein Waisenhaus in Harbin zu stiften. Anstatt nach den Enthüllungen über den miesen alten Kunio zu fallen, würden die Katana-Aktien nach so einer bravourösen Heldentat eher steigen. Japan liebt Leute, die sich tränenüberströmt für die größten Schurkereien entschuldigen und die Verantwortung übernehmen.

Tomotake seufzte herzlich, als übe er schon für seinen ersten Auftritt als neuer Katana-Boss. »Ich muss Ihnen gestehen, Hamada-san, ich hatte tief in meinem Inneren schon so etwas befürchtet. Hideyoshi ist ein sehr unjapanischer Mensch: ehrgeizig, jähzornig, brutal und rücksichtslos. Mir wurden die Augen geöffnet, als er gestern Abend tatsächlich seinen Helfern befahl, Sie und Helfrich-san umzubringen!«

Von wegen! Hideyoshi wollte uns der Polizei übergeben, denn er hielt mich ja – wie alle anderen auch – für den Ninja-Killer. Diese Schläger standen im Sold seines Bruders.

Tomotake faltete seine Hände und lächelte wie der Papst. »Nun gut, Hamada-san. Sie wünschen, dass ich Ihren Namen reinwasche? Ich werde es tun. Ich werde damit zwar meinen eigenen Bruder schwer belasten und den Fortbestand unserer Firma gefährden. Aber ich bin bereit, dieses Opfer zu bringen, damit Ihnen Gerechtigkeit widerfährt. Ich werde mich den Sünden meines Vaters stellen und an seiner Stelle die Verantwortung übernehmen. Ich werde mein zurückgezogenes Leben aufgeben und die Firma führen, auch wenn das nur noch heißt, sie zu begraben.«

Ein Heiligenschein begann über seinem Kopf zu erstrahlen. Wenn er mit genau diesen Worten an die japanische Öffentlichkeit trat, dazu das Haupt senkte und ein ganz klein wenig weinte, dann würden sie ihn am nächsten Tag zum Mann des Jahres ernennen und für den Friedensnobelpreis nominieren.

Und das wusste er.

»Das müssen Sie unserem Volk sagen«, schwärmte ich. »Genau das! Darf ich einen Vorschlag machen?«

»Bitte.«

»Lassen Sie uns sofort nach Tokio fahren. Benachrichtigen Sie die Zeitungen und das Fernsehen. Berufen Sie eine große Pressekonferenz ein. Das ganze Land wird Sie sehen und diese noblen Worte sprechen hören. Und ich stehe neben Ihnen und bestätige jedes Wort. Wir können es hinter uns bringen, jetzt sofort.«

Eingelullt von seinem balsamierten Hochmut biss er sofort an. »Worauf warten wir noch? Lassen Sie uns aufbrechen!«

Ich genoss die Fahrt in seinem Rolls-Royce und den Gedanken daran, dass es seine letzte sein würde. Ich genoss jeden Stau, denn er gab Susanne und Kommissar Yoshino mehr Zeit, die Beweislast gegen Tomotake aufzutürmen und seinen ahnungslosen Bruder damit zu konfrontieren. Unter normalen Umständen hätte die Polizei dazu mindestens zweieinhalb Jahrzehnte gebraucht. Aber weil sie nun ja wussten, unter welchen Steinen sie das Gewürm zu suchen hatten, schafften sie es in zweieinhalb Stunden.

Der Hof der Katana-Zentrale in Maru-no-uchi sah aus wie das Feldlager eines modernen Krieges, der mit Satellitenschüsseln, Kameras und Mikrofonen geführt wird. Drei Übertragungswagen des Fernsehens waren aufgefahren, die das außergewöhnliche Ereignis *live* in die Nachrichten überspielen sollten. Eine Absperrung hielt zweihundert Journalisten, Fotografen und Kameramänner davon ab, sich wie eine Meute hungriger Hyänen auf den Rolls zu stürzen, als Takahana den Motor abwürgte und seinem Wagen entstieg. Ein Leuchtfeuer von Kamerablitzen brach über uns herein, ein Raunen ging durch die Menge, die mich erkannte. Das Bild brachte sie schier aus dem Häuschen: der grau melierte Industrielle und Dichter und der breit grinsende, mutmaßliche Ninja-Killer. In der Mitte des Platzes war ein Redepult aufgebaut mit einem Wald von Mikrofonen davor, die Tomotake nun mit schicksalsschweren, mutigen Schritten ansteuerte. Doch bevor er sich auch nur räuspern konnte, öffnete sich die Glastür, und aus dem Katana-Gebäude trat Hideyoshi. Hinter ihm sah ich Susanne und Yoshino, die ihm gerade mitgeteilt hatten, mit welchen schmutzigen Tricks sein Bruder ihn zu Fall bringen wollte. Es war ihm anzusehen, dass er die Nachricht nicht besonders günstig aufgenommen hatte: Seine Nobelvisage glich einer geballten Faust. Seine sonst so unbewegten Gesichtsmuskeln zuckten wie unheilvolle Blitze in einer Taifunfront. Seine Augen waren zusammengekniffen, sein Mund zu einem schmalen Strich gepresst.

Tomotake sah ihn an und wusste nicht, was das zu bedeuten hatte. Er rannte nicht weg, als Hideyoshi mit Gebrüll auf ihn zugestürzt kam und ihn vor laufenden Kameras zu

Boden warf. Seine Fäuste fielen in Tomotakes verdutztes Gesicht wie die mächtigen Tropfen eines Platzregens im August.

»Du verdammtes Schwein!«, brüllte Hideyoshi zum Trommelfeuer seiner Fausthiebe. »Du wolltest die Firma für dich allein haben und mich vernichten!«

Tomotake, der weder diesen Vorwurf noch seinen hochaggressiven Bruder auf sich sitzen lassen wollte, bäumte sich auf und schloss seine noblen Dichterhände um Hideyoshis Gurgel. »Du hast die Firma lange genug in Grund und Boden gewirtschaftet. Und du hast meine Anteile gekauft!«, quäkte er dazu, während die Mikrofone der Radiosender und die Kameras der Fernsehstationen diesen außergewöhnlichen Familienstreit ungeschnitten und unzensiert ins ganze Land übertrugen.

»Du wolltest mir deine schmutzigen Morde anhängen! Du bist ein verdammter Yakuza-Pate!«

Hideyoshi befreite sich aus Tomotakes Griff, schaffte es, hochzukommen, und setzte dem Liegenden mit seinen Echsenlederschuhen zu. Tomotake, das Gesicht verschwollen und aus der Nase blutend, brachte ihn mit einer gekonnten Beinschere zu Fall und schlug den Kopf seines Bruders wieder und wieder auf den Asphalt. »Du verstehst nichts vom Geschäft, du Weichling! Ich bin der wahre Erbe des Vermögens. Ich führe die Familientradition fort!«

So ging es hin und her, Vorwürfe und Entgegnungen. Sie wuschen die ganze schmutzige Wäsche ihrer Firma vor den Augen der verblüfften Fernsehöffentlichkeit. Das Schauspiel dauerte etwa zehn Minuten, bis die Brüder schließlich blutüberströmt, entkräftet und mit gebrochenen Rippen und Nasenbeinen und einander noch in ihren kraftlosen Zuckungen attackierend am Boden lagen. Da ihre in dieser ungewöhnlichen Offenheit ausgetragene Differenz kurz vor

Börsenschluss begonnen hatte, fielen die Katana-Aktien innerhalb von Minuten ins Bodenlose. Der Trend sollte sich an diesem und am nächsten Tag an den Aktienmärkten in New York und Hongkong, in London und Frankfurt fortsetzen.

Anders als die Presseleute hatten Susanne und ich schon bald genug gesehen und machten uns in aller Stille davon. Nur einmal blickten wir uns um und sahen Kommissar Yoshino, der uns zum Abschied zuwinkte. Er lächelte beseelt wie der Glücksbuddha. Wir winkten zurück. Gleich hinter der nächsten Ecke fand ich einen Papierkorb. Ich nahm meinen Verband ab und stopfte ihn hinein. Ich brauchte ihn nicht mehr. Das Ohr war verheilt.

Ohne dass es eines Worts bedurfte, wanderten Susanne und ich zum Bahnhof von Tokio und nahmen die Yamanote-Linie bis nach Harajuku. Hand in Hand spazierten wir hinüber in den Yoyogi-Park. Es war ein schöner Abend. Die Regenzeit ließ in diesem Jahr auf sich warten. Vielleicht würde es sogar eine Regenzeit ganz ohne Regen geben, das kam manchmal vor. Die Reisbauern hassten das, aber alle anderen waren begeistert. Vorbei an den schmusenden Liebespaaren, den Studenten, die im Gras lagen und *manga* studierten, den Joggern und den Saxophonspielern unter der Fußgängerbrücke suchten wir die Stelle, wo wir vor zehn Jahren so oft gesessen hatten. Keiner wusste so recht, was sagen – und so schwiegen wir einfach.

Ich spielte verträumt mit den Fingern ihrer Hand. »Du hast deinen Job verloren«, fiel mir schließlich ein.

»Ich würde sagen, ich habe meine Firma verloren.«

»Ich hätte vielleicht einen Posten für dich. Ich bin jetzt der berühmteste Privatdetektiv des Landes und kann gute Mitarbeiter gebrauchen. Allerdings müsstest du dir das Haar anders färben.«

Das brachte sie zum Lachen.

Dann wurde sie wieder ernst. »Michiko ist tot.«

Es traf mich unerwartet wie ein gemeiner Tritt ins Kreuz.

»Und Yuki auch. Yoshino hat es mir gesagt. Michikos Mädchenname war Watanabe. Sie war die Enkelin des Malers. Sie und Yuki sind zusammen mit ihm in dem Haus verbrannt.«

Sie gab mir eine Weile, um das zu schlucken. Ich schluckte es wie ein Gift.

»Michiko war anders, als wir beide dachten. Sie hat viel Pech gehabt. Ihr erster Mann hat sie sitzen lassen, als sie erst zwanzig war, mit dem Jungen und einem Berg Schulden. Von ihrem Großvater, den Takahana bei seiner Zeugenvernichtung offenbar übersehen hatte, hatte sie alles über Takahanas Verbrechen in Harbin erfahren. Sie beschloss, zehn Millionen US-Dollar von den Brüdern zu erpressen. Sie wollte damit nach Hawaii. Sie geriet an Tomotake. Er machte ihr weis, dass sie zum Schein Mori heiraten und nach Frankfurt umziehen müsse. Dort sollte zum Schein auch der Junge entführt werden, damit Takahana das Schweigegeld als Lösegeld verbuchen konnte – das sagte er ihr zumindest. Sie spielte mit. Offenbar hatte sie Mori und auch Kubota von dem Buch erzählt, und beide suchten es. Deswegen mussten sie sterben. Michiko dachte, das Charterflugzeug solle sie nach Japan bringen und dann nach Hawaii. Stattdessen nahm Tomotake sie gefangen und suchte nach einem Weg, sie zu beseitigen. Er hielt sie in der Takahana-Villa in Shoto fest. Sie konnte entkommen, aber irgendwie fand er sie dann doch wieder.«

Michiko, die Schöne, die Sanfte. Ich wollte nicht glauben, dass sie eine Erpresserin war, die unbewegt zusah, wie ihr Schein-Gatte und ihr Liebhaber brutal ermordet wurden. Aber, nein, ich wusste es ja besser: Sie war eine Schlange.

Auch mich hatte sie opfern wollen, um an ihr verfluchtes Geld zu kommen.

»Sie ist gar nicht wirklich entkommen, weißt du?«, sagte ich. »Das war nur ein Trick. Sie sollte mich in Tomotakes Auftrag aushorchen.«

»Das glaube ich nicht. Ich habe dir schon mal gesagt, dass du nicht viel von Frauen verstehst. Du hast wahrscheinlich nicht mal bemerkt, wie sie dich angesehen hat.«

»Alles Verstellung. Sie hat mir vorgelogen, dass du an diesem Morgen bei Takahana warst. Aber sie hat einen Fehler gemacht: Sie erwähnte dein blondes Haar.«

»Ich war bei Tomotake, ja. Und ich trug eine Perücke, weil ich meine einzige Tarnung nicht preisgeben wollte.«

Da waren sie wieder, die Posaunen neben meinem Ohr, und auch die Ameisen liefen wieder durch meine Blutbahnen.

»Ich wollte mit ihm sprechen, ihn um Hilfe bitten. Er bot mir an, meinen Namen reinzuwaschen, wenn ich mich von dir trennen würde.«

Ich schrie sie an, dass die Krähen, die in der Nähe Krümel suchten, kreischend davonflogen. »Mir hast du gesagt, dass du einen Freund an der Universität besuchen wolltest!«

»Und? Hast du mir vielleicht gesagt, dass du mit Michiko geschlafen hast?«, schrie sie zurück.

»Das hast du doch sowieso gerochen!«

»Das ist nicht der Punkt!«

Meine Wut verrauchte so schnell, wie sie gekommen war. »Sie hat mir alle möglichen Gemeinheiten über dich erzählt.«

»Und? Wundert dich das? Sie war in dich verliebt und wollte dich nicht an mich verlieren.«

Ja, das stimmte. Sie war tatsächlich in mich verliebt gewesen. Vielleicht hatte sie dieselben Träume geträumt wie ich: dass wir zusammen in die Berge fahren könnten, dass Yuki und ich Drachen steigen ließen. »Wenn das alles vorbei ist, dann gehen wir zusammen irgendwohin und fangen ein neues Leben an. Es wird wunderbar, Kenji. Nur du, Yuki und ich. Eine richtige Familie! Vergiss diese Person. Warst du schon mal auf Hawaii?«

Und ja, ich war mir sicher, ich wäre mit ihr gegangen. Selbst wenn ich gewusst hätte, woher das Geld kam, ich wäre immer noch mit ihr gegangen. Ich wäre mit ihr ans Ende der Welt gegangen und wenn nötig mit ihr über den Rand gesprungen.

Und was hatte ich getan?

Ich hatte sie umgebracht!

»Kenji? Was ist los, Kenji?«

Ich war aufgestanden. »Ich habe sie umgebracht!«

»Red doch keinen Unsinn. Bitte!«

»Takahana hat mich irgendwie aufgespürt und mein Telefon im Hotel überwacht. Ich habe sie angerufen. Nur dadurch hat er Watanabe und sie gefunden. Durch mich!«

Wie im Fieber, in einem Albtraum, wie unter Narkose. Ohne mich umzusehen, ohne etwas wahrzunehmen, ging ich zum Bahnhof von Shibuya. Wo war meine Bahn, ich wollte nach Hause.

Meine Wohnung im Haziendahaus war noch immer versiegelt, aber das war mir egal. Meinen Schlüssel hatte man mir weit weg in Furankufuruto abgenommen.

Egal.

Ich rammte die Tür mit der Schulter ein. Die tüchtigen Ermittler hatten alles aus den Schubladen und Schränken gerissen und auf dem Fußboden verteilt, dazu Dutzende von kleinen nummerierten Kärtchen hinterlassen.

Auch egal.

Meine Whisky-Flasche hatten sie nicht angerührt und auch nicht nummeriert.

Ich saß betrunken in den Trümmern meines Lebens, meiner Liebe. Ich wünschte, ich hätte wenigstens ein Foto von ihr. Morgen würden alle Zeitungen eines haben. Sie würde hinterlistig aussehen, falsch, gehetzt und gemein. Eine Erpresserin. Ich wollte ein Foto, auf dem sie so ausschaute, wie ich sie gesehen hatte. Ihre Augen, ihre Augen, ihre lieben Augen, die ich stets vor mir sehen würde, mit dem Triangel-*Pling*, den ich hören würde, bis mein letztes Stündlein schlug.

Der Schlaf kam wie ihre Umarmung, und über das Wehklagen meiner Seele hinweg hörte ich sie sagen: »Schlaf mit mir. Ich werde dich trösten.«

Susanne

Für einen Detektiv meines Formats und mit meinen Fähigkeiten war es ein Kinderspiel, ihre Flugdaten zu ermitteln.

Als sie die Abflughalle von Narita betrat, trug sie eine Sonnenbrille und eine Baseballmütze. Das kurze Haar war, soweit ich sehen konnte, nicht mehr blau, sondern wieder blond.

Ich beobachtete, wie sie eincheckte, wie sie sich in die Schlange einreihte, die sich vor der Handgepäckkontrolle gebildet hatte.

»Ich wollte Auf Wiedersehen sagen.«

»Auf Wiedersehen«, sagte sie.

»Ganz anders als damals, was? Ich meine, der Flughafen. Alles neu. Die Restaurants sind jetzt ganz oben. Hast du vielleicht Lust, einen Kaffee trinken zu gehen?«

»Ich bin spät dran.«

»Du hast wirklich Recht gehabt. Ich verstehe nicht viel von Frauen.«

»Du wirst schon klarkommen.«

Vorne hatte sich eine weitere Schleuse geöffnet, und die Warteschlange wurde mit einem Mal vier Meter kürzer. Uns trennte jetzt ein Metallgitter. Nur noch fünf Personen waren vor ihr.

»Ich wollte nur sagen: Es war schön, dich wiedergesehen zu haben.«

Noch vier Personen.

»Die kurzen Haare stehen dir wirklich gut. Nimmst du mal die Mütze ab?«

Noch drei Personen.

»Hast du wirklich mal gesagt, dass ich dein Traumprinz war?«

Noch zwei Personen.

»Bitte bleib bei mir!«

Noch eine Person.

Susannes Sonnenbrille war so schwarz, dass ich ihre Augen nicht sehen konnte. Der Beamte an der Bordkartenkontrolle streckte ihr fordernd seine Hand entgegen, die in einem weißen Handschuh steckte.

»Mach's gut, Kenji!« Sie verschwand hinter dem Wandschirm.

»Wieso nicht ›bis bald, Kenji‹?«, brüllte ich und hämmerte meine Faust so fest auf das verdammte Gitter, dass ich mir fast sämtliche Finger brach. Hinter mir erschien eine Gruppe von japanischen Hawaii-Touristen mit lächerlichen Sommerhüten; sie gafften mich entsetzt an.

»Aloha!«, brüllte ich, und sie senkten, peinlich berührt, ihre Häupter.

Sie tippte mir auf die Schulter. »War das ernst gemeint?«

»Dass du bleiben sollst? Ja!«

»Dass du noch eine Mitarbeiterin brauchst.«

»Oh. Ja. Ja. Ich brauche dich.«

Ich nahm ihr die Baseballmütze ab.

»Die Haare sind auch wieder in Ordnung – du bist eingestellt.«

»Ich liebe dich«, sagte sie.

»Ich weiß«, sagte ich.

Paul Johnston

Der Totenacker

Roman

Eine keimfreie Metropole ist das Edinburgh des 21. Jahrhunderts, wo weder gelacht noch geliebt noch getötet wird. Und doch ist nicht alles unter Kontrolle, denn in der Silvesternacht beginnt eine Mordserie, deren Opfer mit implantierten Tonbändern aufgefunden werden. Verbotene Musik, die ihren Ursprung auf dem Totenacker zu haben scheint …

Nach *Die kalte Stadt* (Knaur TB 61485) der zweite Edinburgh-Krimi von Paul Johnston.

»Eiskalt und literarisch bestechend –
ein Krimi, auf den wir lange gewartet haben!«
Observer

Knaur

Georg Klein

Libidissi

Roman

Libidissi ist ein Agentenroman mit allem, was dazugehört: mit Abstechern in den Untergrund der Nachrichtendienste und in zwielichtige Milieus, mit einer labyrinthischen Verfolgungsjagd und großer Spannung. Mit *Libidissi* ist dem Ingeborg-Bachmann-Preisträger Georg Klein aber auch ein fein ziseliertes Werk der Literatur gelungen, doppelbödig, bildmächtig und voll versteckter Anspielungen.

»Georg Klein schreibt nicht nur wie ein Meister,
er ist einer.«
Die Welt

Knaur

Raymond A. Scofield
bei Knaur:

Gelber Kaiser

Roman

Die Tibet-Verschwörung

Roman

Babylon

Roman

Knaur